KB020035

달빛
조각사

달빛 조각사 46

2015년 8월 26일 초판 1쇄 인쇄
2015년 8월 31일 초판 1쇄 발행

지은이 남희성
발행인 이종주

기획 팀 이주현 이기헌
책임 편집 이세종

발행처 (주)로크미디어
출판등록 2003년 3월 24일
주소 서울시 용산구 원효로97길 46 5층
Tel (02)3273-5135 **Fax** (02)3273-5134
홈페이지 rokmedia.com **E-mail** rokmedia@empas.com

ⓒ 남희성, 2007

값 8,000원

ISBN 979-11-255-6288-7 (46권)
ISBN 978-89-5857-902-1 04810 (세트)

달빛 조각사 46

남희성 게임 판타지 소설

ROK
MEDIA

로크미디어

차례

항복 선언

푸홀 요새를 지키는 하벤 제국의 북부 총사령관 알카트라는 훌륭한 지휘관이었다.

"수비 위치를 지켜라. 지형지물을 이용하여 적을 물리쳐라. 하벤 제국군이 이런 곳에서 쓰러지지 않음을 적들에게 증명하라!"

아르펜 왕국과 북부 유저들은 놀라운 용기와 속도로 무용지물로 변한 성벽을 뛰어넘고 요새의 방어 시설들을 장악했다.

황소를 타고 몰려오는 마법사 부대, 하늘은 조인족이 여전히 뒤덮고 있었다.

땅과 하늘을 잇는 파상 공세를 제국군은 힘겹게 막아 내고 있었다.

푸슈쿵!

북부 유저들이 돌진하는 가운데 땅이 갈라지더니 엄청난 크기의 괴물이 솟구쳤다.

"크오워어어어어어!"

하늘을 향해 내뿜는 가공하기 짝이 없는 포효.

보통 인간들이 상상할 수 없는, 상상 그 이상의 지하 괴물!

땅을 파거나 건물을 절단 낼 수 있는 단단한 앞발과 촉수처럼 생긴 긴 더듬이, 톱날처럼 뾰족한 이빨과 큰 입.

이마와 볼에도 강해 보이기 위하여 움푹 파인 주름들을 새겨 놨다.

앞모습만 하더라도 가히 가관이었는데 몸통은 지렁이나 지네처럼 유연하게 움직일 수 있는 구조로 했다.

꿈틀꿈틀!

북실북실한 털이 달린 40개의 다리와 흔들거리는 꼬리까지 본다면 영락없이 끔찍한 몰골이었다.

"으히이익!"

"괴, 괴물이다!"

"진짜 못생긴 최악의…… 저런 마물은 반드시 위드 님이 퇴치해 주실 거야."

"무슨 소리야, 저게 위드 님인데!"

괴물이 40개의 다리를 움직이며 전진하니 제국군은 물론이고 북부 유저들까지 기겁하며 물러나기 바빴다.

방송국들 역시 위드의 새로운 모습을 화제로 담았다.

조인족의 협력을 받아서 현지 리포터들이 하늘을 날아다니며 푸홀 요새 내부의 영상을 중계했다.

"보이십니까, 이게…… 저 괴물이 전쟁의 신 위드입니다. 아르펜 왕국과 하벤 제국. 북부의 패권을 둘러싼 이 중요한 전투에 충격적인 모습으로 등장을 했는데요. 강해 보입니다. 저런 모습은 무조건 강할 수밖에 없습니다!"

"시청자 게시판에는 여성 팬임을 밝힌 분들의 글이 쇄도하고 있는데요. 남성적인 매력이 느껴진다는 평가가 주를 이루고 있습니다."

"이번 전투에서는 어떠한 활약을 할지 많은 기대를 했는데 예상 이상의 위력을 발휘하고 있습니다. 지금 위드가 잡아먹은 유저만 몇 명이죠?"

"공식적으로 확인된 숫자만 127명으로 알려져 있습니다."

"먹고 배출돼서 다시 먹은 사람들은 포함되지 않았겠죠?"

"물론입니다. 그들은 어차피 다시 먹히니까요."

방송국에서 중계하는 영상은 지상에서 전진하며 헤르메스 길드 유저들을 마구 먹어 치우는 물컹꿈틀이의 모습이었다.

전체 길이만 하더라도 약 20미터에 달하는 거대한 괴물이 아주 빠른 속도로 달리면서 사람들을 잡아먹었다.

인간들이 피하려고 달아나는데도 집게발로 잡아채거나 날렵하게 혀를 쭉 내밀어서 입안에 집어넣었다.

"끄아아악!"

벽을 부수고 앞발을 넣어서 헤르메스 길드 유저를 끄집어내어 먹었다.

방송 중계진은 흥분해서 목청을 드높였다.

"숨어도 소용이 없습니다!"

"아아, 보셨습니까? 방금 헤르메스 길드 유저가 아닌 하벤 제국 병사 몇 명은 건물 안에 넣어 두고 입구를 부쉈습니다."

"죽지 말고 안전한 곳에 숨어 있으라는 뜻이 아닐까요?"

"그보다는 잠깐 넣어 놓고 나중에 꺼내 먹으려고 하는 것으로 보이는데요."

"뭘 근거로 그렇게 생각하십니까?"

"입구에 침을 잔뜩 발라 놓고 갔어요."

위드가 열어 놓은 길로 북부 유저들이 뒤따르면서 푸홀 요새의 주요 거점들을 공략하고 있었다.

물컹꿈틀이는 움직이는 전투 병기, 혹은 괴물 덩어리였다.

"재앙이 일어났을 때 독 안개 때문에 자세히 볼 수가 없었고, 지금도 흙먼지 때문에 시야가 썩 좋지는 않습니다. 127명은 저희 방송국의 직원들이 직접 손으로 센 숫자라는 점을 알려 드립니다. 짐작건대 최소 150명은 먹었을 거라고 봅니다."

"이걸 놀라운 전투 공적으로 봐야 할까요. 방금 스킬을 사용하는 헤르메스 길드 유저를 이마로 들이받더니 바로 먹었습니다."

"거의 씹지도 않고 삼키네요."

"방금 엉덩이 쪽으로 나왔습니다. 과연 이걸 다행이라고 해야 할지요."

"심각한 불행이죠. 소화가 덜 되어서 다시 먹고 있습니다."

"워리어와 같이 생명력과 맷집이 높은 전사들조차 앞장서서 도망치고 있는 모습이 보입니다."

"……."

진행자들 사이에서는 잠시 침묵이 흘렀다.

요새를 지키기 위해 모여 있는 악명 높은 헤르메스 길드 유저들이 이렇게 불쌍하게 보일 줄이야.

"어쨌든 놀라운 전적입니다. 푸홀 요새 내부에서 위드의 활약이 계속 이어지고 있는데요, 그가 굳이 이런 모습으로 전투를 펼치는 이유가 있을까요?"

"당연히 상징적인 의미가 있으리라고 봅니다만 정확한 이유를 지금 시점에서 추측하기는 어렵습니다."

"대충 예상되는 부분이라도 말씀을 해 주시죠."

"왕성한 식욕과 끝을 모를 생명력. 이 부분은 아르펜 왕국의 발전과 번영을 나타내는 것이라고 현장에 있는 이곳의 사람들이 평가하고 있습니다."

"적에게는 공포를, 아군에게는 든든함을 안겨 주는 모습입니다."

전 세계의 방송국들이 물컹꿈틀이에 대해서 여러 가지 해

석을 하며 중계하고 있었다.

　－어린이들이 보는 방송에 이런 화면을 내보내지 마세요.
　－최악이다, 정말.
　－방송 중지 요청드립니다.

　처음에는 시청자들의 불편을 불러올 정도로 혐오감 가득한 모습이었지만, 그가 위드라는 사실을 알고 호감과 호기심을 갖고 보게 되었다.

　의외로 똘망똘망한 눈동자와 꿈틀거리면서 전진하는 동작이 귀엽다는 평까지 받았다.

　예술가로서 이름을 날리기는 어렵지만, 유명해지고 난 이후에는 화장실에서 대충 그린 그림에도 의미가 부여되는 것과 같은 이치.

　위드는 최적의 효율성을 앞세웠을 뿐이고 무지막지한 전투력을 발휘하려고 한 건데, 방송에서 앙증맞은 모습을 억지로 찾아냈다.

　위드와 계약한 캐릭터 회사에서는 벌써부터 물컹꿈틀이가 땅을 파고 들어가는 모습이나, 혓바닥을 날름거리며 사람을 잡아먹는 인형들에 대한 개발에 들어갈 정도였다.

　광고 업계에서도 위드와 아르펜 왕국, 풀죽신교의 인지도는 최상이다. 연령대를 막론하고 고객들의 호응이 높았으니 관련 홍보 계획에 바로 착수했다.

　주요 아이템은 역시 휴대폰과 이동통신, 에어컨, 텔레비전
이었다.

　워낙 캐릭터가 뛰어난 만큼 간단한 콘티로도 광고 기획이
손쉽게 이루어졌다.

　퀴퀴한 지하 공간에서 최신형 휴대폰으로 영상 통화를 하
는 물컹꿈틀이.

　그가 땅을 파고 다니는 동안에도 통화는 계속 유지되었다.

　"역시 초고화질이라 달라. 날 따라와 봐!"

　초고속 인터넷으로 친구들과 휴대폰 게임을 즐기는 물컹
꿈틀이.

　창을 바꿔서 무언가를 다운로드받는데 0.1초 만에 음식과
관련된 영상이 전송되었다.

　"맛있겠다. 꿈틀이 텔레콤!"

　뜨거운 더위에 에어컨을 틀고 긴 허리를 흔들며 춤을 추는
물컹꿈틀이.

　"씽씽 불어라. 씽씽, 씽씽!"

　공포 영화를 보는 중에 대형 TV에서 갑자기 튀어나와서

거실 소파에 앉아 있는 시청자를 향해 입을 쩍 벌리는 물컹 꿈틀이 등이었다.

국내 IT와 전자 산업은 물론이고, 해외에서도 위드의 인기 는 놀라울 정도다. 특히 유럽이나 미국에서는 위드와 관련된 물품들이 어린아이들에게 큰 인기를 끌면서 몇 배나 되는 프 리미엄이 붙을 정도.

햄버거 가게에서 조각 생명체를 모델로 한 인형들을 나눠 줬더니 매출이 20배가 넘은 것은 물론이고, 아침부터 저녁까 지 줄을 선 손님들이 끝이 없었다.

세계 최대 유전 회사의 직원들도 첨단 에너지 개발을 대중 에게 홍보하기 위해서 물컹꿈틀이를 연구하는 형태의 광고 기획에 착수했다.

타이어 전문 업체에서도 물컹꿈틀이의 40개나 되는 발에 자사의 제품을 착용하여 악조건 속에서도 험한 지형을 오른 다는 광고 기획을 만들었다.

물컹꿈틀이가 광고를 통해 대박을 칠 수 있게 된 것이다.

네크로맨서 그로비듄의 소멸!
용기사 뮬의 사망!
푸홀 요새의 격전이 치열하게 진행되면서 헤르메스 길드

를 대표하는 유저들이 도처에서 목숨을 잃고 있었다.

"덤벼라, 이 나약한 쓰레기들아!"

레벨 483의 컨슬러!

헤르메스 길드 소속으로, 그는 자신의 이름으로 군대를 거느리거나 하진 않았어도 나름 유명한 유저였다. 순수하게 검사로서 성장하여 많은 던전들을 클리어했고, 또 위험한 보스급 몬스터들을 사냥했다.

"당당하게 나와라. 단지 너희는 머리 숫자만 믿고 있는 것이냐!"

컨슬러는 위드를 만나서 싸우고 싶은 마음에 푸홀 요새에 나타나서 한 지역의 길목을 막고 들어오는 북부 유저들을 처리했다.

그가 검을 휘두를 때마다 무려 7미터에 달하는 검기가 일어나서 북부 유저들을 휩쓸었다.

컨슬러에 의해서 죽은 북부 유저만 적어도 400, 아니 500명은 넘는 상황!

조인족의 피해 역시 커서, 하늘에서 그를 낚아채려는 시도를 하다가 30명 이상이 소멸되었다.

헤르메스 길드 유저들을 1명이라도 쓰러뜨리기 위해서는 북부 유저들이 피해를 많이 입어야 했다. 하지만 컨슬러의 경우에는 인해전술로도 쓰러뜨리기 힘든 특별히 강한 유저였다.

맷집이나 지구력, 스킬 운용이 뛰어났고, 기본 검술로도 얼마든지 적들을 제압할 수 있을 정도로 뛰어났다.

"아직도 안 지쳤나?"

"질기다, 질겨. 우리가 전부 덮치는 수밖에는 없을 것 같아."

북부 유저들이 대규모로 돌격 태세를 갖추고 있을 때, 홀연히 나타난 한 남자가 있었다.

떡 벌어진 어깨와 등 그리고 근육질의 몸.

그 남자의 이름은 검사치였다.

"컨슬러라고 했냐. 내가 너에게 도전하마."

검사치가 뚜벅뚜벅 걸어가자, 컨슬러는 흠칫 놀랐지만 곧 평정심을 찾았다.

"훗, 도전자인가."

이곳이 밤길이었다면 진작 사과를 하고 뒤돌아서서 도망을 쳤을 만한 근육질 덩어리의 몸과 눈빛을 가졌지만 여기는 로열 로드.

캐릭터의 레벨과 장비가 곧 깡패였다.

"어리석군. 덤벼 봐라."

컨슬러는 헤르메스 길드의 정보부를 통해서 검치와 수련생들의 존재를 알고 있었다.

개개인의 전투 능력은 매우 뛰어나지만 레벨이나 스킬은 들쭉날쭉해서 짐작이 불가능한 존재들.

그들이 모이면 거침없는 위력을 발휘할 수 있기 때문에 원거리 공격이나 마법, 그도 아니라면 각자 흩어져 있을 때 제압하는 게 최선이다.

컨슬러는 날카로운 눈빛으로 상대의 장비를 보고 실력을 가늠했다.

'레벨 330대 정도의 장비 세트군. 싸구려들만 있고 옵션도 좋지 않다. 뭐, 이 정도라도 북부에서는 인정받을 만하지만……'

컨슬러가 피식 웃었다.

발전한 중앙 대륙에서는 많은 유저들이 최상급의 장비를 찾는다. 옵션이나 성능상에 큰 차이가 없더라도 좀 더 좋은 장비의 경우에는 가격이 몇 배씩 뛰었으며, 디자인적인 요소도 큰 영향을 받았다.

소위 말하는 명품들은 중형 자동차보다도 비싼 것이 너무나도 일반적이었다.

헤르메스 길드 유저라면 당연히 최고급의 장비들을 착용하고 있었으며, 그들 내부의 끊임없는 경쟁을 통해서 실력을 향상시켰다.

경쟁하는 엘리트들의 집단, 그리고 자부심으로 똘똘 뭉친 것이 헤르메스 길드 유저였다.

컨슬러는 오만하게 말했다.

"제법 싸울 줄 알 것 같군. 하지만 로열 로드에서의 전투가 무엇인지를 가르쳐 주지."

"그래, 다 떠들었느냐."

"홋, 전투 전에 길게 나눌 대화는 없을 것 같군."

"그럼 맞자."

검사치가 땅을 박차고 정면에서 뛰어들었다.

'정말 어리석고 무식하군. 차분히 싸울 줄 모르는 녀석이야. 운동을 좀 하는 부류 중에 꼭 저런 놈들이 있지.'

컨슬러는 옆으로 몸을 움직이며 공격 스킬을 사용했다.

"섬광 찌르기!"

그가 들고 있던 검에 강렬한 빛이 어리더니 섬광처럼 검사치를 향하여 빠르게 날아갔다.

중거리 공격 스킬이면서 공격력을 8배나 늘려 주는 검술 스킬. 공격 속도가 무척 빨라서, 상대는 대부분 피하지 못했다.

적의 방어구를 관통하거나 몸에 직접 맞기만 하면 치명적인 공격 판정을 받기에 컨슬러가 즐겨 쓰는 스킬 중의 하나.

검사치의 정면으로 날아가고 있었으니 도저히 피하지 못할 것만 같았다.

"칼날 비껴 치기!"

검사치도 스킬을 사용하며 검을 휘둘렀다.

무예인으로 전투를 벌이며 그가 직접 만들어 낸 스킬.

섬광 찌르기 공격을 검을 휘둘러서 막는 것 같았지만 실제로는 정확히 칼날로 받아서 옆으로 쳐 내 버렸다.

─칼날 비껴 치기 반격 기술에 당했습니다.
섬광 찌르기가 무력화됩니다.
신체 균형을 0.4초 동안 잃습니다.

휘청!

컨슬러의 몸이 비틀거렸다.

"이런, 무슨 말도 안 되는!"

검사치와의 거리는 급격하게 가까워졌고, 일단 반격을 피할 방법은 없었다.

검사치가 보기에는 컨슬러의 모든 곳이 빈틈이었다.

'이놈들은 아무튼 긴장감이 없어.'

검사치는 로열 로드를 하면서 식은땀이 흐를 정도로 큰 적수를 별로 만나 보지 못했다.

광역 스킬은 피하더라도 피해가 커서 그야말로 겁이 났지만, 막상 일대일로 근접전의 승부를 해 보면 나약하다.

'실전에서 죽도록 맞아 봐야 긴장하면서 전투의 의미를 알 텐데.'

자신의 장비와 레벨, 스킬만을 믿고 싸우면 정해진 만큼의 실력만 발휘하기 마련이다. 전투에서는 어떤 일이 벌어질지 모르는데, 잔뜩 긴장하고 집중하지 않으면 그 이상의 실력을 발휘하진 못한다.

로열 로드의 캐릭터가 약한 게 아니라, 그 사람이 약한 것.

"우랏차차차!"

검사치의 검이 현란하게 움직이며 컨슬러를 베었다.

화려한 공격 기술 같아 보이지만 검술 이름이 '우랏차차차'.

최대 아흔아홉 번의 연속 공격을 날릴 수 있는 기술로, 몬스터 사냥을 하며 직접 만들었다.

> **우랏차차차 고급 3(76%) :** 연속 공격 기술.
> 어떤 무기로도 사용할 수 있으며, 공격력이 점점 강해지는 효과가 있다.
> 다섯 번의 공격이 성공할 때마다 적을 1초씩 마비시킴.
> 적의 회피, 반격 기술을 38%의 확률로 무력화시킬 수 있다.

우랏차차차를 상대하려면 공격을 막으면서 맞받아치거나, 아니면 아예 피해 버려야 한다.

컨슬러는 단순 무식한 공격에 죽도록 맞았다.

"전면 방패 방어술!"

맞는 도중에 방패를 소환해서 몸을 가렸다.

그런데 들고 있던 방패가 공격 두세 번 만에 옆으로 밀리고 말았다.

'이런 무식한! 검술 스킬이 얼마나 되길래. 아니, 그 전에 힘만 올렸냐!'

가공할 힘에 의해서 방패가 밀리다니, 어처구니가 없어서 항의라도 하고 싶은 심정이었다.

어디로 움직이려고 해도 검사치는 거의 동시에 따라왔으며, 공격을 하면 옆으로 돌아 나가면서 피해 버렸다.

양쪽이 다 검을 들었음에도 불구하고 주먹을 뻗어서 닿을 거리까지 와서 공격을 해 대는데 반격은커녕 당해 낼 재간이 없었다.

검치나 사범들, 수련생들을 상대하려면 멀리서 원거리 공격 스킬로 처치하는 게 최선이었는데 이미 늦어 버린 결과였다.

> –하벤 제국의 검사 컨슬러를 제압했습니다.
> 컨슬러는 베조스 지방의 보스 몬스터 페퍼 카쿤을 사냥한 용맹한 검사입니다.
> 하벤 제국에 소속되어 있는 그가 전쟁 중에 일대일의 승부에서 패배하고 목숨을 잃었습니다.
> 레벨이 올랐습니다.
> 전투 명성이 889만큼 증가합니다.
> 신속한 승리로 민첩이 1 증가했습니다.
> 검술 스킬의 숙련도가 향상되었습니다.

"훗, 이게 전리품이로군."

검사치는 컨슬러가 남긴 검사의 망토를 주웠다.

등에 펼치면 입자 특수 효과로 금가루가 반짝이면서 사방에 휘날렸다.

위드라면 눈이 휘둥그레질 만한 특수 효과!

"검이나 한 자루 더 주우면 좋을 텐데. 부족한 장비는 하나하나 장만하면 될 테지."

검치와 수련생들은 푸홀 요새에서 전투를 통해 한밑천 단단히 잡고 있었다.

알카트라는 전체적인 전투에서 밀리면서도 방어에 유리한 지점들을 끝내 놓치지 않았고, 푸홀 요새를 빼앗기지도 않았다.

전장의 상황을 제대로 알 수 없는 상황에도 불구하고 효율적인 병력 지휘 능력을 증명하고 있었다.

"이런 막무가내 전투가 어디 있단 말인가."

하벤 제국군의 지휘관들이 깊이 탄식했다.

오십 대 오십의 전력으로 싸우더라도 어느 한쪽이 좀 유리해진다 싶으면 상대 진영은 자신들이 살기 위해 와해되기 마련이다. 사기가 꺾인 군대가 도망치다 보면 전멸에 가까운 피해를 입기도 하며, 그러한 승리를 통해서 군대는 명성을 쌓는다.

강한 이미지는 적들을 싸우기 전부터 위축시키고 또 다른 승리를 낳는다.

하벤 제국군은 중앙 대륙에서 무적이었는데, 북부에 와서는 태도를 바꾸어서 신중하게 요새까지 지으면서 수성에 힘썼다.

하지만 성벽과 방어 시설들을 하나씩 빼앗기고 있었고, 죽자고 덤비는 조인족이나 계속 덤벼 오는 북부 유저들에게 반격할 만한 마땅한 수단은 갖지 못한 상태였다.

"버틸 수는 있어도… 언제까지고 막진 못한다."

요새전과 수비의 명장인 알카트라이지만 손발이 다 잘린 상태나 마찬가지였다.

"타홀 기사단을 투입한다. 요새 내의 적들을 몰아내라."

"옛, 알겠습니다."

하벤 제국군이 자랑하는 타홀 기사단의 출진!

중장갑 기사단으로, NPC들로 구성되어 있다.

칼라모르 지역에서 양성한 부대로, 좋은 던전과 사냥터를 제공해 와 개개인의 레벨이 460이 넘을 정도였다. 지금까지 그들을 무장시키고 먹이고 재우는 데에도 막대한 재력이 투입되었다.

중앙 대륙 정복 전쟁에서도 상당한 전과를 올린 타홀 기사단은 출진하자마자 요새 내에 들어온 북부 유저들을 대학살하며 전진했다.

그리고 30분쯤 후에, 알카트라가 있는 지휘부로 보고가 들어왔다.

"타홀 기사단이 전멸했습니다."

"뭣이?"

"동쪽 홀에 고립되어서…… 전멸했습니다."

"후퇴도 하지 못했단 말인가?"

"일부는 사람에 깔려 죽기도 했답니다."

푸홀 요새 내에서는 기사단을 동원하더라도 금방 어딘가

에서 고립되어 버렸다.

방어를 위해 지은 건물들이 조인족에 의해서 장악되어 버렸다. 기사단이 돌격하지 못하도록 각종 방어 시설물들을 적극 활용했으며, 건축가들은 건물까지 무너뜨렸다.

"무너집니다. 모두 비키세요!"

탑과 건물이 우수수 옆으로 쓰러지면서 제국군을 덮쳤다.

푸홀 요새야 하벤 제국에서 지은 것이니 북부의 건축가들 입장에서는 아까울 이유도 없다.

알카트라는 화가 머리끝까지 치밀었다.

타홀 기사단은 그가 직접 키운 전력으로 이런 곳에서 사라질 만한 병력이 아니었기 때문이다.

"제7마법병단을 안전한 곳에 재배치해라. 요새의 후방에서 적들을 계속 막는다."

"그들이 추격당하고 있습니다."

"호위 병력을 넉넉하게 보내서 후퇴를 돕는다."

잠시 후 들어온 소식.

"마법병단이 괴멸되었습니다."

"호위 병력을 보냈을 텐데."

"요새의 길이 바뀌어서 헤매는 사이에……."

푸홀 요새의 전투는 완전히 시가전처럼 진행되고 있었다.

성문과 성벽은 이미 북부 유저들에게 넘어간 상태이고, 군사 건물들과 주택가, 중앙 도로 등에서 전투가 치열하게 전개되고 있다.

대규모의 군대가 주둔할 수 있는 시설인 만큼 규모 역시 컸고, 그 안에서 수많은 사람들이 싸우며 사라져 갔다.

쿠르르르릉!

아르펜 왕국을 막기 위하여, 군사 목적이었지만 조금은 과시용으로 세워 놓았던 높고 큰 방어탑들이 무너지는 소리도 들렸다.

"막아 내야 한다. 여기서 참패하면 북부의 식민지는 모두 빼앗긴다."

물러설 곳이 없으니 알카트라와 제국군 지휘부는 결사적으로 항전했다.

지금까지의 피해 상황은, 제국군이 65만이 넘게 사망했고, 2만 명에 달했던 헤르메스 길드 유저들 중에서 남아 있는 병력은 1천 명도 되지 않았다.

그들이 모두 목숨을 잃은 것은 당연히 아니다.

뮬과 그로비둔, 그 외의 실력자들이 목숨을 잃고 요새에서의 전투도 한 치 앞을 볼 수 없게 되자 헤르메스 길드 유저들이 자신들이라도 살겠다고 빠르게 달아난 것이다.

"이런 이기적인 작자들. 전투가 끝난 게 아니야. 어떻게든 전황을 되돌릴 수 있는 기회를 만들 수도 있을 텐데."

북부 유저들이 수십 배에서 백 배 이상의 피해를 입은 것을 감안하면 선방이라고 할 수도 있었다. 하지만 오랫동안은 견뎌 낼 미래가 없었다.

푸홀 요새의 내부가 전투에 휩싸이면서 이미 후방으로도 북부 유저들이 대거 넘어갔다.

요새는 완벽하게 사방에서 포위되었으며, 심지어 성질 급한 북부 유저들은 공격대를 결성해 다른 성과 도시를 탈환하기 위해서 떠났다.

"위드를 잡는다면… 아니, 위드를 잡더라도 지금은 어렵겠구나."

알카트라는 방어전의 명수였지만 이제는 절반쯤 체념했다.

사면초가!

밤까지 전투가 이어지더라도 버틸 수는 있다. 하지만 내일이나 모레는 반드시 전멸이었다.

"이대로 쉽게 무너지진 않는다. 전부 죽더라도 끝까지 버텨 보리라."

막다른 길에 몰려 있는 그에게 귓속말이 전해졌다.

―안녕하십니까. 마판 상회의 마판입니다.

'마판. 이 바쁜 때에 무슨……. 마판이라고?'

마판이라면 북부에서는 상당히 유명한 유저였고, 북부 식민지 총독으로 있는 알카트라 역시 잘 알고 있었다.

'위드의 최측근 중 1명이다.'

알카트라는 주변 유저들의 눈치를 보며 귓속말로 답했다.

―알카트라입니다. 무슨 일입니까?

-지금의 상황에 대해서 긴히 드릴 말씀이 있습니다만 좀 만나 뵐 수 있을까요?

　상대가 이 정도까지 이야기를 해 오자 알카트라도 분위기를 알아차렸다.

　'협상을 하려는 것이구나. 휴전을 할 수만 있다면… 설혹 교섭이 틀어지더라도 시간을 벌면 이익이다.'

　알카트라는 조심스럽게 승낙했다.

　-물론입니다. 대화 제의는 환영합니다. 제가 요새를 떠날 수 없는 형편이니 이곳으로 와 주시겠습니까?

　-제가 직접 가진 않고, 그쪽으로 사람을 보내겠습니다.

　-이쪽을 떠보기 위해 결정권이 없는 사람을 보내시면 곤란합니다만.

　-물론입니다. 저보다도 위드 님과 가까운 사이이니 그분과 합의를 보면 그건 곧 공식적인 결정과 마찬가지가 될 것입니다.

　잠시 후 방어군의 총사령관실에 긴 머리를 초록색으로 물들인 여자가 나타났다.

　유린.

　위드의 여동생이었다.

　유린과 알카트라와 지휘부에서는 비밀리에 협상 자리를

만들었다.

알카트라를 호위하거나 참모 역할을 하는 유저들은 최소화했음에도 불구하고 무려 20명이나 되었다.

넓은 테이블의 맞은편에 유린은 아르펜 왕국을 대표하여 혼자 앉았다.

"그런데 혼자 오신 겁니까?"

"네!"

"도움이 필요하시다면 누군가를 불러와도 좋습니다만. 위드 님도 이 요새 안에 있지 않습니까?"

"안 돼요. 오빠는 지금 목 자르느라 바쁘다고 했어요."

"……"

알카트라와 지휘부 유저들의 얼굴이 붉게 달아올랐다.

유린이 말하는 목 자르는 대상이 누군지는 따로 설명하지 않아도 충분히 알 수 있었으니까.

알카트라는 잠시 목덜미를 쓰다듬었다.

"정 그러시다면 좋습니다. 협의를 해 보죠. 먼저 아르펜 왕국 측에서는 공격을 중단하고 푸홀 요새에서 물러가는 대가로 우리에게 무엇을 원합니까?"

내줄 것은 내주고 받을 것은 받아야 하는 협상.

조건은 들어 볼 테지만, 알카트라와 지휘부에서는 다양한 선택권을 가지고 있지는 않았다.

북부 식민지의 이권을 많이 내준다면 헤르메스 길드에서

그런 조건을 허락하지 않을 것이고, 또 협상 자체를 거부한 다면 남은 것은 몰살이다.

'길드에서는 우리가 전멸하더라도 아르펜 왕국과 타협하는 걸 원하지 않을 수도 있지.'

그렇기 때문에 이 협상 자체도 헤르메스 길드에는 비밀로 하고 자리를 만든 것이다.

알카트라는 딱히 어떤 양보도 하기 어려웠지만 전투가 불리해지다 보니 상대의 요구라도 듣기 위해 어쩔 수 없이 협상에 나선 것이다.

'도대체 뭘 요구하고 무엇을 양보하려고 여기까지 찾아온 거지?'

유린은 딱 잘라 말했다.

"전부 투항하세요. 푸홀 요새를 비롯해서 북부 식민지 전체가요."

"예?"

"군대와 도시, 전부 항복하세요. 지금 안타깝게 당하고 있는 제국군 병사들을 살려야 하잖아요. 그들도 아르펜 왕국 병사로 받아들여 줄게요. 지금까지 만들어 놓은 도시와 마을도 전부 내주세요."

"정말 그게 요구 사항입니까?"

"네, 이 정도는 해 주세요."

알카트라와 지휘부는 황당함에 말을 잃었다.

'이런 날강도 같은……'

이쪽에서 원하는 건 전투를 잠시 중단하고 시간을 버는 것이었다. 하지만 상대는 제국군의 군대는 물론이고 북부 식민지 전체를 싹 가로채겠다는 속셈.

유린처럼 예쁜 여자가 어떻게 저런 파렴치한 말을 할 수 있는지 깊은 의문이 들었다.

'위드가 시킨 거겠지.'

'아무것도 모르고 위드의 말만 전하는 걸 거야.'

'위드 나쁜 놈. 자기가 말하기도 힘든 걸 여자를 시켜?'

알카트라와 지휘부는 논의해 볼 필요도 없이 단번에 제안을 거절했다.

"차라리 패배했으면 했지, 우리에게는 일고의 가치도 없는 제안이군요. 전부 죽더라도 아르펜 왕국에 최대한의 피해를 입혀 드리지요."

"아르펜 왕국에 자리를 드릴게요."

"네?"

"아르펜 왕국의 군대를 지휘하시면 되잖아요."

반전에 가까운 제안이었다.

휴전 협상에 나선 알카트라와 지휘부를 아르펜 왕국으로 회유하는 것이었다.

"오빠가 그러는데 적이지만 잘 싸우는 것 같다고 했어요. 아르펜 왕국은 인재가 부족하거든요. 북부로 넘어오시는 것도 좋지 않을까요?"

순간 그들의 머릿속이 복잡해졌다.

'아르펜 왕국으로 넘어오라고? 그것은… 미처 생각해 보지 못한 부분인데.'

'헤르메스 길드에 대한 배신이다. 길드를 배신하면 보복이 두려워.'

'북부의 편에 선다. 줄을 바꿔 탄다는 이야기인데. 가능한 일인가?'

헤르메스 길드에서는 패배한 총사령관에게는 여러 말 할 것 없이 그간 누려 왔던 모든 권리를 박탈한다. 개인적으로 쌓아 왔던 명예나 지위도 잃어버리게 되는 것이다.

가혹한 처벌이었지만 중앙 대륙에서 헤르메스 길드의 권위와 영향력은 절대적이라서 그들을 배반한다는 건 꿈도 꾸지 못했다.

하지만 푸홀 요새에서 아르펜 왕국으로 전향을 하게 되면 헤르메스 길드의 보복을 당장은 걱정하지 않아도 된다.

'아르펜 왕국의 군대 총사령관이라면… 호화로움은 덜할지라도 명예와 인기가 있겠지. 다만 전장에 나선다면 하벤 제국과 싸워야 할 텐데…….'

모든 것이 부족한 아르펜 왕국군은 이번 전투에도 결국 투입되지 못했다. 그들을 양성해서 제대로 군대 역할을 하게 만들려면 얼마나 많은 노력과 정성이 필요할지 아득하기만 했다.

'하지만… 북부의 유저들과 함께할 수 있겠지.'

알카트라는 헤르메스 길드의 고위층에 속했다. 그럼에도 북부 대륙의 이야기를 방송으로 접하면서 부러워한 적이 많다.

순수하고 자유로운 세계.

그가 처음 로열 로드에 빠져들면서 진심으로 행복했던 이유가 북부 대륙에 있었다.

경쟁과 강함, 권력, 부를 추구하느라 잊어버린 가치들을 북부에서 되찾을 수 있다.

'사람들과 같이 무언가를 해낸다는 기쁨은 헤르메스 길드에 그대로 남아 있는 것보다 훨씬 나을 테지.'

물론 이건 너무 순진한 영역에서의 생각이었고, 당연히 제안을 받아들임으로써 얻게 되는 손익도 따져 봐야 했다.

위드와 마판은 유린에게 몇 가지 조건들을 추가로 제시할 수 있도록 했다.

아르펜 왕국군의 총사령관, 식민지 중에서 2개 정도의 도시와 땅, 왕국의 명예 백작 작위.

전쟁으로도 푸홀 요새를 정복할 수 있겠지만 북부 유저들이 피를 덜 흘리고, 무엇보다도 하벤 제국의 식민지들을 온전히 얻는 게 중요했기 때문이다.

"고민할 시간이 필요한 제안이군요."

"시간을 많이 드릴 수는 없어요."

"알고 있습니다. 시간은 제 편이 아니라는 것도……. 하지만 이런 중대사를 쉽게 결정할 수는 없지 않겠습니까?"

그러자 유린이 화사하게 웃었다.

대학생 선배들로부터 점심값을 뺏어 내며 단련한 그 표정!

"좋아요. 마지막으로 제안을 한 가지 더 드리죠. 오빠는 아르펜 왕국으로 넘어오면 퀘스트를 함께하겠다는 제안도 했어요."

"퀘스트?"

"난이도 S급의 퀘스트, 혹은 그에 준하는 의뢰들을 1년에 2회 이상 같이 끼워 드리죠."

위드의 퀘스트는 당연하게도 방송으로 중계된다.

그럼으로써 발생하는 시청료 수입과 인기는 도저히 거절할 수 없는 큰 유혹.

알카트라를 크게 우대해 주는 것 같지만 위드에게도 손해볼 것은 조금도 없는 제안이다.

위드가 받아서 진행하는 퀘스트들은 웬만한 유저라면 바로 죽어 나갈 정도로 극악의 난이도를 자랑한다. 그러나 알카트라처럼 믿을 수 있는 실력자라면 데리고 다니며 마구 부려 먹을 수 있는 것.

하지만 제안을 듣는 쪽의 입장에서는 엄청난 특권이었다.

방송국에서 진행하는 프로그램들 중에서는 위드의 모험이 최고의 시청률을 자랑하며, 또 영웅의 동료가 될 수도 있었으니까 말이다.

'이렇게까지 나를 높게 쳐주는 것인가? 달면 삼키고 쓰면 뱉는 헤르메스 길드와는 완전히 다른 대우 아닌가.'

알카트라는 시간을 끌지 않고 승낙했다.

"좋습니다. 아르펜 왕국으로 귀순하겠습니다."

"총사령관님!"

지휘부의 유저들이 깜짝 놀랐지만 그들도 알카트라의 친구들이나 측근들이었다. 알카트라가 나서서 제안을 받아들여야 하는 이유에 대해서 충분히 설명을 하자 이내 납득하고 받아들였다.

그들 역시 기사들이거나 전사들로 레벨이 낮지 않다.

로열 로드에 깊게 빠져든 인생, 푸홀 요새와 함께 패배자로 남고 싶지 않았다.

북부에서 새로운 삶을 살아 보자는 말이 생각보다 꽤나 설득력이 있었던 탓이다.

물론 하루 전만 해도 반드시 푸홀 요새를 지킬 수 있다고 믿고 있었으니 그때는 전혀 먹히지 않았을 테지만.

알카트라는 기왕에 아르펜 왕국으로 돌아서기로 한 이상 선물을 가져가고 싶었다.

"결정이 내려진 이상 제 휘하에 있는 제국군은 물론이고 식민지들을 아르펜 왕국에 귀속시키기 위해 최선을 다하겠습니다. 그리고 헤르메스 길드 유저들이 문제인데… 아직까지 남아 있는 유저들은 단 1명도 살아가지 못하게 만들어 드리지요."

그는 이제부터는 헤르메스 길드에 대한 배반이라고 생각하지 않았다.

아르펜 왕국으로 말을 갈아탔으니 북부와 위드를 위해서 최선을 다할 생각이었다.

유린과 알카트라의 평화협정 타결은 즉시 이루어졌다.

풀죽신교의 거미줄 같은 통신망을 이용하여 북부 유저들에게 소식이 전달되면서부터 푸홀 요새의 전투는 바뀌었다.

"더 이상 병사들과 싸우지 말고 헤르메스 길드 유저를 찾아라!"

"놈들을 한 놈도 남김없이 없애!"

"밟아!"

알카트라의 지휘를 받는 제국군은 전투를 포기하는 것은 물론이고 헤르메스 길드 유저들이 도망치지 못하도록 막았다.

그러면서 북부 유저들의 학살이 시작되었다.

"건방진 놈들. 대지 역류!"

헤르메스 길드의 고레벨 유저들은 각자 수백 명을 상대로 집단 전투를 펼쳐 내야 했다.

마나와 체력의 저하, 그리고 몰려드는 유저들에 의하여 강자들이 1명씩 쓰러졌다.

마지막 탈출구도 없이 구석으로 몰리자 역으로 대단한 전투를 펼쳐 전원을 제압해 버리는 경우도 있었지만, 그때쯤에는 몇 배가 넘는 북부 유저들이 구경을 하고 있었다.

"이야, 잘 싸우네."

"밥만 먹고 전투만 했나 봐."

"우리 차례까지 올 줄은 몰랐는데 말이야."

계속 투입되는 북부 유저들에 의하여 하나둘 쓰러져야 했다.

일부에서는 헤르메스 길드 유저들이 100명 넘게 모여서 저항을 했지만, 푸홀 요새는 손쉽게 북부 유저들이 장악하고 난 이후였다.

끝을 모르고 덤벼 오는 북부 유저들. 적에 따라서 고레벨 유저들도 투입되면서 곳곳에서 진압이 되었다.

"난 죽는 게 싫으니 항복하겠소. 포로로 대우를 해 주시오."

몇몇 유저들은 두 손을 들면서 싸우지 않겠다는 표현도 했다.

중앙 대륙에서 왕국 간의 전쟁이 있었을 시에도 항복한 유저들은 배상금을 지불하고 풀려나는 것이 관례였기 때문이다.

북부 유저들은 당연히 받아 주지 않았다.

"포로는 없다. 그냥 다 죽어."

"무슨! 국가 간 전쟁에도 기사나 귀족은 엄연히 대우를 해주는 것이 원칙이거늘."

"너 같으면 방금 전까지 우리 편 수백 명 죽이다가 힘 떨어졌다고 손들면 봐주겠냐."

헤르메스 길드 유저들이 끝까지 저항하며 입힌 피해도 있었지만, 그보다는 전체적으로 북부 유저들이 얻은 소득이 훨씬 컸다.

전투 업적에 따른 능력치 증가와 귀한 전리품!

승리에 따른 업적과 스킬 숙련도 증가도 빠뜨릴 수 없는 부분이다.

"우와아아아아!"

푸홀 요새 여기저기에서 기쁨의 함성이 터져 나왔다.

헤르메스 길드 유저들이 목숨을 잃으면서 전투도 점점 끝나 갔다.

하벤 제국과의 전쟁을 결심하면서 북부 유저들은 당연히 이기고 싶었지만, 이것은 상상 이상의 압도적인 대승!

막대한 제국군 NPC를 전향시켜서 아군으로 삼았을 뿐 아니라 헤르메스 길드 유저들도 남김없이 전멸시켰다.

물론 그들 중 상당수가 이미 피신을 하고 난 이후였지만 적어도 북부에서 대놓고 활동하는 유저들은 사라지게 된 것이다.

헤르메스 길드의 승부수

하벤 제국 참패!

헤르메스 길드의 치욕!

베르사 대륙의 중심축을 완전히 뒤흔들어 놓을 만한 전쟁이 북부에서 끝났다.

KMC미디어의 간판 프로그램인 베르사 대륙 이야기.

신혜민과 오주완은 여러 명의 전문가들과 함께 생방송을 중계하고 있었다.

"오주완 씨, 앞으로 대륙의 정세는 어떻게 달라질까요?"

"북부는 그동안 헤르메스 길드에 의해서 상당한 피해를 입어 왔습니다. 무역 금지 조치와 일종의 테러를 통한 파괴 공작. 경제적으로나 인적으로나 손실이 상당했었는데요. 승리를 기반으로 단숨에 복구할 수 있을 뿐만 아니라 국가로서의 기반을 다시 다질 수 있을 것 같습니다."

신혜민이 환하게 웃었다.

"시청자분들이 많이 궁금해하실 것 같은데 구체적으로 설명을 좀 해 주세요."

"식민지들은 하벤 제국의 재정과 기술이 투입되어서 도시의 기반 공사를 마쳤습니다."

"방송으로도 중계가 되었죠. 하벤 제국 영주들이 앞으로 헤르메스 길드의 땅이라며, 북부에서 가장 발전될 곳이라고 인터뷰도 했었어요."

"네, 그런 과거가 있었죠. 현재는 상업 시설과 주택은 물론이고 영주성과 광장, 시장 등의 도시 시설들을 대부분 꾸며 놓은 상태입니다. 도시 인근에서는 농지 개간이나 광산 개발도 진행하고 있고요. 문제는 중앙 대륙에서 데려온 주민들이 적고 유저들 역시 많지 않아 발전에 한계가 있었다는 점인데, 아르펜 왕국에서 접수하며 그 부분이 단숨에 해결될 것 같습니다."

"북부에는 유저들이 정말 많죠. 식민지는 도시들끼리의 연결도 좋다면서요?"

"물론입니다. 헤르메스 길드에서 직접 개발계획을 수립한 만큼 도로와 선착장, 수로 등 일종의 인프라 시설도 상당히 뛰어납니다."

하벤 제국에서 만들어 놓은 도시들, 향후 북부를 다스리기 위한 교두보 역할을 할 곳들이 한꺼번에 아르펜 왕국으로 넘어가게 되었다. 탕수육과 치킨을 주문해서 위드에게 넘겨준 것과 마찬가지였으니 하벤 제국의 입장에서는 속이 쓰릴 수밖에 없는 상황이었다.

그때 신혜민과 오주완이 보고 있는 모니터에 짤막하게 두 줄의 글이 떴다.

현재 게임 방송 점유율 72.83%.
전체 방송 시청률 9.361%.

카메라맨 옆에서는 PD가 엄지손가락을 치켜들고 있었다.

방송 진행자로서 시청률이 높으면 신이 나는 것은 당연하기 마련.

"북부에 있는 도시들은 모두 아르펜 왕국의 것이 되겠군요. 식민지에 살고 있던 주민들, 그러니까 NPC들의 반응은 어떤가요? 중앙 대륙에서는 정복지의 주민들이 반란을 일으켰는데요."

"아르펜 왕국에 대해 대환영의 뜻을 표시했습니다."

"주민들이 반기는 이유가 궁금하네요. 국가 소속이 강제로 바뀌는 것일 텐데요. 국왕 위드의 명성이 높기 때문일까요?"

"그것도 이유 중의 하나이겠지만, 북부로 이주한 하벤 제국의 주민들은 원래 다른 왕국에 살고 있었습니다. 왕국이 정복 당하면서 노예나 자유롭지 않은 신분이 되어 강제 이주를 하였던 것이니 해방을 기쁘게 맞이하는 것으로 보고 있습니다."

"아르펜 왕국에서는 공식적으로 노예제도를 인정하지 않으니까 말이죠."

"그 점이 중요하게 작용했습니다."

신혜민과 오주완은 슬쩍 눈을 마주치며 그들만이 아는 눈빛을 교환했다.

위드의 성격에 대해서 방송 제작자들과 진행자들은 대체로 파악하고 있었다.

노예제도를 운용하여 막대한 부를 착취할 수 있다면 당연히 아르펜 왕국은 노예제 국가가 되었으리라.

철두철미한 착취를 기반으로 한 노예 왕국!

새벽에 보리 빵 하나 먹이고, 점심에 풀죽 먹이고, 저녁에는 일시키다가 늦게 재우는 만행도 서슴지 않았을 것이다.

하지만 노예들은 강제 노동을 시킬 수 있는 대신 세금을 거둘 수 없었다. 가진 재산이 아무것도 없으니 당연한 결론.

아르펜 왕국에 노예를 인정하면 세금 수입이 감소하는 것은 물론이고, 대량의 인력을 동원하기 편한 크고 넓은 대농장 위주로만 발달하게 될 가능성이 크다.

─지금도 농산물 가격이 너무 싸. 세금 거두기 어려워.

많은 사람들에게 세금을 거두기 위해서 노예제도 철폐!

커피나 사탕수수 같은 품목들은 손이 많이 가는 재배 물품이지만 북부의 인건비는 저렴했다.

아파트에서도 베란다에 화분을 놔두고 애지중지하던 식물 마니아들에게 로열 로드는 천국이었다.

"이게 자라?"

"와! 발아했다. 싹이 트고 있어!"

"상추 크기 15미터. 훗, 목표치를 경신했군. 그렇지만 여기서 포기하지 않는다. 꼼냥 님이 세운 23미터 당근의 기록을 깨 보이겠어!"

가입자가 수천수만 명이 넘는 식물 카페, 커뮤니티에서는 자기가 로열 로드에서 어떤 작물을 키우고 있는지를 경쟁하듯 올려놓았다.

-아파트 화단이 아니라 제 땅을 가지니 꿈만 같아요. 사진 몇 개 올려 볼게요.

도시처럼 구획정리가 된 어마어마하게 넓은 땅. 밀과 보리, 포도는 물론이고 각종 농산물이 주렁주렁 열려 있는 그림들은 기본이었다.

-어제는 로열 로드에서 보냈네요. 새벽 일찍 별을 보고 일어나

서 밭을 갈고 돌덩어리들을 골라내다 보니 해가 뜨고 밤이 되었어요. 어찌나 뿌듯하던지요.

돌산을 통째로 개간하고 있는 유저도 있었다.

-씨앗을 심고, 인내로 기다려서 마침내 발아하고 꽃을 피웠을 때의 그 느낌! 모라타 동쪽 5천 평의 땅에 산약초들 심어 놓았어요. 필요하신 분들은 마음껏 캐어 가세요.
-모라타 동쪽의 그 땅이라면… 혹시 야생거름 님인가요?
-오옷, 모라타 농부 출신으로는 가장 유명한 분도 우리 카페에 있다니!

가끔씩 도발하러 오는 이들도 있었다. 평화를 깨뜨리기 위해 악감정을 담은 글들이 때때로 올라오기도 했다.

제목 : 식물 카페 쓰레기들아, 보아라
여긴 모두 농부들인가요?
크크크, 올해 핀 유채꽃 따위는 제가 전부 밟아 주죠. 꽃 따위는 밟고 태워 버릴 겁니다.

그러나 카페의 사람들은 그들마저도 보듬어 줄 정도로 여유가 넘쳤다.

-예쁜 유채꽃 사진 보여 드릴게요. 1년 중에 꽃이 피어서 볼 수 있는 시기는 잠깐이랍니다.

-안 좋은 일 있으시면 담아 놓지만 말고 자주 찾아오셔서 말씀하세요. 부족하지만 진지하게 들어 드릴게요.

-인생이 힘들죠. 유채꽃은 내년에도 봄이 오면 또 피니까 용기와 희망 가지세요. 아자아자 파이팅!

위대한 성지가 되어 있는 식물 커뮤니티의 사람들이 아르펜 왕국에 있었다.

농부 마스터를 꿈꾸는 미레타스와 함께 엄청난 규모의 경작지에서 식량과 과일, 약초와 기호품을 재배했다.

귀농을 꿈꾸는 초보 농부들도 많이 유입되면서 노예제도가 없더라도 작물 재배에는 무리가 없는 상태였다.

아르펜 왕국의 병장기와 마차, 의류를 비롯한 생필품 등은 급증하는 유저들로 인해 국내에서 전부 소비되었지만 포도나 보리, 올리브, 토마토, 쌀 등의 인기 품목은 대륙 전체로 수출될 정도로 생산량이 엄청났다.

"자, 그다음으로는 아르펜 왕국의 발전과 베르사 대륙의 정세에 대해서 논의할 시간인데요, 전문가들을 모셔 봤습니다."

신혜민은 차례대로 전문가들을 소개했다.

한때 중앙 대륙 명문 길드의 길드장이었거나 대단한 업적을 이룬 모험가, 고레벨 유저들. 로열 로드에서 이름이 많이 알려진 사람들이 방송에 섭외되었다.

"먼저 아르펜 왕국에 대해서 묻지 않을 수 없는데요. 어떻게 보시나요?"

신혜민의 물음에 모험가 출신 유저부터 답했다.

"아르펜 왕국의 기세가 정말 대단합니다. 객관적인 전력으로는 무리가 있지만 이번 전쟁도 어쩌면 이길 수 있다고 생각하긴 했지만, 제 예상을 훨씬 넘어서는 성과입니다. 앞으로도 아르펜 왕국에는 밝은 미래가 있으리라 생각합니다. 도전은 항상 새로운 꿈을 만들어 내니까요."

명문 길드의 대표 출신 유저도 긍정적인 미래를 답했다.

"세력을 크게 일구는 데는 시기가 있습니다. 하벤 제국을 상대로 한 거듭된 승전으로 아르펜 왕국으로 전향하는 유저들은 더욱 늘어날 것이고, 잠재되어 있던 국가의 성장이 한꺼번에 이루어질 가능성이 높습니다. 보통 국가 경영은 계단식으로 차근차근 이루어지리라 생각합니다만 때때로 큰 도약을 통해 새 모습을 만들어 낼 수 있지요."

전문가들은 아르펜 왕국에 대해 긍정적인 전망을 내놓았다.

"이용한 씨의 의견도 듣고 싶은데요."

이용한은 과거 방송에 나올 때마다 위드나 아르펜 왕국에 대해 부정적인 전망을 쏟아 내곤 했다.

심지어 하벤 제국이 지금은 귀찮아서 놔두는 것이며 조금 더 커지면 먹어 치우기 위해 시기를 기다리고 있다는 발언까지 해서 시청자들의 비난을 한 몸에 받았다.

"크흠, 전쟁의 승리는 북부 유저들의 저력, 그리고 국왕 위드의 리더십 때문이라고 할 수 있겠죠. 북부는 더 이상 모험의 대륙이 아니라 번영의 상징이 될 수 있을 겁니다."

이용한은 못내 인정하지 않을 수 없었다.

시청자들의 비난이 두렵기도 했지만, 전쟁의 승리는 때때로 국가의 큰 발전을 일구어 낸다.

더구나 북부 대륙은 지금 블랙홀처럼 유저들을 빨아들이고 있다. 각 방송사들이 집계하기로는 초보 유저들의 93.7% 정도가 아르펜 왕국에서 시작을 한다.

중앙 대륙에서 시작을 해 봐야 이미 비싼 물가와 세금, 그리고 부동산 가격 등을 따라잡기가 힘들었다. 게다가 극심한 빈부 격차와 초보들을 위한 편의 시설 부족 등은 신규 유저들의 발길을 북부로 돌리게 만들었다.

물론 관광지나 도시 개발은 뒤처졌지만 아르펜 왕국에는 다양한 즐거움이 있어서 시설이 뒤처지더라도 유저들은 훨씬 행복해했다. 신규 유저들 외에도 중앙 대륙에서 쭉 살아오던 유저들 역시 수단과 방법을 가리지 않고 북부로 이주를 하고 있었으니 성장이 가속화되고 있었다.

경제 전문가도 관련 자료들을 제시하며 의견을 밝혔다.

"기술과 자본, 넓은 영토, 공정한 기회, 개발에 대한 의욕. 미국의 컨설팅 업체에서는 아르펜 왕국의 경제 발전 속도를 매달 16% 정도로 추정했습니다."

"매달 16%요?"

"예. 4개월에서 5개월이면 경제력이 2배로 늘어나는 정도죠. 기술력 역시 빠르면 1년, 늦어도 2년 안에 모든 면에서 새로운 혁신을 이루어 내리라고 봅니다. 상인들의 활동이 두드러지는데요, 상인들의 높은 투자 욕구와 위험 감수는 국가 발전을 급속도로 추진하게 되리라고 봅니다."

진행자인 오주완이 경제 전문가에게 다시 물었다.

"중앙 대륙과 북부는 여전히 큰 격차가 있는데요, 예를 들어 하벤 제국이 선진국이라면 아르펜 왕국은 신흥 국가로 볼 수 있습니다. 과연 그 간격이 줄어들 수 있겠습니까?"

"중앙 대륙은 발전했지만 전쟁으로 시설들이 퇴락되었고 기반이 파괴되었습니다. 여전히 계속되어 진정될 기미가 보이지 않는 주민들의 반란과 유저들의 이탈 그리고 헤르메스 길드 자체의 리더십 위기, 각 영주들의 지나친 탐욕으로 커지는 분쟁, 멀리 내다보지 않는 정치력도 단기간에 극복할 수 있는 부분이 아닙니다."

"물론 하벤 제국이 어려운 형편이기는 합니다. 하지만 중앙 대륙의 수많은 도시와 주민 그리고 넓은 영토를 감안한다면 지금 이상 국력이 줄어들기도 어렵지 않을까요?"

"그건 단순 계산만 가지고 추측하기 어렵습니다. 로열 로드의 여러 가지 불확실한 여건으로 봤을 때 국가가 몰락할 가능성도 전혀 없는 건 아닙니다. 역사적으로 봐도 대제국이 갑자기 무너지는 그런 전례는 많았습니다."

"그렇다면 발등에 불이 떨어진 건 이제 하벤 제국 측이 되었다는 말로 듣겠습니다."

🜂

"또 패배인가."

라페이는 푸홀 요새의 전투 결과를 겉으로는 담담하게 받아들였지만 속으로는 뜨거운 분노가 타오르고 있었다.

북쪽으로 원정을 보낸 병력이 싸우기만 하면 지고 있다.

'도대체 왜, 왜 지는 거지?'

불가사의할 정도로 참담한 결과들이 나왔다.

전술과 전략대로 냉정하게 싸우지 못하고, 위드의 꼼수와 북부 유저들이란 태풍에 휘말려서 날아가는 형세였다.

"1~2년 정도의 시간이 있으면 아르펜 왕국이 하벤 제국을 넘을 수도 있다라."

방송국들마다 가까운 미래에 대한 전망을 시끄럽게 떠들고 있었지만 헤르메스 길드의 정보부에서도 일찌감치 비슷한 판단을 내렸다.

하벤 제국은 현재 규모의 경제력을 유지하는 정도가 최선이지만, 아르펜 왕국은 눈부시게 발전하고 있었다.

불붙기 시작한 발전의 가속도를 거대한 덩치를 가지고 있는 하벤 제국에서 따라잡기는 어려웠다.

어떤 좋은 정책을 시행하고 예산을 투자하더라도 실행에 옮겨지면서 왜곡되어 버리고 만다. 극심한 부패와 민심 이반, 혼란스러운 치안 상황까지 겹쳐져서 헤르메스 길드에서는 하벤 제국의 주민들을 약탈하고 있는 것이나 마찬가지였다.

바드레이가 라페이에게 다가왔다.

"우리가 세운 제국의 경제력은 무너지고 있는데 아르펜 왕국은 반대로군. 그들에게 이제 날개까지 달아 주게 되었는데 앞으로 어떻게 할 건가?"

전쟁을 담당한 바드레이, 내정을 담당한 라페이. 서로의 능력을 믿고 협력했지만 지금은 둘 모두 불안해하고 있었다.

바드레이는 하벤 제국의 내정에 대해 실망했고, 라페이는 전쟁의 승패에 대해 확신을 갖지 못했다.

'바드레이가 하벤 제국군을 이끌고 올라가서 북부를 쓸어버릴 수 있다면 그걸로 최선의 상황이다. 하지만 전쟁이 끝나지 않는다면? 또 한 번 패배한다면?'

위드의 전술적 꼼수를 감안한다면 어떤 상황이 벌어지더라도 이상할 게 없었다.

아르펜 왕국이 대평원에서 국운을 건 전투를 피하고 흩어져 버린다면 바드레이까지 출전한 하벤 제국의 대군은 갈 곳을 잃어버리게 될 것이다.

위드를 격파하는 대신에 차선책으로 군대가 흩어져서 북부 전체의 파괴 작업에 돌입할 수도 있겠지만 원정군을 지원하는 시간과 비용이 문제가 된다. 소규모 저항군이 곳곳에서 일어날 것이며, 중앙 대륙에서 힘의 공백까지 생기면 반란군에 의해 제국은 엉망진창이 될 것이다.

빠져나올 수 없는 진흙탕에 끌려 들어간 하벤 제국이 먼저 망하는 길이 뻔히 보였다.

라페이는 바드레이 앞에서 순순히 자신의 생각을 밝혔다.

"지금은 너무나도 어려운 상황이 맞습니다. 헤르메스 길드의 무적 신화는 깨졌고, 우리의 군사적, 경제적 우세도 훗날에는 역전되리라고 봅니다."

"돌이킬 수 있는 방법은?"

"정공법으로는… 뭐든 한다면 시기를 늦출 수 있겠죠. 결국 하벤 제국이 정복되지 않고서는 끝나지 않을 전쟁. 군대를 최적화하고 헤르메스 길드의 규모를 더 늘린다면 오랫동안 버틸 수 있으리라고 봅니다."

헤르메스 길드에 신규 유저를 대대적으로 받아들이는 방안도 고민했다. 영토 확장 과정에서 늘어난 바 있지만 지금만큼의 숫자를 추가로 받아들이는 것이다.

그들에게 치안 확보, 반란군 토벌 등의 임무를 맡긴다면 당장은 수습이 된다. 그러나 어설프게 받아들인 신입 유저들로 인해서 조만간 더 큰 말썽이 일어날 것은 명확했다.

라페이는 고개를 저었다.

"우리가 쓸 수 있는 수단이 얼마 없습니다. 이대로 시간을 보낸다면 아르펜 왕국은 계속 우릴 따라올 것입니다."

"그렇다면 정공법이 아닌 방법으로는?"

"극단적인 방식으로 풀어야겠지요."

라페이는 창가에 서서 웅장한 아렌 성을 보았다.

중앙 대륙을 통일했을 때만 해도 헤르메스 길드가 나머지 땅을 정복하는 것은 시간문제로만 여겨졌다.

압도적인 군사력을 바탕으로 하던 위세와 권위는 벌거벗은 것처럼 사라졌으니 극약 처방이라고 아낄 때가 아니었다.

사실 라페이의 구상에서 벗어난 존재는 위드였고, 또 다른 하나는 베르사 대륙이 너무 넓어졌다는 점이다.

동부와 북부의 개척, 남부의 태동.

수많은 유저들이 로열 로드에 몰려오면서 헤르메스 길드만으로 감당하기 힘들어진 것이 그 근본 원인이었다.

'물론 이것도 위드의 인기 때문이라고 할 수 있지만.'

라페이는 조심스럽게 입을 열었다.

"결국 해결 방법은 아르펜 왕국에 버금가는 세금 감면밖에 없습니다. 우리에 대한 유저들의 반감을 감소시키고, 한순간에 상당히 많은 문제들을 해결할 수 있는 방안이죠."

"세금 감면이 필요하단 걸 모르고 있는 건 아니지. 그런데 지출을 줄인다고 해도 줄어든 수입으로 충분하겠는가?"

"못 버틸 것입니다."

하벤 제국에서 매일 소모하는 막대한 자금. 거대한 군대를 보유하고 호화로운 생활을 유지하기 위해서, 많은 세금을 거두어야 했다. 헤르메스 길드 유저들의 결속력을 위해서도 필수적인 일이었다. 그만한 보상조차 안겨 주지 않는다면 흩어져 버릴 것이다.

"우리의 뒤에는 회사가 있습니다."

"그들을 말하는 것인가?"

"네, 후원자분들이 헤르메스 길드가 대륙을 정복할 때까지 경제적인 지원을 해 주기로 했습니다."

헤르메스 길드가 주식회사로 바뀌고 나서 현실의 거부들이 투자자로 참여했다. 그들의 입장에서는 로열 로드의 기득권을 절대로 놓치고 싶지 않았다.

"풀죽신교? 약하고 가진 것 없는 놈들이 숫자만 믿고 덤빈다니 불쾌한 일이로군요. 질서를 어그러뜨리고 규칙을 위반하는 분위기는 곤란합니다."

"다시 일어설 수 없게 철저히 짓밟으세요. 힘의 논리가 무엇인지를 확실히 보여 주고 굴복시켜야 합니다."

"로열 로드의 패권을 떠나서 그런 이들이 설치고 다니는 일은 봐줄 수가 없습니다. 지원이 필요하다면 해 드리지요."

라페이는 그들의 대리인과 만났고, 어렵지 않게 금전적인 지원에 대한 합의를 이루어 냈다.

"세금에 대한 부분은 그들이 책임을 져 주기로 했습니다."

"어떻게 그게 가능하지?"

"엄청난 자금 투입이죠."

막대한 현금을 쏟아부어 하벤 제국의 지출액을 감당하기로 했다.

"우린 베르사 대륙의 모든 것을 건 승부를 위해 준비해야 합니다. 더 많은 군대를 양성하고 전투력을 키우는 한편으로 세금을 낮추고 규제들을 없애면 유저들이 우리에 대한 반감을 거두어들일 것입니다. 구심점이 없는 군중은 흐트러지기 마련입니다."

"북부 유저들이 물러서게 만들자는 말인가?"

"네. 그들이 우리에게 맞서지 않아도 충분한 생활수준으로 편의를 누리게 된다면 전쟁에 참여할 이유도 없어집니다. 로열 로드의 유저들이 더 이상 위드를 따르지 않게 되면 모든 일은 간단해집니다."

기본적으로 북부 유저들을 위드의 편으로만 볼 수는 없을 것이다.

헤르메스 길드가 보기에는 풀죽신교 같은 단체도 자세히 살펴보면 구체적인 조직망이 없을 정도로 터무니없었다. 중앙 대륙을 정복할 때 헤르메스 길드의 조직력은 불과 30분이면 5만 명을 동원할 수 있을 정도였다.

북부 유저들의 원류를 따져 본다면 순수하게 로열 로드를 즐기고 싶은 사람들.

북부의 원동력은 중앙 대륙에서 거듭되는 전쟁과 명문 길드의 폭정을 견디다 못해서 떠난 유저들이었던 것이다.

"우리가 위드를 키워 줬습니다. 세금 감면을 비롯해서 외부로 드러낼 수 없는 몇 가지 조치들을 취한다면 군중은 나서지 않을 것입니다."

"확실히 군중이 없다면 전쟁은 식은 죽 먹기야. 아르펜 왕국의 국가 전력은 보잘것없으니 말이야."

"기회는 많지 않습니다. 어설픈 칼이 아니라, 목숨을 가져가는 날카로운 검으로 위드와 아르펜 왕국을 찢어 놓아야 합니다."

"만약 이번에도 실패한다면……."

"우리에게도 좋지 않겠지요."

"그것은……."

라페이와 바드레이의 머릿속에 최악의 결과가 떠올랐다.

막대한 현금을 지원할 국제적인 투자자들을 실망시켰을 때 생기는 결과는 단지 파산만으로 끝나지는 않을 것이다.

"이미 우린 호랑이 등에 올라탔습니다. 내리고 싶다고 해서 내릴 수도 없는 단계죠."

"그건 그렇겠군."

"지금부터 승산은 우리에게 있습니다. 확실하게 이기는 길을 만들어 보일 것이니까요."

푸홀 요새의 전투가 끝나고 1시간이 지난 후, 하벤 제국의 주요 영주들이 아렌 성으로 모이게 되었다.

하벤 제국 영주들의 표정은 단단히 굳어 있었다.

"북부를 다시 뺏기다니… 장기적으로 보면 제국의 헤게모니 장악을 위해서는 필요한 곳이었는데 말입니다."

"놈들이 이제 우리 제국 영토까지 쳐들어오지는 않겠소?"

"그게 문제야. 제국 명성이 하락하면서 당장 반란군도 더 날뛰게 생겼어."

"반란군과 위드가 연합하면 골치가 엄청나게 아파지겠군."

이윽고 라페이와 바드레이, 수뇌부가 회의실로 들어왔다. 시끄럽게 떠들던 영주들의 시선이 그들에게로 향했다.

수뇌부 회의를 통해 논의했던 이야기들을 라페이가 영주들에게 전달할 차례였다.

영주들의 눈에는 다분히 불신이 뒤섞여 있었다.

반석에 오른 듯하던 하벤 제국의 신화와 업적이 빠른 속도로 무너지고 있다. 라페이와 바드레이. 이 두 사람의 쌍두마차는 헤르메스 길드를 강력하게 이끌어 왔지만, 중앙 대륙을 정복한 이후부터는 흔들리고 있다는 느낌이 강하게 났다.

'제국의 몰락인가.'

영주들이 깊이 우려하는 시선을 보낼 때, 라페이가 먼저 나서서 입을 열었다.

"지금 제국은 여러 위험에 직면해 있습니다. 반란군 때문에 내정의 안정이 구축되지 않고 있으며, 정보부의 판단으로는 북쪽에 이는 바람이 감히 겁도 없이 중앙 대륙까지 내려올 것입니다."

라페이는 북쪽 바람이라고 완곡하게 표현했지만 간단한 의미는 아니다. 푸홀 요새를 정복하고 북부의 식민지를 장악한 아르펜 왕국의 병력이 그대로 하벤 제국의 국경을 넘어올 것이라는 발표.

짐작은 하고 있던 사실이지만 중앙 대륙의 북쪽 지방 영주들의 안색이 딱딱하게 굳었다.

'내 영지에서 전쟁이 일어난다면 쑥대밭이 되겠지.'

하벤 제국의 확장기에 가졌던 숱한 전쟁, 적들의 도시와 생산 시설을 초토화시켰던 경험을 되새겼기 때문이다.

그때는 제국의 영토 확장이 우선이었기에 도시 파괴에도 거침이 없었지만 지금은 안정된 기반을 닦아 가고 있는 중이다. 알토란처럼 수익을 가져다주는 도시들이 파괴된다면 영주들의 피해는 막대하리라.

거인 기사 보에몽이 굵은 목소리로 물었다.

"설마 하벤 제국이 아르펜 왕국을 막을 수 없는 것입니까? 중앙 대륙을 통일한 우리의 군사력이 어마어마한데도?"

"제국에는 많은 도시와 요새가 있으니 침략을 피해 없이 막기는 힘들 것입니다."

"말도 안 됩니다. 제국의 군대와 우리 헤르메스 길드의 유저들은 강합니다! 지금까지 북부에 전력을 기울일 수 없었을 뿐, 그들이 우리의 땅으로 내려온다면 이야기는 달라질 겁니다. 똑바로 전력 비교를 해 보십시오!"

"여기서 중요한 것은 우리가 침략의 피해자가 될 것이라는 점이며, 어쩌면 예측할 수 없는 일부 지역에서는 패배를 겪을 수도 있습니다. 우리가 지금까지 이미 겪어 본 것처럼 전쟁이란 본래 그런 것이니까요."

헤르메스 길드 유저들 모두가 겪고 있는 당황은 아르펜 왕국의 국력을 제대로 측정하기 어렵다는 점이다.

명색이 국가이지만 모라타 외에는 별것도 없이 땅만 넓었다. 그러나 제국의 연이은 침략을 유저들의 힘으로 견디면서 오히려 역공을 취할 정도로 성장했다.

라페이나 헤르메스 길드의 수뇌부에서는 아르펜 왕국이 침략을 하더라도 도대체 얼마나 되는 병력이 동원될지조차 현재로서는 가늠하기 어려웠다. 아르펜 왕국이 가진 힘은 근본적으로 유저들의 지원에 있기 때문이다.

위드 혼자, 혹은 아르펜 왕국군이라면 아무것도 아니지만, 그 뒤에는 유저들이 있기 때문에 그 저력을 추측할 수가 없다.

"드넓은 제국을 통치하려니 여러 가지 곤란함이 있습니다. 길게 끌 것 없이 아르펜 왕국과 전투가 벌어졌을 때 생길 수 있는 최악의 상황부터 말씀드리죠. 북부 유저들만 내려왔을 때 그들을 우리 손으로 처치하기는 어렵지 않습니다. 제국의 영토는 넓고 그들은 분산될 수밖에 없을 테니까요."

영주들은 당연하다는 듯이 고개를 끄덕였다.

헤르메스 길드의 전력이 비교 대상이 없음에도 불구하고 고전을 면치 못하는 이유가 무엇이던가.

독립된 단일 세력이라는 점을 감안한다면 지금의 헤르메스 길드는 막강하다는 말로도 부족할 지경이었다.

하지만 다스려야 할 땅과 인구가 너무나도 많다.

지금까지는 힘과 위세로 불만을 표시하는 유저들을 찍어 눌렀지만 전투의 패배로 인해서 그들이 헤르메스 길드를 우습게 여기고 있다.

"그러나 아르펜 왕국이 반란군과 손을 잡거나 중앙 대륙의 유저들이 그들의 편으로 점점 돌아선다면… 그들의 세력은 몇 배로 커집니다. 남쪽에서의 사막 부족의 침략도 심각하게 걱정해야 할 부분입니다."

하벤 제국으로서는 최악의 상황까지도 가정해야 했고, 어쩌면 이 일은 실현 가능성이 상당히 높기까지 하다.

북부 유저와 반란군, 반헤르메스 길드 세력과의 연합은 충분히 시도될 수 있는 일이다.

일반 유저들이 하벤 제국이 충분히 무너질 것 같다고 우습게 보기 시작하면 멈출 수 없는 수레바퀴가 구르게 된다.

중앙 대륙의 유저들 대부분이 반헤르메스 길드의 기치를 걸고 아르펜 왕국으로 넘어갈 수도 있으리라.

위드의 인기, 추락한 헤르메스 길드의 위신이나 이반한 민심을 감안한다면 충분히 이루어질 수 있는 일이었다.

영주들의 얼굴이 붉게 달아올랐다.

"그런 말도 안 되는……! 실현 가능성이 얼마나 됩니까?"

"정보부의 분석으로도 지금 시점에서 정확하게 알 수는 없습니다. 그러나 아르펜 왕국이 현재보다 몇 배로 커질 여지는 충분합니다. 큰 전투에서 한두 번 더 지게 된다면 그건 최악 중의 최악이 될 테지요."

더 이상 북부 원정의 실패가 문제가 아니다. 제국이 무너질 수도 있는 심각한 사안이었다.

제국이 제국다운 패권을 잃어버리면 그들은 통치력을 잃어 넓은 땅을 지배할 수 없게 된다.

명문 길드들의 연합까지도 꺾어 낸 그들이었지만 민심이 완전히 떠나고 위드가 저항군의 중심이 된다면 아마 방송국이나 유저들은 신이 날 것이다. 최고의 시청률을 연달아 경신하면서 하벤 제국의 참패를 보도하리라.

헤르메스 길드의 세력과 전투력이 아무리 막강하더라도 일이 그만큼 흘러가면 되돌리기가 어려워진다.

라페이는 최악의 상황을 이야기했지만 실제로 그런 일이 벌어질 가능성이 높다는 점에서 그야말로 대위기였다.

"그렇기 때문에 우리는 보다 먼 미래를 봐야 합니다. 앞으로 제국은 적극적으로 세금을 감면하고 통행료와 사냥터 입장료를 감면할 것입니다."

칼쿠스의 이마가 찌푸려졌다.

"세금 감면이라면… 얼마 전에도 20%나 깎아 주었는데 얼마나 더 낮출 계획입니까?"

"지금의 삼분의 일로 낮출 것입니다. 통행료와 입장료는 길드에서 허락한 장소들 외에는 전면 무료화 정책을 실시합니다."

충격적인 세금 감면.

모든 세금을 아르펜 왕국보다 약간 높은 수준에서 다시 맞추고, 통행료와 입장료 등은 일부에서만 받기로 했다.

"세금 인하가 시작되면 제국 전역의 치안은 급속도로 회복될 것입니다. 그리고 유저들 역시 위드의 편에 서서 하벤 제국을 공격해야 할 이유가 없어집니다. 적을 줄이고 전력을 집중할 수 있죠."

"그야 그렇게 될 것 같지만……."

영주들은 서로 눈치만 살폈다.

위드의 편으로 뭉친 유저들을 흩뜨려 놓기에 이보다 좋은 수는 없다. 하지만 막중한 세금을 거두어들이면서 그들이 쌓아 오던 부와 권력, 그것을 포기하자니 너무나 아까웠다.

"세금 감면으로 민심을 수습한 이후에 아르펜 왕국을 철저히 박살 낼 것입니다."

"그렇다면, 전쟁이 끝나면 어떻게 합니까?"

욕심 많은 영주 중의 한 사람이 물었다. 다른 이들 또한 나서서 질문을 던지지는 않았더라도 여기서 가장 궁금한 게 바로 그것이었다.

"원래대로 세금을 올릴 겁니다."

"유저들이 다시 반발을 할 텐데요?"

"위드라는 반대 세력의 핵심이 사라지고 난 이후의 일입니다. 아르펜 왕국이 사라지고 나면 세금을 증가시키고 통행료가 부활하더라도 누구도 막을 수 없을 테니까요."

영주들은 이 방법이 너무 단순하다고 생각했다.

'눈 가리고 아웅이나 마찬가지군.'

보통의 유저들 역시 뻔히 대륙을 통일하면 세금을 원상 복구시킬 것을 의심할 것이다.

하지만 그럼에도 불구하고 당장 편안함을 주면 적대도는 훨씬 낮아질 것이다. 현재의 일을 나중으로 미룬 것에 불과하지만, 어쨌거나 효과적인 수단이었다.

군중심리나 기세라는 것은 크게 꺾이고 나면 쉽게 다시 일어나지 못하는 법이다.

헤르메스 길드를 싫어하는 유저들은, 위드가 목숨을 잃고 아르펜 왕국이 무너지고 나면 짙은 패배감에 휩싸이게 될 것이다. 바닥까지 무너진 아르펜 왕국이 재기하기는 불가능에 가까울 테지만, 한 번 이기면 두 번 이기기는 더욱 쉬워진다. 헤르메스 길드에서는 그럴 때마다 철저히 짓밟아서 다시는 반대 세력이 일어나지 못하도록 할 것이다.

"우리 헤르메스 길드에서도 이렇게까지 할 예정은 없었지만 이는 우리가 전쟁에서 패배했기 때문입니다. 전쟁을 이기기 위한 수단으로 무력만이 아니라 모든 것을 동원하는 총력전 체제에 돌입할 것입니다."

푸홀 요새의 전쟁이 끝나고 나서 인터넷 사이트는 뜨겁게 달아올랐다. 로열 로드를 좋아하는 유저는 전 세계에 퍼져 있었고, 베르사 대륙이 걸린 전투나 마찬가지였기에 결과에 대해 떠들썩한 건 당연했다.

이때, 급속도로 회원 숫자가 증가하는 카페가 있었다.

위드증오연합

대한민국은 물론이고 미국, 중국, 일본, 유럽, 호주 등 각국의 사람들이 가입했다.

생성된 이후로 하루 만에 500만의 유저를 돌파하더니 지금은 무려 7천만 명의 엄청난 숫자를 거느리게 되었다.

위드의 팬 카페가 있긴 하지만 회원 수는 인기에 비해서 많지 않아, 고작 30만 정도였다. 로열 로드와 아르펜 왕국,

풀죽신교를 상징하는 한 사람이 위드이다 보니 따로 팬 카페 활동이 활발할 필요가 없는 것 또한 그 이유였다.

위드증오연합 카페 게시판에서는 매일같이 악독한 말이 쏟아졌다.

-위드가 밉습니다.

-저는 정말 증오합니다. 그의 말과 행동, 모든 것이 혐오스럽습니다.

-밤마다 그 인간에 대해서 저주를 퍼붓고 잠들고 있습니다.

-위드에게 샀던 여우 조각상. 후후, 불태워서 부숴 버렸어요! 이런 걸 만들어 놓고도 좋다고 보리 빵 먹었겠죠?

게시판을 달구는 악플들.

그들이 분노한 이유는 단 하나였다.

풀죽신교의 여신 서윤.

그녀가 위드와 친하기 때문이다. 어쩌면 연인 관계라는, 믿고 싶지 않은 소문도 있었다.

게시판에는 푸홀 요새의 전투가 벌어졌던 날 서윤을 봤다는 글들도 줄을 이었다.

제목 : 조인족의 고백

저는 조인족입니다.

로열 로드를 하면서 말입니다, 조인족이라서 좋았던 것도 있고 나빴던 것도 있어요. 인간 유저들은 모르겠지만 저 높은 하늘에서 부는 바람은 대단히 춥습니다. 추위를 견디면서 하늘을 나는 기분은… 날갯죽지가 시려 온다고 할까요.

그러나 저는 후회하지 않습니다. 그녀를 보았으니까요. 캬하하 하하핫.

서윤을 직접 봤다는 이 사람의 글에는 댓글들이 수천 개씩 달렸다.

-축복받으셨군요.
-가, 가까이에서 보셨습니까? 여신님과 같은 공간에 계셨던 거예요?
-평생 쓰실 행운을 다 쓰셨으니 몸조심하세요.
-아니, 이 양반이… 지금 날갯죽지 추운 게 문제입니까, 여신님을 직접 알현했는데?

제목 : 저도 조인족입니다. 훗훗

긴말하지 않겠습니다.

참 고맙습니다. 저를 태어나게 해 주신 부모님을 비롯해 모든 사람에게 감사드립니다. 싸가지없는 직장 동료, 말 더럽게 안 듣는 여동생까지도 용서합니다.

31년간 친구도 별로 없이 혼자 살아왔습니다만 후회는 없습니다. 그날 이후로 영혼에 빛이 내렸으니까요.

비로소 살아갈 이유가 생겼습니다. 감사합니다.

-부럽습니다. 저도 용기를 내서 삶의 희망을 찾아 봅니다.

-조인족을 선택하면 여신님을 볼 확률이 더 높아질까요?

-가능성이 있다고 봅니다.

-저는 푸홀 요새에서 이기고 나서 레벨 310짜리 캐릭터를 없앴습니다. 조인족으로 다시 태어나기 위해서.

-헐, 아깝다.

-이 세상에 아까운 건 없어요. 우린 모두 사라져 버리고 말 테니까요. 신이 존재하는지 아닌지는 모르지만, 있다면 가장 잘한 건 그녀를 태어나게 한 것입니다.

-윗분, 말씀 너무 함부로 하시는군요. 불쾌합니다. 말 한마디 한마디 조심합시다. 여신님의 아름다움은 사라지지 않습니다. 영원합니다.

-다들 똑똑히 알고 계세요. 여신님의 목소리를 비롯해 모든 것이 사라지지 않을 겁니다. 우린 영원한 역사의 현장에 있는 겁니다.

위드가 처음 서윤을 보았을 때에도 물론 그녀는 눈이 번쩍 뜨일 만큼 대단히 아름다웠다. 차갑고 어두운 표정을 지었지만 아름다움은 숨겨지지 않는다.

그런데 지금은 밝게 미소를 짓는다.

전 세계 어떤 미녀들도 비교되기 힘든 미모.

서윤이 있는 자리에 인간이 다가오면 전부 해산물이 되어 버릴 정도였다. 어떤 우울한 일, 피곤함이 있더라도 그녀의 얼굴을 보면 마음까지도 깨끗하게 치유된다고 느껴질 정도였다.

–저는 사업 몇 번 말아먹고, 빚내서 작은 김밥집 하나 운영하고 있는데 장사가 안돼요. 인생에 되는 게 정말로 없네요. 모두에게 미안하고… 자살까지도 생각했는데, 그때 여신님을 뵈었습니다. 저아직 살 가치가 있겠죠?

–어디십니까. 다 같이 김밥 정모라도 한번 합시다.

서윤의 외모에 대해서는 이곳의 누군가가 정의를 내렸다.

–여신님을 보고 나서 처음 1초는 믿기지가 않아요. 그리고 2초가 지나면, 제 영혼이 더 이상 제 소유가 아니란 걸 느끼게 됩니다.

서윤을 향한 열병으로 달아오르는 위드증오연합 카페.

푸홀 요새 전투에서의 조인족의 대활약 역시 그녀의 등장 때문이었다는 고백들이 이어졌다.

–잠깐… 제정신이 아니었어요. 이성이 흐려지고 뭔가에 취한 것

처럼. 근데 왜 이렇게 뿌듯하죠?

카페의 특성에 맞게 위드에 대한 테러나 보복을 하자는 게시 글도 있었다. 하지만 반대 의견들이 줄을 이었다.

-악적 위드를 암살하자는 의견, 좋습니다. 저도 100% 공감해요. 할 수만 있다면 독단검이라도 들고 덤빌 겁니다. 하지만 그 후의 뒷감당은요? 여신님이 슬퍼하시면요?

-으아악! 윗분들, 말 함부로 하지 마시라니까요. 여신님이 슬퍼하는 모습을 상상해 버렸잖습니까.

-여신님의 눈에서 눈물이… 커헉, 또다시 심장이 멎는다!

-그런 일이 벌어지면 안 됩니다. 인류의 공적입니다. 베르사 대륙이 멸망하더라도 보호해 드려야 합니다. 그만한 가치가 있지 않습니까?

-위드는 마음에 들지 않지만 여신님이 웃게 해 줍시다. 우리가 할 수 있는 최선이에요.

-아르펜 왕국을 위하여, 그리고 여신님을 위하여.

-풀죽신교를 현실의 정식 종교로 만드는 건 어떨까요? 누가 만들면 저는 평생 신도는 물론이고 십일조 헌금하겠습니다.

-돈을 거둬들여서 전 대륙은 물론이고 지중해와 태평양 한복판에도 여신상을 세워 놓는 겁니다.

-기가 막힌 계획이네요!

떼돈을 벌어들이는 워터파크

아르펜 왕국의 영토 확대와 더불어서 하벤 제국의 전격적인 세금 인하 소식이 대륙을 휩쓸었다.

"만세!"

"세금으로부터 해방이다. 고생이 끝났어."

"말도 안 돼. 갑자기 헤르메스 길드 놈들이 이렇게 순순히 물러나다니……."

"뭘 걱정해. 어쨌든 좋은 일이잖아."

로열 로드의 접속률이 4배나 오를 정도로 유저들의 반응은 즉각적이었다.

중앙 대륙에 있는 모든 유저들은 대환영의 뜻을 표시했다.

"이제부터 진짜 재밌어지겠다."

"응. 난 상인이 될 거야. 물건 잔뜩 떼다가 팔아야지. 수익금은 대부분 내 몫이잖아."

도시의 상점들마다 유저들로 북적였다.

세금이 전격적으로 인하되면서 물품의 가격들이 절반, 혹은 그보다도 낮은 가격으로 형성되었던 것이다.

"갈리코오스의 검 주세요. 벌써 팔렸다고요? 그럼 네르달의 반월검이라도 주세요!"

"여기 주문요. 쓸 만한 갑옷 있으면 모조리 보여 주세요."

"말. 명마들을 찾습니다. 최소 몇 년간은 탈 거니까 좋은 녀석으로요."

상점은 묵혀 둔 호주머니를 여는 유저들로 인하여 발 디딜 틈이 없을 정도로 붐볐다. 유저들은 평소에 사고 싶었던 물품들을 세금이 감면된 싼 가격에 아낌없이 구입했다.

"살 거 있으면 더 사."

"이제 돈 얼마 안 남았는데……."

"벌면 되잖아. 장비 다 맞추고 사냥터에 가 봐라. 쓴 돈 복구하는 거 금방이야."

"사냥터 갈 돈이 안 남잖아."

"몰랐어? 던전 입장료도 다 무료야."

"허억!"

전면 무료화 정책은 한동안 사냥과 성장에서 등을 돌렸던 유저들까지 몰두하게 만들었다.

높은 세금과 한정된 던전으로 퍽퍽하던 중앙 대륙의 생활이 헤르메스 길드의 방침 변화에 따라서 극적으로 개선된 것이다.

던전들마다 유저들이 찾아오면서 입구에는 파티를 구하는 사람들이 줄을 서서 기다렸다.

"권사가 사제 구해요. 2단계 신성 치료 가능하신 분이면 누구나 됩니다. 제대로 키워 드릴게요."

"바타터의 보스 몬스터까지 사냥할 파티 조직하고 있습니다. 감각 있는 레벨 400 이상으로만 연락 주세요."

"오늘 밤새우고 사냥하실 분요. 우린 던전 싹쓸이를 위해서 10명 이상으로 모이는 중형 파티입니다."

도시와 사냥터가 북적이고, 그곳을 연결하는 도로에도 마차와 유저가 부쩍 많아졌다.

침체되어 있던 중앙 대륙의 넓고 거대한 땅에 활기가 돌았다.

사방에서 출몰하던 반란군에게도 변화가 생겼다.

"고향으로 돌아가자. 하벤 제국은 밉지만 이제 돌아가서 농사를 지어야지."

"황제 폐하께서 지난 죄는 모두 없애 주기로 했으니까… 그만두고 생업에 종사할 거야. 가족들을 먹여 살려야 하니까 말이야."

"농부들에게는 땅을 주고, 상인에게는 말과 마차를, 대장장이는 대장간에 취직을 시켜 준다고? 그렇다면 도시로 가야지. 이제 뭘 해도 먹고살 수 있겠어."

반란군 중에서 제국에 대한 충성심이 극도로 저하된 이들은 끝까지 저항을 하기로 했지만, 절반 이상이 그대로 와해되고 말았다.

헤르메스 길드의 전격적인 세금 감면이 주는 효과, 천문학적인 자금이 집행되는 경제 조치들까지 이어지면서 각종 개발이 시작되었다.

 -하벤 제국은 베르사 대륙의 안정과 유저들의 편의 도모를 위하여 건설 사업을 본격 추진할 것이다.

황제 바드레이의 이름으로 위대한 건축물을 30개 동시에 건설한다는 포고문까지 각지에 붙었다.

물론 위대한 건축물을 짓기 위해서는 그 지역에 다양한 조건들을 달성해야 했으며 숙련된 건축가들과 이에 적극적으로 협조하는 유저들이 필요했다.

실제 시행까지는 많은 시간이 필요했음에도 위대한 건축물 건설에 나선다는 발표만으로도 흐트러진 민심을 다독이는 효과가 생겼다.

헤르메스 길드의 세금 감면은 유저들의 열띤 호응을 일으키며 푸홀 요새의 전투 결과마저 묻어 버릴 정도였다.

푸홀 요새의 전쟁에서 크게 이겼음에도 불구하고 이현은 밀려드는 격한 슬픔을 가늠 길이 없었다.

그날 저녁에 여동생과 돼지고기 김치찌개에 밥을 먹으면서 텔레비전 방송을 시청했기 때문이다.

"하벤 제국에서 세금을 큰 폭으로 인하했는데요, 중앙 대륙의 상점과 시장은 사람들로 붐비고 있습니다. 재호 씨, 하벤 제국의 분위기가 많이 달라졌다면서요?"

"네, 그렇습니다. 도시에는 돌아다니는 사람들이 늘어났고, 창고에 쌓여 있던 물건들도 불붙은 것처럼 판매되고 있습니다."

"그렇다면 도시의 안정화도 금방이겠어요?"

"하벤 제국에 의해 정복당한 지역에서는 주민들의 반발이 여전해서 단순히 세율을 낮추더라도 쉽진 않겠습니다만, 여러모로 큰 변화가 생기리라고 봅니다."

전격적인 세율 인하 소식이 로열 로드와 관계된 모든 방송국에서 중계되고 있었다.

이현은 돼지고기가 담긴 숟가락을 떨어뜨릴 정도로 놀랐다.

"하벤 제국이 세금을 낮춰 버리다니, 이건 도끼로 제 발등을 찍는 행위야."

하벤 제국의 군사력이나 경제 규모라면 아직 취할 수 있는 조치가 많았다. 최소 서너 번은 북부 원정대를 더 구성할 수 있었고, 또 계획만 잘 세운다면 아르펜 왕국을 초토화시키는 것도 여전히 불가능하진 않다.

그런데도 전격적인 세금 인하로, 패배로 뒤숭숭한 제국을 안정시키는 움직임을 시작했다.

방송국에서는 헤르메스 길드의 공식적인 입장 발표도 나왔다.

-헤르메스 길드에서는 하벤 제국을 중심으로 끝없는 전란이 일어나는 중앙 대륙을 통일하여 안정시키기 위해 노력해 왔습니다. 그 길에서 우리는 수많은 동료와 적을 맞이하였지만 지나간 과거를 후회하지는 않습니다. 변명 같겠지만 우리가 아니었더라도 누군가는 걸어가야 했음을 알고 있기 때문입니다.

전쟁을 빨리 끝내는 것만이 헤르메스 길드가 할 수 있는 최선이라고 생각해 왔고, 그 과정에서는 주민들을 불편하게 만드는 명백한 잘못들도 있었습니다.

이제 하벤 제국에서는 베르사 대륙을 안정화시키고, 이 땅에서 살아가는 유저들을 위하여 세율을 인하하고 경제 개발에 나설 것입니다.

변화를 말로만 들려 드리지 않고, 눈으로 직접 보게 해 드리겠습니다. 앞으로 하루하루 달라질 대륙을 지켜봐 주시기 바랍니다.

이현의 입에서 볼멘소리가 튀어나왔다.

"도대체 헤르메스 길드에는 동업자 정신이 없어."

아르펜 왕국을 계속 공격하고 괴롭힌 것이야 대륙 정복 차원에서 그럴 수 있다고 치자.

장기적으로 볼 때 아르펜 왕국이 핑계를 대서 세율을 높이려면 하벤 제국이 그대로 있어야만 하지 않겠는가.

"저쪽에서 실컷 낮춰 버리면 난 앞으로도 세금을 올릴 수가 없게 되는데……."

눈앞이 시큰해질 정도로 슬픔이 밀려들어 왔다.

청렴결백한 국왕이라든가 가난한 왕국, 이런 건 관심 밖에 있었다.

아르펜 왕국이 북부를 차지한 대제국이 되어서 경제를 발전시키면 야금야금 세금을 올릴 계획을 갖고 있었다. 영구히 아르펜 왕국을 지배하는 독재자가 되어 주민들을 착취하는 것만이 인생의 목표였다.

"무릇 남자라면 그 정도의 야망은 있어야지."

무척 잘하고 있던 헤르메스 길드였는데 조금의 위기 때문에 방침을 바꾸고 만 것이다.

"역시 악덕 독재자란 참 힘든 거야."

이현과 이혜연은 함께 텔레비전을 보았다.

중앙 대륙에서 활동하는 유저들이 행복해하면서 상점을 바쁘게 돌아다니는 모습이 나왔다.

이혜연과 이현이 한마디씩 했다.

"예쁜 옷이네."

"아깝다. 아르펜 왕국으로 데려와서 팍팍 착취해야 하는
데……."

중앙 대륙의 관광지들이 벌써부터 한 달간 예약이 가득 찼
다는 방송도 나왔다.

"와! 예쁜 곳이다."

"바가지를 듬뿍 씌울 수 있는 기횐데."

하벤 제국에서 예정하고 있던 경제개발 조치들에 대한 안
내, 그리고 위대한 건축물 건설 소식도 나왔다.

"중앙 대륙도 살기 좋아지겠어, 오빠."

"집값이 좀 오르겠군."

비슷한 성장 과정을 거쳤음에도 불구하고 전혀 다른 생각
을 하는 남매였다.

이현은 서윤과 데이트를 하기 위해 옷장에서 2초 동안 옷
을 골랐다.

대학교도 쉬면서 매일 로열 로드만 하고 있었지만, 그래도
매주 잠깐씩은 그녀와 동네 나들이라도 함께 다녔다.

"청바지에… 티셔츠를 입어야 되겠군."

외출용 패션이란 단순하기 짝이 없었다.

청바지는 1년 내내 입을 수 있었고, 계절에 따라서 날씨가 추워지면 티셔츠 위에 점퍼를 하나 더 걸치면 된다. 물론 겨울철 새벽에 외출할 때는 두툼한 골덴 바지도 입었다.

열일곱 살 때부터 수산 시장에서 일하는 아저씨들과 비슷한 패션을 꿋꿋하게 고수했다.

서윤과의 데이트에도 매번 바뀌지 않는 패션.

"옷은 편한 게 좋으니까 말이야."

가끔씩 멋을 내고 싶을 때도 있었다.

서윤이 워낙 아름답기 때문에 그녀와 어울리고 싶은 욕구도 들었다. 남들이 봤을 때 잘 어울리는 커플이라는 소리를 한 번쯤은 들어 보고 싶었기 때문이다.

"그래, 아껴 두었던 새 티셔츠를 입어 보자."

이현은 몇 개월 전에 대형 마트에서 이월 상품 할인으로 1만 2천 원에 샀던 티셔츠를 꺼냈다. 부드러운 원단과 착 달라붙어서 편안함을 주는 피팅감, 그리고 꼼꼼한 바느질.

"역시… 옷은 마트표가 달라."

이현은 거울을 보며 만족스러웠다. 가슴에 병아리 1마리가 그려져 있는 옷을 입고 집을 나섰다.

몸보신을 만지며 기다리고 있던 서윤도 청바지에 흰 티셔츠 차림이었다. 간단한 복장이었음에도 불구하고 광채가 났다.

얼굴은 말할 것도 없거니와 완벽한 몸매의 비율.

수백 년 전쯤에 태어났다면 충분히 국가 간의 전쟁도 불러 올 수 있는 외모였다. 물론 예술가들은 그녀의 외모를 화폭이나 조각상으로 옮기기 위해 무던히도 많이 애썼을 것이다.

　"많이 기다렸어?"

　"아뇨. 잠깐 놀고 있었어요."

　서윤은 몸보신의 털을 부드럽게 쓸어 주었다.

　으르렁!

　이현을 보자마자 경계하는 몸보신.

　몸보신이 낳은 새끼 5마리도 따라서 꼬리를 빳빳하게 세웠다.

　동물들도 바보가 아닌 이상 알고 있었다. 그들의 새로운 주인이며, 착한 마음씨를 가지고 있는 서윤과 이현의 관계를!

　'뭔가 수상해. 저 옛날 주인이 악독한 짓을 했을 거야.'

　개들의 불신을 받는 이현.

　서윤에게 몸보신을 주고 나서 들인 두 번째 몸보신도 매일 그녀의 집으로 도망을 갔다. 바로 옆집임에도 불구하고 이현의 집 쪽으로는 오줌도 누지 않는 몸보신 2세.

　이현의 눈이 매섭게 빛났다.

　"누워."

　철푸덕!

　몸보신은 본능에 각인된 공포에 따라서 몸을 누였다.

　강아지 시절 이현이 된장 독의 뚜껑을 열 때마다 느꼈던

공포가 뼛속까지 채워져 있었다.

"헤엄쳐."

허우적허우적.

착하고 현명한 어미 개 몸보신이 애교를 부리니 강아지들도 슬그머니 꼬리를 내렸다.

"이제 좀 바람직하군."

간단하게 강아지들을 제압하고 서윤과의 동네 나들이를 시작했다.

길가에서 돌아다니는 동네 고등학생 양아치들부터 마주쳤다.

"안녕하십니까!"

요즘 노는 애들답지 않게 번듯한 자세로 인사하는 학생들.

뒷골목을 주름잡는 그들 사이에 떠도는 전설이 있었다.

"이현이라고… 절대 조심해라. 그리고 그놈 여동생은 건드리지도 마."

"왜요?"

"찬희 형 알지?"

"예. 이 지역에서 그 형 모르는 사람 있으면 간첩이죠."

"예전에 좀 꼬셔 보려고 집 앞에서 어슬렁거리다가 이현에게 발각되었다."

"싸웠어요? 웬만하면 찬희 형이 질 리 없는데."

"말도 안 될 정도로 일방적으로, 죽도록 얻어맞았다. 그래서 그날 저녁에 쇠 파이프를 들고 찾아가서 놈에게 나오라고 악을 썼지. 애들도 잔뜩 끌고 갔다."

"그런데요? 그놈이 경찰에 신고라도 했어요?"

"그러면 다행이게? 대문에서 이현이란 놈이 양손에 낫을 들고 나왔다."

"……."

"그때 닭을 잡고 있었는지, 낫에서 피가 뚝뚝 떨어지더라. 30명 정도를 상대로 맞서면서 얼마든지 들어오라고 하는데… 아무도 못 들어갔다. 아무튼 그날 이후로는 찬희 형도 이 동네 잘 안 와."

그 전설을 듣지 못한 동네 양아치들은 드물었다.

이현이 안현도의 도장에 다니면서부터 이래저래 소문은 더 크게 부풀려졌다.

"평소에 진짜 칼로 훈련한대."

"도장에 다니는 이유가… 칼을 잘 쓰기 위해서라던가? 여동생 건드렸다가 누구 하나 난도질을 당한다 해도 놀랍지 않을 것 같아. 충분히 그럴 만하다니까."

"이 동네에서 그 이상을 저지를 만한 놈은 그 녀석밖에 없어."

"그 도장에 다니는 사람들 봤냐? 조직에 있는 형님들도 그분들은 못 건드린다."

뒷골목 지역사회에서 이현과 그 식구들은 건드릴 수 없는 존재가 되어 있었다.

그럼에도 서윤은 워낙에 예쁘기 때문에 양아치들이나 질 나쁜 남자들이 눈독을 들이고 있었다. 하지만 고도로 훈련된 정식 경호원들에 의하여 일찌감치 차단되었다.

지금은 경호원들을 데리고 다니지 않지만 호위는 더 철저해졌다. 이현을 지켜보던 유병준이 서윤의 존재를 의식했던 것이다.

"이현의 여자 친구인가. 아름답군. 너무 예뻐서 범죄의 표적이 될 수도 있을 것 같은데……."

–중범죄의 발생 가능성은 94.7282%입니다.

"대한민국의 치안이 그 정도로 안 좋은가? 다른 국가들에 비해서는 훨씬 나은 것으로 아는데."

–저 여성의 외모 조건이라면 대부분의 국가에서는 98% 이상의 확률로 중범죄가 발생했으리라고 추측됩니다.

국가의 치안이나 경찰력마저도 무력화시킬 정도의 외모.

그녀가 걸어가면 모든 사람들이 쳐다보고 일대 교통이 마비된다. 과거에 1명의 미인 때문에 전쟁이 일어나고 국가가 무너졌다는 게 과장이 아니었다.

"그냥 방치해 두면 안 좋은 일이 벌어지겠군. 저 아이가 슬퍼하는 모습을 보고 싶진 않아."

감정이 메마른 유병준도 서윤이 슬프게 울어야 하는 사건 같은 건 생기지 않길 바랐다.

위드의 모험을 살펴보면서 로열 로드에서 과거에 서윤이 굳어 있던 마음이 녹으면서 눈물을 흘렸다는 것은 알고 있다. 서윤의 얼굴에서 맑은 눈물이 흘러내리던 장면은, 가히 그 순간의 아름다움을 믿을 수 없을 정도였다.

유병준마저도 코끝이 시큰해질 정도였으니, 자신이 충분히 젊은 나이였다면 그녀를 위해 모든 걸 바칠 수도 있을 것 같았다. 로열 로드 개발이나 전 세계를 뒤흔들 수 있는 재산이 뭐가 중요하겠는가.

서윤을 오래 지켜보다 보면 외모뿐만이 아니라 그 내면마저도 그만큼 아름답다는 것을 알게 된다.

"이현 저놈은 가끔 밉상이지만 그래도 여자 복은 있군. 저 아이만큼은 지켜 주고 싶다."

-경호를 시작하시겠습니까?

"A급 이상의 경호를."

A급 이상 경호라면 인공위성은 물론이고 감청 시스템을 비롯한 모든 감시 역량을 총동원하여 위험한 일이 발생하지 않도록 억제하는 것이었다.

근거리에 열 대 이상의 안드로이드가 동원되는 것은 물론이고 치안 정화 작업도 이루어졌다.

-반경 50킬로미터 이내의 범죄자들에 대한 증거 확보와 색출 작업에 들어가겠습니다. 경찰들을 움직여서 완전 소탕하기까지 걸리는 예상 시간은 일주일입니다.

유병준 박사의 명령에 의해 지역 전체가 깨끗해졌을 뿐만 아니라 비밀리에 안드로이드의 호위까지 붙었다.

이현이 큰길가로 나가서 물었다.

"어디부터 갈까? 영화관이나 쇼핑몰에 가 볼까? 겨울 옷 없지?"

"영화 보고 싶은 거 없어요. 옷도 안 입은 거 많은데… 시장부터 가요."

"먹고 싶은 거 있어?"

"꽃게요!"

"음, 꽃게가 좀 비싼데… 해산물은 먹을 것도 없는데 가격이… 아냐, 요즘 방송국에서 뜯어 오는 돈이 있으니 그 정도는 먹어 줘도 되겠지."

서윤은 이현이 로열 로드에서 벌어지고 있는 사건들이 중요하기 때문에 같이 많은 시간을 보내지는 못한다는 점을 알았다. 오늘의 데이트는 시장에 가서 꽃게를 듬뿍 사 와서 집에서 쪄 먹는 걸로 합의를 봤다.

이현의 5년째 단골인 시장의 해산물 가게 아저씨가 은근히 서윤에게 말했다.

"저놈과 어울리는 구석이 하나도 없는 귀한 아가씨가 어쩌다가… 아가씨, 세상은 넓고 남자는 많아요."

"아니에요. 전 괜찮아요."

"그래도 보기에 너무 딱해서… 혹시 약점이라도 잡힌 거라면, 당하고 있지 말고 꼭 경찰에 신고하게."

서윤이 받아 본 이백아흔일곱 번째 신고 제의였다.

동네에서는 물론이고 보통 얼굴을 마주친 대부분의 사람들이 한 번쯤은 신고를 권했다.

위드가 다시 로열 로드에 접속했을 때에는 푸홀 요새에서 여전히 축제가 벌어지고 있었다.

"키햐하하핫! 마셔, 마셔. 쭉 들이켜."

"어어, 취한다. 풀 술이 걸쭉하니 참 좋아. 먹으면 배도 안 고프다니까. 근데 안주까지 풀 전이라니 좀 심한 거 아냐?"

"던전에 대해서 너무 심각하게 고민할 필요는 없어요. 어두컴컴하고 으슥한 곳이지만… 또 아늑한 느낌이 있는 것이 참 좋다니까요. 언제 한번 같이 가시죠."

한낮인데도 불구하고 늘어져 있는 북부 유저들.

로열 로드의 시간으로는 약 사흘이 흘러간 후였지만 아직 이 지역에는 전쟁의 여파가 고스란히 남아 있었다. 성벽이 부서져 있고 땅도 곳곳이 파헤쳐진 채다. 그럼에도 사방에서는 여전히 흥청망청 먹고 마시고 노는 분위기.

위드의 입가에 썩은 미소가 맺혔다.

"좋군."

힘든 전쟁을 승리로 마쳤기 때문에 북부 유저들에게는 뒤풀이에서 실컷 놀 자격이 있었다.

전투에서 목숨을 잃은 유저들이 다시 돌아올 때까지 지금의 분위기는 계속 이어지게 되리라. 그들까지 되살아나면 이틀간의 공식적인 축제가 예정되어 있었다.

"돈이 꽤 벌리겠지."

물론 축제에 필요한 술과 음식을 조달하면서 상인들과 마판 상회는 떼돈을 벌 수 있으리라.

전쟁 전이나 후가 상인들에게는 가장 바쁠 때였다.

위드는 마판에게만 의존하지 않고 다른 상인들과도 약간씩의 관계를 맺어 두었다.

돈내꺼 상회, 왕바가지 상회, 킹크랩 해운상회, 와삼 상회, 거북이 상회 등등.

위드는 밑바닥 생활을 경험했기 때문에 돈이 나올 구석을 더 많이 알았다. 국가에서는 낮은 세율을 유지했지만 상인들과 이권을 주고받으면서 바닥에서부터 갈퀴로 쓸어 담았다.

이른바 지하경제의 대부!

그렇다고 모든 유저들이 푸홀 요새에서 놀고만 있는 것은 아니었다.

"사람을 살리는 사제님을 간절히 구합니다. 번거로우시더라도 같이 사냥 가 주실 분!"

"놀고 있는 방패 전사, 아무나 데려가 주세요. 레벨은 256.

맷집 위주로 키워서, 열심히 몸으로 버텨 보겠습니다."

레벨이 높거나 부지런한 유저들은 부근의 사냥터로 향하거나 모험을 위하여 떠났다.

"자, 지하 탐험입니다. 출발!"

10대와 20대로 보이는 유저들은 물컹꿈틀이가 파 놓은 땅굴을 통해서 놀기도 하였다.

"힘껏 밀어 봐."

"꿍차!"

일부 개념이 없는 유저들은 성벽 위에서 돌을 굴리거나 무너뜨리는 장난을 치기도 했다.

푸홀 요새는 성벽이나 방어탑, 내부의 도로들까지 부서져서 복구를 위해서는 많은 비용과 노력이 필요한 상태였다.

건축가로서 경험은 부족했지만 위드는 요새의 상태를 보고 대략 견적을 뽑았다.

"여길 복구하려면 적어도 수백만 골드는 잡아먹겠군. 물론 전쟁용 요새로 되살리지 않는다면 그만큼 돈이 들어갈 이유가 없겠지만 말이야."

군사 요새는 병사들의 훈련도를 빨리 높이고 그들의 사기를 높게 유지한다. 대규모로 군대를 유지하기 위해서는 필수적인 시설. 중요한 길목에 건설되어 전쟁이 벌어지면 적의 침략을 막는 보루 역할도 했다.

위드는 고개를 휘휘 저었다.

"원상 복구는 돈이 많이 들어서 무리야. 그리고 아르펜 왕국의 입장에서는 이곳에서 지킬 수도 없고."

하벤 제국의 군대를 상대로는 푸홀 요새에서 지키더라도 우회하는 병력에 의해 왕국이 쑥대밭이 될 수 있다.

"수리는 하지 않고 그냥 이대로 관리할 수 있는 방향으로… 그대로 폐허로 만들어서 기념품이나 팔아먹도록 할까?"

위드는 요새의 쓰임새를 바꾸고 싶었다.

전쟁 기념관 형식의 건물이라면 그럭저럭 인원이 찾아오겠지만 얼마 되지도 않는 푼돈에 불과하다. 수십 년, 수백 년 전의 역사적인 전투도 아니고 볼품없이 돌무더기만 쌓여 있는 장소에 무슨 의미가 있겠는가.

어설픈 관광시설이야말로 꾸준한 적자를 만드는 낭비의 전형적인 패턴.

위드는 잘못된 투자 같다는 생각이 들었다.

"기념품 판매 시설도 놔두지 않고 그대로 방치한다면… 아마 몬스터들의 소굴이 될 텐데."

버려진 건물이나 폐허에는 몬스터들이 모여든다. 푸홀 요새 정도의 규모라면 던전이 수백 개쯤 생성되더라도 이상할 게 없었다.

좋은 사냥터가 만들어지면 그것도 나름의 가치가 있는 일이겠지만 너무 과하면 독이 된다.

푸홀 요새는 그냥 방치해 놓으면 몬스터 군단이 몇 개나 생성될 만한 장소이고 이들이 꼭 한자리에만 머물러 있지도 않았다. 그들 중에서 보스급 몬스터가 생겨나고 단체로 아르펜 왕국을 배회한다면 그 피해와 치안 악화는 어찌하겠는가.

"깨끗하게 치우려면 철거 비용이 엄청날 텐데. 헤르메스 길드에 청구할 수도 없고 말이야."

위드가 지켜보는 와중에도 북부의 젊은 유저들은 놀면서 돌을 떨어뜨리거나 건물을 부수고 있었다.

'저게 다 고치려면 돈이 들어가는 건데. 집을 빌려줬더니 도배나 장판이 엉망이 된 걸 본 집주인의 심정이 이런 것이군.'

그때 불현듯 머릿속을 스쳐 가는 아이디어가 있었다.

"여기를 조각술로 활용할 수는 없을까? 조각술은 사실 쓸데없는 재료들도 예술로 치장해서 비싸게 팔아먹는 거잖아."

조각술에 대한 뿌리 깊은 편견!

땅에 떨어진 나무토막도 손질해서 몇 골드씩 받아먹었으니 틀린 얘기도 아니었다.

'돈은 내 손을 떠나면 사라지는 거지. 하지만 이 요새도 분명히 돈을 벌어들일 수 있는 방법이 있을 거다. 집중하자, 생각해 내. 세상에는 수많은 꼼수들이 있다. 인생의 성공과 실패는 그걸 찾느냐 못 찾느냐에 달린 거야.'

조각사의 관점에서 푸홀 요새를 다시금 살펴보기로 했다.

대망의 조각술 마스터까지는 고작 1%의 숙련도밖에는 남지 않은 상황.

어중간한 작품을 만들어서는 쉽게 올릴 수 없는 숙련도였지만 정말로 마지막 한 발자국만을 남겨 놓고 있는 실정이었다.

사막의 대제왕 시절에 검술을 마스터했더니 기본 공격력이 500%로 증가했다. 검의 잠재된 능력까지 추가 공격력으로 끌어냈으며, 공격 스킬의 위력도 향상되고 공격 범위 역시 넓어졌다.

검술뿐만 아니라 방어술, 기마술도 마스터에 올랐을 때 효과가 뚜렷했다.

직업 마스터 퀘스트는 당시에도 시간이 없어서 완수하지 못했지만 상당한 보상이 있으리라 짐작되었다.

"문제는, 바드레이도 검술 마스터를 할 텐데. 지금은 직업 스킬로 아마도 내가 더 앞서 있기는 하겠지."

위드는 명예의 전당에 가끔씩 올라오는 바드레이의 전투 영상을 보거나 방송국에서의 관련 뉴스들을 시청했다.

바드레이는 군대를 이끌고 다니면서 하벤 제국 내의 반란군을 무섭게 소탕하고 있었다. 물론 던전 사냥도 빠뜨리지 않으면서, 지금까지 개척된 적이 없는 곳들을 깨끗하게 정리한다.

다른 유저들은 그 대단한 전투력에 감탄할 뿐이지만, 위드는 이미 겪어 봤기에 대충 그 실력을 짐작하고 있었다.

"레벨은 확실히 500대 초중반. 그리고 검술 스킬은 생각보다는 조금 낮고. 다른 전투 스킬들도 효과가 뛰어난 여러 가지를 동시에 운영해서인지 숙련도가 좋진 않아."

검의 각성, 탄생의 힘, 흑기사의 일격, 다른 하나의 검 소환.

바드레이가 가지고 있는 스킬들은 훌륭하지만 사막의 대제왕 시절의 위드보다는 위력이 약했다.

"평균 고급 4레벨 이상 정도로 봐야겠지."

바드레이의 스킬 숙련도가 비교적 낮다고 해도 그건 어쩌면 크게 중요한 문제는 아닐 수 있다.

앞으로 사냥을 통해서 숙련도는 계속 증가하게 될 테고, 최초의 사냥이나 보상이 큰 퀘스트를 완수하며 쌓은 스텟들은 만만치 않은 부담이었으니까.

"조각술 마스터가 얼마나 좋을지는 모르지만 당장 해야 해. 이곳을 통해서 돈도 벌고, 조각술 마스터도 하고."

마지막 단계를 돌파하기 위하여 여러 가지 아껴 놓은 것들이 있었다.

조각술 최후의 비기를 통해서 시간 조각술이 중급에 올랐다. 오로지 단 한 번 시간의 박물관을 탄생시킬 수 있었다.

드래곤의 퀘스트를 통해서 헬리움도 챙겨 놓았다. 조각 재료로 쓰기에는 아까운 것이 사실이라서 아직 손을 대지 못하고 있었지만 내버려 두는 것도 낭비였다.

직업을 마스터하면 틀림없이 관련 스킬들의 향상은 물론

이고 여러 가지 보상이 있을 수 있으니까.

"내가 가진 능력을 몽땅 투자해 보자."

위드의 눈이 다시금 푸홀 요새를 바라보았다.

지금은 폐허, 막대한 자금을 잡아먹어야 하는 구멍.

그렇지만 생각을 바꾸면 꼭 정상적으로 복구해야 할 이유는 없다.

"군사시설이 돈을 벌어다 주는 것도 아니고, 교통이 편리하고 사람들이 많이 알고 있는 장소는… 당연히 문화와 상업으로 가야 하지 않겠어?"

푸홀 요새에 조각품을 만들기로 결심했다. 이 장소를 새롭게, 사람들을 위한 공간으로 바꿔 버리는 것이다.

"폐허에 조각품만 만들면 가치가 떨어질 테고 이 어수선한 잔해가 문제인데. 돈 안 들이고 싹 다 치워 버릴 방법은 없을까?"

위드의 머릿속에 얼마 전에 크게 돈 벌 기회를 놓쳤던 일이 떠올랐다.

"푸홀 요새 전투 전에… 강물을 틀어서 고급 별장 지역을 개발하려고 했었지. 시간이 너무 모자라서 아쉽게 포기했던 계획이지만. 지금 추진하더라도 이곳까지 물을 끌어오면 별장을 지어서 팔아먹을 수 있겠지."

물에 반쯤 잠긴 푸홀 요새, 그리고 주변 지역에는 계획대로 고급 별장들을 만들어서 분양한다.

전쟁을 경험했던 푸홀 요새의 독특한 경치가 나름의 멋을 자아낼 뿐만 아니라 이곳에서 더 많은 관광객들과 수익을 만들어 낼 방법도 떠올랐다.

"서, 설마 이것은……."

위드의 머릿속에 떠오르는 장면이 있었다.

웅장한 초대형 자연 조각품들이 세워져서 놀이 기구 역할을 한다. 강물까지 끌어다가 푸홀 요새 지역 전체를 호수처럼 바꿔 놓으면 그건 곧 관광객들을 합법적으로 빈털터리로 만드는 무자비한 시설물이 된다.

육지에서도 물놀이가 가능한 공간!

"꾸, 꿈에 그리던 워터테마파크다!"

대한민국에서도 여름이면 얼마나 많은 사람들이 워터파크와 바닷가로 떠나는가. 혼자도 아니고 가족이나 연인 단위로 움직이는 그들은 엄청난 바가지를 감수하면서도 돈을 쓰겠다는 열의가 있는 사람들이었다.

"육지에서 물놀이만 가능하다면 항상 비싼 입장료는 물론이고 주차료까지, 거기다 물품 판매 수익도 엄청날 거야."

들어오는 사람마다 입장료를 내도록 하고 아르펜 왕국의 주요 이동 수단인 마차나 황소, 말에도 주차비를 물리는 것이다. 제공하는 음식이나 숙박비도, 엄청난 가격을 받아도 된다.

환상의 바가지 시설!

베르사 대륙의 북쪽에는 아쉽게도 유명한 관광지가 별로 없고, 돈이 있더라도 실컷 쓸 만한 장소가 없다. 자신이 착용할 장비에 투자하거나 집을 사는 정도가 전부다.

그런데 이곳에 워터파크를 만들게 된다면 수많은 사람들이 와서 알뜰하게 벌었던 돈을 넘치게 쓰게 될 것이다.

"지역 전체를 물에 잠기게 하면 몇십만 명이 오더라도 무한대로 입장시킬 수 있어!"

기존의 워터파크가 갖는 한계를 뛰어넘는 지역 재개발사업!

하루에 10만 명이 온다고 가정했을 때, 일인당 10골드씩만 쓰더라도 100만 골드.

푸홀 요새의 폐허가 된 시설물들을 활용하고 강물을 끌어오면 자연적으로 형성된 워터파크이기 때문에 유지 관리비도 최소로 들어간다.

"초기에 자리를 잡고 나면 상업 시설들도 미친 듯이 들어서겠지. 음식이나 기념품이나 옷이나… 마구 팔려 버릴 거야."

위드는 자기 자신이 너무 멍청하다고 생각했다. 요즘 세상에서는 수전노처럼 돈만 밝혀서는 절대 부자가 될 수 없다.

"세금만 높이는 건 구식 방법이야. 돈을 막 쓰게 만들어서 마구 거둬들이는 거야."

소비를 조장해서 꾸준한 돈벌이를 해야 마땅했다.

북부 유저들이 몇 배나 더 먹고, 입고, 놀게 만들면 그게 전부 돈!

아르펜 왕국의 재정 수입은 아직 2천만~3천만 골드에 불과했다. 하지만 이번 워터파크 사업만 잘된다면 충분히 몇 배의 수익을 낼 수 있었다.

입장료, 여러 명목의 바가지, 별장과 상업 시설의 분양금, 세금. 환상의 4종 수익 세트!

"늦출 수 없는 계획이다. 당장 시작해야 해. 하벤 제국과의 전쟁보다도 더 중요하다."

위드의 온몸에는 긴장으로 인한 흥분이 흘렀다.

분명히 처음에는 푸홀 요새의 재개발이나 조각술 마스터를 염두에 두었던 계획이었지만, 지금은 완전히 상업성으로 물들고 말았다.

"조각 소환술!"

바로 조각 생명체들부터 소환했다.

누렁이나 켈베로스, 킹 히드라처럼 땅파기에 힘을 내야 하는 전문직 조각 생명체들!

그들이 빛과 함께 강제로 소환되었다.

"음머어어어어!"

누렁이는 대형 쟁기를 끌면서 굳어 있던 땅을 파헤쳤다.

여전사 게르니카, 검사 빈덱스, 기사 세빌 등은 삽을 들고 흙을 파냈다.

미로스 강에서부터 푸홀 요새까지 강의 흐름을 바꾸는 장대한 계획!

금인이와 은숙이 커플도 물론 부리로 바위를 쪼개며 일을 거들어야 했고, 와이번들 역시 마찬가지였다.

"꾸에에엑!"

와이번들은 모래를 날랐다.

조각 생명체 총동원령에 따라서 모든 조각 생명체가 일을 해야 했다.

데스 웜과 킹 히드라는 강물 속에서 막대한 양의 흙과 돌을 퍼내면서 흐름을 바꾸었다.

조각 생명체들이 공사용으로 사용되고 있는 순간이었다.

"지금 보시는 현장은 위드의 부하들이 무언가 일을 꾸미고 있는 모습입니다. 과연 그들은 어떤 계획을 가지고 있을까요?"

"전투가 끝나고 나서 등장한 위드의 부하들. 조인족의 시야를 통해 확인해 본 영상으로 추측해 보면 미로스 강에서부터 푸홀 요새 방향으로 강물을 끌어오려고 하는 것으로 보입니다."

방송국들은 실시간으로 속보를 전달했다.

푸홀 요새의 전투가 끝나고 나서 한동안 잠잠했던 시청자 게시판에 글들이 막 올라갔다.

−뭡니까. 무슨 일이죠?

−푸홀 요새에서 또 전투가 벌어지는 것 아닐까요. 먼 훗날의 하벤 제국과의 전투에 대비해서 수로를 파려는 것은……?

−요새 부근에 수로를 건설하기 위하여 물을 끌어오기에는 너무 큰 공사 같은데요.

−경력 21년 건설업자입니다. 저 정도 토목 사업이면 국가 단위의 일입니다. 최소 인허가 과정에서의 비자금만 수백억 단위예요.

위드가 벌이는 일은 방송국은 물론이고 시청자들의 비상한 관심을 끌었고, 로열 로드의 접속률이 올라갔다.

축제를 벌이며 쉬던 푸홀 요새의 북부 유저들도 소식을 듣고는 강가까지 가 보고 깜짝 놀랐다.

"어라, 정말 공사를 하잖아."

"땅도 꽤 많이 파낸 것 같은데 말이야."

데스 웜이 마구 땅을 파헤치고, 킹 히드라가 중장비처럼 움직이면서 흙을 밀어낸다.

산더미처럼 쌓여 있는 흙!

그때 북부 유저들에게 일제히 메시지 창이 생성되었다.

띠링!

미로스 강의 건설 현장

아르펜 왕국의 국왕 위드는 거대한 토목 건설 사업을 추진하고 있다.
미로스 강에서부터 푸홀 요새를 지나가는 새로운 물길 형성!
왕국의 토목 사업에 참여한 이들에게는 작업량에 해당하는 공적치가 보상으로 주어질 것이다.

난이도 : 국가 퀘스트
보상 : 국가 공적치, 명성.
퀘스트 제한 : 아르펜 왕국 소속 한정.
　　　　　　살인자들은 참여할 수 없음.
　　　　　　인원 한정 500만 명.

북부 유저들은 메시지 창의 내용을 보고 깜짝 놀랐다.

"500만 명 참여할 수 있는 국가 퀘스트라고?"

"아싸, 바로 해야지. 위대한 건축물이 안 지어지던 참이라서 심심했어. 온몸이 뻐근하도록 노동을 하고 나면 뭔가 해낸 것 같으니까."

"여신상 건설 현장이 또 떠오르는구나."

"아르펜 왕국의 공적치라면… 북부에서 쭉 활동하려면 중요하기도 하겠지. 땅 파고, 흙이나 나르면 되나?"

아르펜 왕국에서 시작하면서 최소한 몇 가지는 경험해 봐야 하는데 그중의 하나가 노가다였다.

혼자서 하라고 하면 터무니없이 힘들고 고된 일이지만 최소한 수십만 명 단위의 사람들이 움직이기에 가능한 대작업!

"술 먹고 놀기도 지쳤어. 땀이나 좀 흘리다 보면 좋은 점도 있지. 인생이 이렇게 소중한 것이구나 하는 깨달음 같은……."

"후후, 공적치나 좀 쌓아 볼까."

띠링!

―미로스 강의 건설 현장 인부가 83,190명 모였습니다.

몇 초 후였다.

―미로스 강의 건설 현장 인부가 893,192명 모였습니다.

그리고 그날 저녁 무렵에는 인원 제한 500만 명이 모두 채워져 인부들의 등록이 끝났다.

전쟁에 참여하고 살아남은 북부 유저들이 그만큼 많다는

뜻이기도 했지만 그보다 훨씬 많은 숫자가 푸홀 요새에서 술만 먹고 놀고 있었던 것이다.

"가자."

"갑시다!"

"근데 장비가 없는데… 삽이나 수레가 있어야 하는 거 아닙니까?"

아르펜 왕국에서는 신비한 일이 자주 일어났다. 어떤 큰일이 있어서 특정한 물자를 필요로 할 때면 귀신같이 나타나는 상회가 있었다.

"마판 상회에서 급히 나왔습니다. 땅을 파헤치는 곡괭이와 황소가 끄는 수레를 저렴하게 판매합니다. 물량이 한정되어 있으니 어서 가져가세요! 참고로 교환이나 수리 요청, 반품은 안 받습니다."

곡괭이의 가격은 30실버, 수레는 20골드!

판매 가격이 모라타의 40배가 넘었다. 이만저만한 바가지가 아니었지만 유저들은 불평불만을 토하기도 전에 달려가서 구입했다.

순식간에 품절 사태가 벌어지고, 길게 줄을 섰던 유저들은 빈손으로 돌아서야 했다.

그리고 잠시 후, 마판 상회에서는 다시 곡괭이와 수레를 판매했다.

"급하게 물량을 추가로 가져왔습니다. 중간 업자들에게

큰돈을 줬기 때문에 지금부터는 최소한의 마진만 남기겠습니다. 곡괭이는 56실버, 수레는 35골드에 판매합니다!"

가격을 올리면서 2차, 3차, 4차 품절 사태의 연속!

처음에는 비싸다고 생각해도, 유저들은 물건이 부족하니 가격 인상을 당연하게 여기게 되었다.

물론 이것은 위드와 마판의 담합으로 벌어진 일이었다.

"1차, 2차 판매 때는 확보한 물건을 5%씩만 푸세요. 그리고 가격을 올린 후에 왕창 버는 겁니다."

"역시 위드 님이십니다. 상인으로서 배워야 할 점이 많습니다. 근데 계속 그렇게 팔다 보면 욕을 먹지 않을까요? 장사를 계속하려면 마판 상회의 이미지도 중요한데요."

"절반 정도 팔고 나면 중간상인들에게 넘기세요. 그들에게 비싸게 처분하고 나면 곡괭이와 수레의 가격은 더 오르겠죠. 욕은 그들이 대신 다 먹어 줄 겁니다."

"과연 위드 님이십니다!"

"정치란 이런 거죠."

순수한 뜻으로 국가 퀘스트에 참여한 유저들에게 바가지를 씌우는 두 사람.

북부 유저들은 부지런히 흙을 파서 옮겼다.

위대한 건축물 같은 것이 완공되고 나면 한손 거들었다는 생각에 특별한 애정이 생긴다. 방송국에서도 취재를 나올 정도였으니 노가다임에도 불구하고 그 열기가 대단했다.

로자임 왕국에서 위드의 피라미드 노가다부터 함께했던 누군가는 말했다.

"1명을 죽이면 살인자고, 수많은 사람을 죽이면 영웅이라고 했던가요? 노가다도 마찬가지예요. 정말 큰 걸 만들면 보람이 있습니다. 일이 조금 힘들다고 빠져 버리면 아무것도 짓지 못해요. 부지런하면 안 되는 일이 없죠. 물론 뭐 저야, 집에 밀린 빨래가 한 달 치 쌓여 있지만 여기서는 부지런해져요. 정말 신기한 일이죠."

북부 유저들 중에는 로열 로드만 접속하면 근면 성실해지는 사람들이 많았다.

위대한 건축물이나 도시 건설 현장을 직접 경험하면서 살았기 때문이다.

눈이 게으를 뿐, 손과 발을 움직이다 보면 뭐든 해낼 수 있다.

위드가 조각사로서 세운 수많은 업적들에 비교해 보면 퀘스트에 참여하는 정도로는 자랑거리도 안 되는 상황이었으니까 말이다.

위드는 사람들이 많이 빠져나간 푸홀 요새의 폐허에 우두커니 섰다.

"인기 있는 조각품을 만들어야 해."

자연 조각술을 이용하여 물을 기반으로 한 놀이 기구 형태로 조각품을 만들기로 했다.

구경만 하는 게 아니라 직접 체험하고 만지고 놀 수 있는 대형 조각품.

문제는 위드가 워터파크를 가 본 적이 없다는 점이다. 뉴스에서 슬쩍 보거나 사람들이 어떻게 놀았다는 이야기만 들었다.

"뭘까. 어떻게 놀아야 입장료가 아깝지 않을 정도로 잘 놀았다고 입소문이 날까."

그를 알아본 수많은 유저들이 숨죽여 지켜보고 있었다.

"전쟁의 신 위드 님이다!"

"캬하, 진짜 실물을 이렇게 뵙게 되는 건 처음이야. 친구들에게 자랑해야지."

"근데 거리에서 지나쳤으면 못 알아봤겠다."

"응. 계속 보다가도 잠깐 고개를 돌리면 잊어버릴 정도로 평범한 것 같아."

모이는 군중의 숫자만 놓고 보자면 연예인을 수백 배 능가하는 인기!

평소에 위드는 광장에서 장사를 하며 바가지를 씌우기도 하지만, 지금은 무언가 심사숙고하는 모습에 군중도 그를 방해하지 않았다.

몇천 명의 유저들과 조인족들이 하늘에서 오로지 지켜보고 있다.

위드는 한참 만에 고개를 끄덕였다.

"워터파크의 놀이 기구들이 대충 어떤 느낌인지는 알 것 같아."

방송에서 봤을 때는 높은 곳에서 내려오는 물 미끄럼틀이 있었다.

드워프의 도시 쿠르소에서도 켄델레브의 조각품을 통해 물 미끄럼틀은 경험해 본 적이 있었다. 켄델레브의 자연 조각품들을 보며 정령 창조 조각술을 깨달았던 기억이 떠올랐다.

"텔레비전에서 보면 어린아이들이나 여성들이나 비명을 지르며 아주 기뻐했지."

위드는 자연 조각술을 펼쳤다. 그러자 지하에서부터 물이 높게 솟구쳐서 조각 재료가 되었다.

손으로 어루만지는 것으로도 형상이 갖춰져서 그대로 유지되었기에 조각하는 데 특별히 어려움은 없다.

"켄델레브의 미끄럼틀은 재미는 있었지만 너무 낮았어. 비싼 요금을 받으려면 조금 보완할 필요는 있겠군."

체험이나 상상력이 중요하다. 그리고 무엇보다 전체적인 경관까지도 감안해야 한다.

놀이공원이라면 얼마나 멋지고 아름다워 관람객들의 지갑을 순식간에 털 수 있는가 하는 것이 관건!

위드의 예술 스텟은 불가능을 가능으로 바꿔 놓을 정도였다.

물 미끄럼틀을 위해 높이 600미터짜리 물기둥들을 세우고, 그것들을 연결하는 물의 흐름을 만들었다.

단순하게 미끄럼틀만 만들면 너무 식상하기 짝이 없었기에 전체적인 형태도 크게 다듬었다.

빙룡을 참고한 물의 드래곤!

온몸이 물로 이루어진 드래곤의 머리에서부터 등을 타고 꼬리까지 쭉 미끄러지는 형태였다.

위드의 등에는 빛날이가 달라붙어서 하늘을 날 수 있게 하여 작업을 도와줬다.

"우오오오, 엄청나다."

"저게 바로 위드 님의 조각품이야."

"엄청 빨리 만든다. 저렇게 대충대충 하는데도 작품이 만들어지는 게 신기하네."

"저게 다 경험이 있기 때문이잖아."

"혹시 우리를 위한 놀이 기구를 만들어 주시는 건가. 햇빛에 반짝반짝 빛나는 모습이란……."

군중은 시간이 갈수록 모여들어서, 이미 몇만 명이나 되었다.

이곳은 위드의 조각 콘서트장이나 마찬가지였다.

"잘됐어. 따로 홍보를 하진 않아도 될 테니까."

방송국들도 푸홀 요새의 전투가 끝나고 얼마 되지도 않아 위드가 새로운 조각품을 만드니 경쟁적으로 중계를 하리라.

이곳이 북부 유저들의 새로운 명소로 떠오르는 것은 시간 문제.

약 10시간에 걸쳐서 물로 이루어진 총높이 650미터짜리 대형 미끄럼틀을 만들었다.

식사는 보리 빵으로 간단히 해결했으며, 잠깐도 한눈팔지 않았다.

"해야 할 일이 너무나 많아. 지금 놀다가는 돈을 못 벌어."

땅에 떨어진 돈을 발견했을 때나, 로또를 긁을 때만큼의 집중력!

마스터에 근접한 조각술 스킬이나 무식할 정도로 높은 예술 스텟은 거대한 물의 조각품의 규모도 쉽게 소화를 해냈다.

미끄럼을 타고 내려오는 물 드래곤의 허리 부분은 롤러코스터처럼 이리저리 꼬아서 급격한 하중 이동을 느낄 수도 있게 제작했다.

한 바퀴 도는 것은 기본, 드래곤의 몸 안에서 다섯 바퀴를 대각선으로 회전하는 구간도 있었다.

"놀이공원이란 아마 이런 느낌이지 않을까."

켄델레브의 조각품을 참고해서 미끄럼틀 도중에 움직이는 물의 조각품도 몇 개 만들었다.

미끄럼틀을 타고 내려오는 중간에 물의 새가 날아와서 부딪치거나, 빛의 조각술을 통해 무지개를 지나가거나 하는 형식으로 다채로운 장치들을 만들어 놓았다.

아름답게 솟구치는 분수, 비가 내리는 작은 터널을 멋지게 통과할 수도 있게 했다.

"대충 모습은 그럴듯해 보이지만 어딘지 모를 불안감이 들기는 하는데… 한 번도 타 본 적이 없으니 말이야."

-만드신 조각품의 이름을 정해 주십시오.

"드래곤 미끄럼틀로 하자. 아무래도 드래곤이라고 하면 어딘가 비싸 보이니까 말이야. 바가지를 씌우기에도 딱 제격이지."

-드래곤 미끄럼틀이 맞습니까?

"그렇다."

명작! 드래곤 미끄럼틀상을 완성하셨습니다!
자연과 어우러진 조각술은 다시 한 번 위대한 작품을 만들어 냈다.
이 크고 웅장한 드래곤 조각품의 용도는 아마도 놀이 시설인 것 같다.
자연과 정령 그리고 위엄 있는 드래곤은 많은 생명체들에게 즐거움을 줄 수 있으리라. 물론 너무 커서 이것을 매우 싫어하는 이들도 있을 테지만.
예술적 가치 : 8,280.
특수 옵션 : 드래곤 미끄럼틀을 경험한 이들은 생명력과 마나 회복 속도가
               사흘 동안 36% 증가한다.
               물과의 친화력이 영구적으로 0.4% 증가.

이 지역에 비가 내리는 날이 많아짐.
체력의 최대치 +15%.
모든 스텟 21 상승.
이 근처에 몬스터 출현율을 21% 감소시킴.
드래곤이 이 조각품을 발견하면 적대하게 됨.

지금까지 완성한 명작의 숫자 : 29

–조각술 스킬의 숙련도가 향상되었습니다.

–명성이 451 올랐습니다.

–인내가 2 상승하셨습니다.

–힘이 1 상승하셨습니다.

–예술이 1 상승하셨습니다.

–생명력의 최대치가 150 늘어납니다.

–명작 조각품을 만든 대가로 전 스텟이 1씩 추가로 상승합니다.

–시간 조각술의 숙련도가 증가합니다.

–자연과의 친화력이 14 늘어납니다.

"시작이 좋군."

위드의 조각술 숙련도는 0.1%가 증가했다.

명작 조각품으로도 숙련도를 올리기는 보통 일이 아니었지만 아껴 두었던 비장의 무기인 헬리움이나 시간의 박물관은 사용하지도 않은 상태.

"끝까지 고작 0.9%만이 남아 있을 뿐이야."

조각술 마스터에 대해서 잠시 궁리를 했지만 곧 워터파크를 통해 벌어들일 돈 쪽으로 생각이 흘렀다.

"드래곤 미끄럼틀이 큰돈을 벌어 주면 다른 작은 놀이 기구들은 말할 것도 없겠지. 가장 좋은 놀이 기구는 워터파크의 인지도를 상승시켜 주기도 할 테니 말이야."

벌써부터 수천 명이 줄을 서서 이용료를 내는 모습이 상상이 갔다.

주말마다 푸홀 요새 워터파크에서는 황소와 말을 타고 온유저들로 인해 주차 전쟁이 일어나리라.

"그러고 보니 조인족들은 그냥 날아서 들어오면 되겠네. 입장료를 낼 필요도 없는 거잖아?"

전쟁에서 큰 공을 세운 조인족이었지만 막상 돈을 뜯어내려고 하니 매우 꺼림칙한 존재였다.

그에 대한 해결책도 간단했다.

"마법사와 궁병을 배치해 놔야겠군. 하늘로 날아서 들어오면 마구 쏴야겠어."

달면 삼키고 쓰면 뱉어야 하는 게 인생의 진리.

그 사이에 조각품이 완성된 걸 바라보는 군중 사이의 반응은 대단히 뜨거웠다.

"끄아아아, 끝내준다. 저런 규모의 미끄럼틀은 처음 봐."

"말도 안 되는 규모잖아. 조각품을 이런 놀이 시설로도 만들다니 말이야."

"우리가 열심히 하벤 제국과 싸워 주었으니 그에 대한 보답으로 만들어 준 걸까?"

"당연하지. 위드 님에 대해서 모르는 사람들은 돈만 아는 수전노라고 생각하지만… 절대 그렇지 않아."

"짠돌이 수전노 아니야? 난 그런 줄만 알았는데."

"절대 아냐. 지금까지 번 돈 전부를 북부 대륙에 투자해서 우리를 위했을 뿐만 아니라, 세금도 낮게 책정했잖아. 그 마음을 모르겠어?"

"지금도 고맙다는 말도 쑥스러워서 못 하고 대신 작품을 만들어 주는 걸 봐."

군중의 시선도 아주 호의적이었다.

아르펜 왕국의 국왕이라면 권위를 내세울 때도 되었다.

북부 대륙의 지배자인 위드가 스스로를 돋보이게 하더라도 누구도 반발하기 힘들 것이다. 그럼에도 불구하고 항상 낮은 자세로 북부 유저들을 대했다.

단돈 1골드에 조각품을 팔면서도 웃음을 잃지 않는 투철한 서비스 정신!

그때 군중 속에서 누군가가 외쳤다.

"저기요! 그 드래곤 미끄럼틀, 혹시 정말로 타는 건가요?"

외관상으로는 놀이 시설 같지만 그래도 함부로 조각품을 훼손할 수 없기에 질문을 한 것이었다.

위드는 큰 소리로 대답했다.

"물론입니다. 사람들이 탈 수 있도록 만들었습니다."

"바로 타 봐도 되나요?"

"그럼요."

"만세! 줄을 섭시다."

드래곤 미끄럼틀 뒤로 순식간에 서기 시작한 줄. 그것은 끝을 모르고 이어졌다.

푸홀 요새를 빙빙 돌면서 형성되어, 평원 너머까지도 긴 줄이 이어졌다.

위드는 드래곤 미끄럼틀의 계단을 타고 올라오는 손님들을 직접 맞이했다.

"위드 님, 저 모라타 출신 유저 순두부라고 합니다. 기억하시는지요?"

"……."

위드는 머릿속의 기억을 뒤집어 봤다.

친구, 선배, 후배 등에서는 그다지 넓은 저장 공간을 가지고 있지 않았지만, 고객이나 호구 쪽으로는 방대한 기억력을 가지고 있었다.

"지난번에 여우 조각상을 7골드에 구입하셨던 그분?"

"맞아요. 기억해 주시는군요. 저 모라타 왕국군에도 소속되어 있습니다. 전투에 열심히 참여했어요. 비록 공적은 거의 못 세웠지만 세 번 죽었거든요."

"후후후."

"근데 조각품을 제가 사 가고 난 이후부터 1골드에 파셨다는 이야기를 들었는데요."

"순두부 님에게 판 건 특제 프리미엄 여우 조각품이었습니다."

"꼬리가 그날 저녁에 떨어져 나갔는데요. 목도 덜렁덜렁하고요."

"……."

위드는 딱히 둘러댈 말이 생각나지 않았다. 그렇다고 해서 이미 팔아 버린 조각품의 교환이나 환불은 있을 수 없는 일이었다.

악덕 상인의 기본 원칙에 어긋나는 일!

"그렇다면 특별히, 7골드짜리 물 미끄럼틀이지만 이번에는 3골드만 받도록 하겠습니다."

"이것도 돈을 받는 건가요?"

"물론이죠."

"그래도 많이 깎아 주셨네요."

"특별 대우입니다."

"고맙습니다. 평생 팬이에요."

순두부 유저는 3골드를 선뜻 내밀었다.

뒤쪽에 너무나도 많은 사람들이 기다리고 있었으니 더 이상 시간을 끌 여유가 없었다.

게다가 위드가 혼신의 노력을 다해서 만든 초대형 조각품을 최초로 이용한다는 자부심도 가지고 있었다.

순두부는 3골드를 내고 드래곤의 머리 위에 있는 출발대에 앉았다.

"아무튼 이런 영광스러울 데가… 오늘 일은 죽을 때까지 기억에 남을 것 같아요."

"저 역시 순두부 님에게는 항상 고마운 마음뿐입니다."

"그럼 출발할게요."

물의 조각품이기에 지하수가 솟구쳐서 항상 흐른다.

순두부는 미끄럼틀을 타고 힘차게 내려갔다.

"이야호오!"

두 팔을 크게 벌리며 함성을 지르면서 기쁨을 표현했다.

미끄럼틀에서 약 3초쯤 내려갔을 때 순두부와 그를 지켜보던 위드는 거의 동시에 무언가 잘못되었음을 깨달았다.

'너무 빠르다.'

'빨라.'

드래곤 머리에서 허리로 이어지는 급경사에 물까지 세차게 흘렀다.

순두부는 흐르는 물을 따라서 무지막지한 속도로 미끄럼틀을 타고 미끄러졌다. 그 아찔함도 잠시였고, 굴곡이 생기는 지점에서는 공중으로 40미터가량을 솟구쳤다.

"으아아악!"

다행히 밖으로 이탈하지 않고 다시 물 미끄럼틀로 떨어졌지만 세차게 흐르는 물을 따라 또 엄청난 가속도가 붙었다.

"너무 빨라아!"

순두부가 발버둥을 치며 무언가를 잡으려고 했지만 잡히는 건 아무것도 없었다. 군더더기 하나 없이 너무나도 매끄럽게 조각이 되어 있었다.

사실 비용 절감이나 작품의 아름다움을 위하여 안전장치 따위도 전혀 설치되지 않았다.

순두부는 롤러코스터처럼 만들어진 경사를 따라서 옆으로 회전하고 위로 돌면서 가속해 갔다.

차라리 하늘에서 떨어지면 각오라도 할 텐데 미끄럼틀 안에서 이리저리 튕기고 굴렀다.

"흐구엑!"

드디어 회심의 재미 구간!

물이 고여 있는 웅덩이를 미끄러져서 통과하는 구간이 나왔다.

"저곳이다! 특별한 재미를 주는 장소가!"

위드의 의도대로라면 수상스키를 타는 것처럼 물 위를 멋지게 스치면서 지나가야 한다.

"쿠크엑! 꽤애액!"

그러나 현실에서는 순두부가 물에 고개를 처박고 반발력에 의해 튕겨 나더니 수면 위를 때굴때굴 구르며 통과했다.

"살려 줘어어어!"

그때 물로 조각된 새가 날아와서 순두부의 얼굴에 작렬했다.

"크억!"

안면 강타!

───생명력이 541 감소하셨습니다.

물보라를 뚫고 다행히 속도가 조금 느려진 것도 같았다. 그리고 빛의 조각술로 만든 무지개를 통과한 이후에 순두부의 몸이 2차로 붕 떴다.

일부러 드래곤의 허리 중심부 사이를 점프할 수 있도록 만들어 놓은 구조물.

"내보내 주세요오!"

순두부는 잠깐 공중에 떴다가 맞은편에 착지하자마자 더욱 빠른 경사를 탔다.

정면으로 앉아서 미끄럼틀을 타는 자세는 초반부터 무너진 지 오래였고, 앞으로 구르고 넘어지면서 때로는 뒤로도 굴렀다.

1분간의 지옥행 미끄럼틀!

순두부는 거의 죽을 듯한 표정이 되어서 드래곤의 하단부까지 내려왔다.

"으하하하학!"

얼마 남지 않은 땅을 보면서 온몸을 떨며 경기를 일으키는 순두부.

지켜보던 군중도 손에 땀을 쥐었다.

"드디어 끝나 가는가."

"놀이 기구가 너무 심한 거 아냐? 근데 죽었겠지?"

"재미는 있을 것도 같은데. 목숨 걸고 타야겠다."

위드는 곤란한 표정을 지었다.

텔레비전을 볼 때 놀이 기구를 탄 사람들의 소감을 들은 적이 있다.

"시간 가는 줄 몰랐어요. 정말 재밌어요!"

무릇 비싼 가격을 받으려면 적절한 시간 정도는 푸짐하게 때워 줘야 했다. 그래야 돈 아까운 줄 모를 것 아닌가.

그렇기에 마련해 놓은 비밀 장치가 있었다.

"아마도 작동하겠지?"

고장이 난 게 아니라면 멋지게 작동하리라.

이윽고 순두부의 밑에서 거센 물줄기가 하늘로 솟구쳤다.

물의 압력에 따라서 가볍게 떠오르는 순두부의 몸.

다시 드래곤의 허리 부분 중턱까지 올라가고 말았다. 최고의 경사와 회전이 시작되는 구간이었다.

"아, 안 돼! 차라리 죽여 줘!"

순두부의 표정에 짙은 절망이 어렸다.

위드는 그 모습을 외면한 채 다음 손님에게 말했다.

"아직 계산상 시행착오가 조금 있는 것 같네요."

"저게 조금이에요?"

"때때로 불편해하는 손님들도 있을 수 있죠. 떡볶이를 모든 사람이 좋아하진 않는 것처럼요. 이제부터 이용 요금은 1골드만 받겠습니다."

드래곤 미끄럼틀의 요금은 순두부의 희생으로 1골드로 결정되었고, 표지판도 하나 붙었다.

　　주의

　　놀이 기구는 매우 작은 위험을 가지고 있으니 고소공포증이 있거나 물을 두려워하는 분이 이용하시더라도 환불은 안 됨.

위드는 미로스 강의 강물을 끌어오는 동안 자연 조각술을 이용하여 푸홀 요새에 물의 조각품들을 대량으로 만들었다.

물로 이루어진 조각 생명체들 기념 세트는 물론이었으며, 오크 카리취부터 모험을 했던 모든 대상들도 이곳에 작품으로 남겼다.

가히 위드의 모험 일대기와 같은 작품들.

"이곳의 부동산 가격을 최대로 띄워야 해."

아르펜 왕국이야 계속 발전하고 있었지만 그럼에도 방심할 순 없었다.

최근 방송국들마다 분위기가 완전히 바뀌었다.

베르사 대륙에 대한 어떤 토론 프로그램을 보더라도 아르펜 왕국의 위기를 말했다.

"전쟁은 이겼지만… 아르펜 왕국의 최대 약점이 계속해서 드러나고 말았습니다. 유저들에 대한 의존도가 너무 지나치다는 점입니다."

"북부의 유저들이 똘똘 뭉쳐 있으니 좋은 것 아닌가요?"

"지금까지는 그랬습니다만 앞으로는 달라질 것입니다. 하벤 제국의 방침이 바뀌었으니까 말입니다."

하벤 제국에서 전격적인 세금 감면, 입장료 무료화 등의 정책을 취하면서 주민들의 반란이 진정되고 있다.

중앙 대륙의 유저들도 고향을 떠나 굳이 북부까지 먼 길을 와야 할 이유를 잃고 말았다.

아르펜 왕국의 새로움과 자유분방한 분위기, 개척 정신은 대단한 강점이었지만 긴 여정과 적응을 위한 불편함을 안겨 주기도 한다.

물론 여전히 헤르메스 길드에 불쾌한 감정이 남아 있는 유저들이 많겠지만, 북부로의 유저 유입은 절반 정도로 뚝 끊어졌다.

아르펜 왕국의 주축을 이루는 로열 로드의 신규 유저들 역시 중앙 대륙에서 시작하는 숫자가 40% 가까이 늘어났다.

발전된 수많은 도시, 안정된 교역망, 널려 있는 사냥터, 각종 길드와 상점 등 하벤 제국에서 살아갈 이유가 많아진 것이다.

아르펜 왕국의 원동력이 되었던 이민자와 신규 유저가 크게 감소했으니 기적과도 같은 북부의 성장률도 뚝 떨어지게 될 것이 틀림없었다.

"아르펜 왕국의 유저들 역시 생각이 바뀔 것으로 봅니다. 굳이 국왕 위드를 절대적으로 따르면서 그의 편이 되어 줄 필요는 없다는 말이죠."

"지금까지의 지지를 보면 쉽게 달라질 것 같진 않아요."

"당연히 그렇습니다. 아직까지는 아르펜 왕국에 대해 형용할 수 없는 큰 애정을 가지고 있으니 침략을 받는다면 기꺼이 나서겠죠. 하지만 하벤 제국의 통치가 아르펜 왕국과 비슷해진다면 그들 역시 흩어지게 될 수도 있을 것입니다."

북부 유저들의 분열.

모라타에서부터 함께했던 골수 북부 유저들이 아니고서야 이젠 하벤 제국 땅을 정복하기 위해 나서려고 하지 않을 것이다.

즉, 북부 유저들은 방어군의 역할은 해 주겠지만, 공격의 선봉장은 되기 어렵다.

헤르메스 길드에서는 세금을 낮춘 것만으로도 반란군을 지리멸렬하게 만들고 북부 유저들의 정신력을 삼분의 이 정도는 차단한 셈이었다.

"하지만 간단한 일이 아니에요. 아르펜 왕국의 국왕이 누구인가요. 전쟁의 신 위드잖아요. 불가능을 가능으로 만들고, 상식을 어긋나게 할 정도의 기적을 보여 주었어요."

"위드가 연설이라도 해서 북부 유저들을 결집시킬 수는 있을 겁니다. 어쩌면 훌륭한 웅변을 통해 대부분의 북부 유저들을 이끌고 하벤 제국을 침략할 수도……. 그러나 그런 행동은 훗날 반작용을 일으킬 겁니다."

"어떤 반작용인가요?"

"헤르메스 길드에서는 총력을 다해서 막으려고 할 것이고, 그 전쟁에서 패배한다면 북부는 다시 일어서기 힘들어질 것입니다. 위드의 리더십도 큰 타격을 입고 사라지게 되겠죠. 하벤 제국이 북부를 재침략했을 때 모이는 군중도 줄어들게 될 테고 말입니다."

"이길 수도 있잖아요?"

"정복 전쟁은 쉬운 게 아닙니다. 한차례로 끝나는 것도 아니고… 전쟁을 할 때마다 북부 유저들의 숫자는 감소할 것이며, 지친 병사들을 데리고 얼마나 싸울 수 있겠습니까? 결국

언젠가는 질 가능성이 높습니다."

푸홀 요새의 승리가 불과 며칠 지나지도 않았는데 아르펜 왕국에 대한 부정적인 보도들이 나오고 있었다.

위드는 방송을 몇 개 시청하다가 다들 비슷한 이야기들을 하는 걸 보고 흥미를 잃었다.

"헤르메스 길드에서 여론을 유도하고 있는 모양이군."

중앙 대륙을 장악한 헤르메스 길드라면 방송에 초대될 만한 유저들을 매수하는 것도 어렵지 않았다.

베르사 대륙의 전쟁 수단은 군사력만이 아니다. 북부 유저들의 무력화. 헤르메스 길드에서는 명백하게 그것을 유도하고 있었다.

"원하는 대로 될 수도 있겠지만… 근데 헤르메스 길드도 만만치 않을걸. 내가 아니더라도 그 자리를 노리는 사람들이 많기도 하니까 말이야."

헤르메스 길드의 신화는 이미 깨지고 있었다.

위드는 평범한 방법으로 하벤 제국을 깨뜨릴 생각도 없었다. 베르사 대륙 전체를 놓고 이미 큰 그림을 그리고 있었다.

"헤르메스 길드의 실패를 통해서 한 가지를 배웠지. 대륙을 완전히 정복해야만 독재를 할 수 있어."

악덕 지배자의 꿈!

대장장이 마스터에 도전하고 있는 드워프 파비오.

헤르메스 길드를 위하여 수많은 무기와 장비를 제작하는 그에게 얼마 전에 귓속말이 들어왔다.

-안녕하세요. 위드입니다.

-오랜만이네. 잘 지냈는가?

파비오는 반갑게 맞이했다.

대장장이 마스터를 꿈꾸며 드워프 왕국 토르에서도 상당한 세력을 구축한 그였다.

헤르메스 길드와도 밀접한 관계를 유지하고 있지만 전쟁의 신 위드와 연락하는 데 거리낌은 없었다. 목표가 대륙 정복은 아니더라도 대장장이로서 큰 야망을 가지고 있는 만큼 위드 정도의 실력자라면 당연히 알고 지내야 했다.

-거의 1년 만에 연락이 오는 것 같군. 내가 가끔 말을 걸어도 차단되어 있더니 말일세.

-벌써 시간이 그렇게 되었나요?

-지난번에 내가 갑옷을 만들어서 자랑을 한 이후로 연락을 하지 않았지.

-세상이 다 그렇고 그런 거 아니겠습니까. 파비오 어르신이 만든 장비들이 헤르메스 길드를 강하게 만들어 주고 있으니까요.

-그래. 그런데 그 장비들을 자네가 이번에 많이 얻어서 팔아

치우는 걸 알고 있네.

위드는 경매를 통해서 파비오의 각종 무기와 방어구를 무섭게 팔고 있었다.

그 물품들이 파비오의 손에서 직접 넘어간 것이 아닌 만큼 출처는 명확했다.

북부에서 사냥된 헤르메스 길드 유저들을 통해 얻은 전리품!

경매에 물건들이 오를 때마다 경쟁에 의해 높은 가격이 형성되었다.

파비오의 작품, 헤르메스 길드 유저의 착용품.

과거에는 헤르메스 길드 유저가 잃어버린 장비를 얻는 것만으로도 괘씸죄에 걸릴 정도였다. 중앙 대륙이라면 척살령이 떨어지는 게 당연했다.

지금은 헤르메스 길드도 유저들의 반발을 고려하고 있는 만큼 강력하게 행동하지 못하고 있었다.

물론 북부 대륙에서는 대단한 자랑거리이기도 했고, 아직 사용할 능력이 되지 못하더라도 훗날을 대비해서 돈 많은 유저들이 기념품으로 하나씩은 구매했다.

-생각보다도 비싸게 팔려서 역시 파비오 어르신의 인기와 실력의 도움을 많이 받고 있습니다.

-내가 원하던 방식은 아니지만 만족한다니 기쁘군.

-드디어 200원 비싼 소금을 샀던 정신적인 충격에서 벗어났

다고 할까요.

-흠흠. 알 수 없는 소리는 그만하고, 이번에 내게 연락을 한 용건은 무엇인가?

파비오는 슬며시 흥미를 드러냈다.

위드에 대해서 방송에서 떠드는 것을 100% 믿을 만큼 그는 순진하지 않았다. 아르펜 왕국의 국왕이나 북부의 전쟁이 어찌 되거나 직접적인 관심은 없었지만 위드의 성격에 대해서는 만나 봐서 알고 있다.

'얍삽하고 치사해도 공짜가 무서운 건 알고 있지. 나한테 연락해서 함부로 터무니없는 부탁을 할 녀석은 아냐.'

지금까지 헤르메스 길드를 돕고 있는데도 손을 떼어 달라거나, 북부로 오라는 무리한 부탁 같은 건 해 온 적이 없다.

위드가 먼저 연락을 취해 왔다면 분명히 대장장이로서의 어떤 조언이나 거래를 원하는 것이리라.

-혹시 헬리움에 대해서 알고 계십니까?

-헬리움!

신의 금속, 순수한 마나의 원천.

파비오도 대장장이로서 그것에 대해서 귀에 못이 박히게 들어 봤지만 본 적은 없는 재료였다.

그가 마른침을 꿀꺽 삼키고 빠르게 말을 이었다.

-어떻게 헬리움에 대해서 알고 있느냐고는 묻지 않겠네. 그런 건 중요하지 않으니까. 지금 가지고 있나?

-물론입니다.

-대, 대단하군.

-후후후.

-부럽네. 진심으로.

언뜻, 헬리움으로 조각품을 만든다면 너무 아깝다는 생각이 들었다.

파비오는 상대방의 직업을 존중하는 마음이 있었으니 차마 말을 하지 못했지만, 그 생각은 위드도 마찬가지였다.

-헬리움을 얻었다는 소식을 알려 주려고 나한테 연락을 해 온 건가?

-비싼 보리 빵 먹고 그럴 리가요. 헬리움을 가공하는 데 파비오 어르신의 도움을 받고 싶습니다만…….

-내가 할 수 있는 도움이라면… 구체적으로 말해 보시게.

-헬리움의 정련과 제작이죠.

-정련이라면 재료를 가공하기 위해서 필요한 기본적인 작업이 되겠지만, 제작은… 설마하니 검이나 갑옷을 만들 것인가?

-그렇습니다.

'헬리움으로 무언가를 만든다.'

파비오의 마음에 결심이 섰다.

공동 작업을 하자는 제의는 어떤 대가를 치르고서라도 받아들여야 한다.

대장장이로서 그는 마지막 0.4%의 숙련도를 남겨 놓고 있었다. 수만 자루의 검과 수만 벌의 갑옷을 만들어도 오르지 않는 마지막 숙련도.

'어딘가 이상하단 말이야. 왜 마스터가 되지 않는 걸까.'

무기나 방어구 제작은 충분히 했다.

요즘에는 단순 노가다로 해결될 부분은 아니라는 판단을 하고 있었다. 어쩌면 대장장이로서 기본적인 헬리움과 같은 최고의 재료를 만져 보지 못했기 때문일 수도 있다.

유일하게 퀘스트에서라도 직업 스킬 마스터를 해 본 것은 위드의 검술 스킬뿐.

반복되는 사냥을 통해 검술 스킬이 마스터되기는 했지만, 힘겨울 정도로 강한 몬스터들과 목숨을 걸고 싸워서 승리했었다.

마스터는 제자리에 앉아서 무난하게 질 좋은 병장기를 만들어 내기만 해서는 이룰 수 없는 경지라 느껴졌다.

파비오는 거래에 대해서는 결정이 빨랐다.

ㅡ무엇을 원하나. 내가 줄 수 있는 거라면 뭐든 주도록 하지.

ㅡ헬리움을 통해 검을 만들 작정인데요. 제가 있는 곳으로 오셔서 만드는 데 참여해 주시기 바랍니다.

ㅡ아르펜 왕국으로 오라는 말인가?

ㅡ네. 헬리움으로 최고의 무기를 만들어서 저에게 주시고, 필요한 제작 비용도 전부 대 주셨으면 합니다.

베르사 대륙 최고의 명장 파비오를 오라 가라 할 뿐만 아니라 아무 대가도 지불하지 않겠다는 이야기다.

그 정도 대가라면, 파비오는 물론 만족했다.

-정말 그걸로 되나?

-제 장비들도 공짜로 손을 좀 봐 주시죠. 헤르메스 길드에서 얻은 재료들이 좀 있는데 저한테 맞게 가공해 주셔야 하고요.

-알겠네. 절대로 다른 사람에게 넘기지 말고 꼭 기다리게.

북부까지 가려면 꽤 먼 길이었으니 파비오는 곧바로 여행 준비를 갖췄다. 명장으로서의 자존심도 내세울 만한 상황에 서나 내보이는 것이라는 생각이 들었기 때문이다.

위드는 헤르만에게도 연락을 취했다.

검을 만드는 걸 좋아하는 뛰어난 대장장이, 그 역시 마스터를 얼마 남겨 두지 않았다.

-헬리움으로 검을 만들 겁니다. 오셔서 도와주세요.

-알겠네. 바로 가지.

헤르만 역시 하던 일을 그만두고 위드가 있는 푸홀 요새로 향했다.

푸홀 요새에는 자연 조각술로 만든 물의 놀이 기구들이 자리를 잡았다.

물론 안전도를 확인하기 위해서 독버섯죽 유저들의 희생이 필요했다.

"13기 독버섯죽 먹죽입니다. 위드 님의 놀이 기구를 이용할 수 있게 되어서 영광… 끄으아아악!"

꽃과 나무를 심어서 가꾸는 조경 사업에는 엘프들의 적극적인 협조가 있었다.

"저는 스푸니커라고 합니다. 엘프 종족을 선택했죠."

레벨 480의 랭커. 그는 엘프 중에서도 유명했는데, 게시판에 초보자들을 위한 각종 글을 많이 올려놓는 유저였다. 엘

프라면 모두 스푸니커의 글을 한 번씩은 봤을 정도로 폭넓고
다양한 정보들을 가지고 있었다.

"숲의 탄생력이 담긴 엘더 나무의 씨앗입니다. 북부를 회
생시키신 적도 있으니 길게 설명하지 않아도 되겠죠. 이걸
드리겠습니다."

위드는 띠꺼운 표정을 지었다.

"진짜 맞아요?"

"네?"

"요즘 워낙 사짜가 많은 세상이라서……."

"……."

땅에 엘더 나무의 씨앗을 심었더니 푸홀 요새에는 거대한
나무가 자라게 되었다.

랜드마크라고 불릴 수 있는 200여 미터의 큰 나무로, 수천
개의 가지를 주변부로 활짝 펼쳤다.

엘프들의 기운을 북돋아 주고 자연력을 향상시킬 수 있는
웅장한 나무가 폐허에 자리를 잡았다.

"후훗, 역시 엘더 나무로군요. 그럼 이만."

스푸니커는 자신이 북부를 위하여 대단한 일을 했다고 생
각하며 떠나려고 했다.

위드에게 씨앗을 주는 장면은 수많은 군중이 보았으며 방
송으로도 전해졌으니, 인지도 향상이란 목적은 확실히 달성
한 상태였다.

하지만 그런 생각은 위드를 너무 쉽게 본 것이었다.

장사를 30년간 한 시장 상인도 위드가 다가가면 마른침부터 삼키는데 작은 수작에 넘어갈 리가 없었다.

물론 위드나 아르펜 왕국에도 이익이 되는 방향이었지만 말이다.

위드는 스푸니커를 붙잡았다.

"잠깐만요."

"예?"

"엘프는 나무를 사랑하지 않습니까?"

"사랑하죠. 푸른 나무야말로 엘프의 자랑이고 긍지입니다."

스푸니커는 대본에나 적혀 있을 법한 대사를 읊었다. 다분히 시청자들을 의식한 멘트였다.

"이곳은 전쟁이 벌어져서 나무들이 별로 없습니다."

"참 아쉽군요."

위드를 잘 아는 사람이라면 지금 위험한 떡밥이 최소 두 번은 던져졌다는 사실을 알아차렸으리라.

그 오싹함도 모르는 채로 스푸니커는 시청자들만 의식했다.

"엘프들이 나무를 심어 준다면 이곳에 올 유저들이 정말 고마워할 것 같습니다."

"물론 그렇지요. 그런 일이라면 기꺼이 동참하겠습니다. 저도 몇 그루 심어 드리면 될까요?"

"5천 그루."

"예?"

"나무들로 울창하게. 5천 그루 정도."

"제가 바쁜 일이 좀 있어서요."

"진정한 엘프에게 이 정도의 일은 어렵지 않지요. 북부를 위하신다면서 성의 없게 엘더 나무의 씨앗 하나만 놓고 가실 분은 아닌 줄로 알고 있습니다만."

위드의 제안도 문제지만 방송 중계를 보고 있을 시청자들을 생각해서도 스푸니커는 제안을 받아들여야 했다.

유명한 랭커였지만 구석에서 삽질을 하고 씨앗을 뿌리고 물을 주는 신세가 되었다.

그가 시작을 하니 다른 엘프들도 따라 하면서 푸홀 요새 워터파크의 조경 문제는 해결.

"공짜로 숙련된 일꾼들을 얻었군."

기꺼이 씨앗을 가지고 왔다가 노동력까지 착취당하는 스푸니커.

미로스 강에서 연결하는 수로도 수많은 이들의 노력으로 푸홀 요새를 향해 점점 다가오고 있었다.

어느덧 푸홀 요새의 전투에서 목숨을 잃었던 유저들도 되살아나서 노동에 동원되었다.

위드는 푸홀 요새에 조각품을 만들며 모여 있는 군중을 향해 사자후를 터트렸다.

"우리의 승리를 기념하기 위해, 그리고 북부 모두의 기쁨과 행복을 위하여 강물을 이곳에 끌어서 연결합시다. 이곳은 모두를 위한 워터파크가 될 것입니다."

"워, 워터파크! 우으오오오오!"

위드가 조각품을 만들고 강물을 끌어오려는 시도를 할 때만 해도 수비를 위한 호수 요새 정도로만 생각했다. 그런데 지금 들은 이야기는 귀를 의심할 정도로 기뻤다.

북부 유저들을 위한 워터파크라니!

"그래, 우리도 이런 거 하나쯤 있을 때도 됐어."

"워터파크라니, 진짜 폼 나잖아."

"캬아! 죽인다, 죽여!"

되살아난 유저들은 삽을 사서 강가와 푸홀 요새로 달려갔다.

별다른 건축 장비도 없이 삽질을 하는 것만으로도 강물을 끌어오는 작업이 더 빠르게 진행되었다.

상인들은 위드와 별도의 면담을 가졌다.

이미 북부의 상인들은 푸홀 요새의 심상찮은 변화를 보며 촉각을 곤두세우고 있던 상황이었다.

"워터파크 계획은 알고 계시리라고 봅니다. 워터파크가 내려다보이는 좋은 위치에 호텔과 별장을 분양할 예정인데요."

"저희에게 기회를 주십시오."

"제가 호텔 사업 하나는 기가 막히게 합니다."

"무슨 일이든 다 하겠습니다. 맡겨만 주십시오."

워터파크가 생겨난다면 호텔이나 별장은 물론이고 상업 시설들까지 활발하게 이용될 것이다.

북부의 상인들은 초반에는 잡템을 팔아서 연명했지만 지금은 한 푼 두 푼 모아서 상당한 부를 쌓았다.

아르펜 왕국은 급속도로 발전하고 있는 국가였다.

북부의 도시들을 개척하는 무역, 생산 시설들에 대한 투자 등을 통해서 상인들은 기록적인 수익률을 달성하고 있었다.

'워터파크 계획이라고? 이건 된다. 틀림없이 성공해. 어쩌면 그 이상의 초대박이 될 수도 있고.'

'돈이 보인다. 이용객들이 줄을 서서 끝도 없이 늘어지게 될 거야.'

워터파크라면 초기에 자리를 잡는 것이 무엇보다 중요했다.

상인이라면 사실 재정적으로는 넉넉한 편이다. 장사, 무역. 어느 쪽이든 수익을 거두면 돈을 많이 벌 수 있는 직업이기 때문이다.

하지만 성공한 상인들의 입장에서는 자기가 얼마나 돈을 벌었느냐는 더 이상 중요하지 않다. 다른 상인들이 큰 기회를 잡았을 때 자신은 놓친다면 그만큼 억울한 일도 없다.

위드는 그들을 따뜻한 시선으로 바라봤다.

"저는 상인들에 대해서 고마워하는 마음과 더불어 부러움을 동시에 갖고 있습니다."

"……?"

"아시다시피 아르펜 왕국은 상인들이 일찍 자리를 잡아 주었기 때문에 성장할 수 있었습니다. 그에 대한 고마움, 그리고 제가 상인이 아니기에 열심히 일하시는 여러분을 보며 아쉽고 부럽습니다."

입술에 침 같은 건 한 방울도 바르지 않고 얼마든지 거짓말을 하는 위드였지만 이 말만큼은 어느 정도 진실이었다.

조각사로서 활약하며 상인들이 대박을 칠 때마다 배가 잠깐씩 아파 왔으니까!

아무리 놀랍고 거대한 모험을 완수하더라도 남이 돈 벌었다는 소식만큼 부러운 것도 없었다.

위드가 부드럽게 말하면서 분위기는 훈훈해졌다. 하지만 이것이야말로 갑과 을이 계약이나 돈 얘기를 할 때 가장 경계해야 하는 상황이다.

"기회란 역시 모두에게 공정해야 하겠죠. 호텔 사업권이나 토지 분양권은 경매를 통해서 진행하겠습니다."

경매에 부쳐서 며칠 전까지는 아무 의미가 없던 황무지의 호텔 사업권과 상가 운영권, 고급 별장 분양권을 상인들에게 비싸게 팔았다.

토지 분양 금액만 해도 무려 3,700만 골드!

아르펜 왕국에서 거친 황야를 달리며 한 푼 두 푼 알뜰하게 장사를 해 온 거상들의 호주머니를 제대로 털었다.

"이게 바로 부동산이 주는 기쁨이로군."

가치가 없던 땅에 새로운 의미를 부여해서 파는 데 성공했다.

비싸게 사기는 했지만, 두고두고 이익을 창출해 낼 수 있어서 상인들도 만족하는 거래였다.

물론 위드의 입장에서는 실컷 웃을 수 있었다.

"음식이나 물건을 팔 때마다 세금을 거둘 수 있을 테고, 가겟세도 납부를 해야 될 거야."

꾸준히 거두는 세금이야말로 궁극적인 이익.

국가란 합법적인 수많은 수단을 통해서 국민들을 쥐어짤 수 있다.

전투에 도움을 주었던 건축가들도 푸홀 요새에 머무르고 있었다.

실력이 뛰어난 북부의 건축가들이 위드에게 면담을 청했다. 미블로스와 파보 역시 그 자리에 있었다.

"워터파크를 만드신다는 이야기를 들었습니다."

북부뿐만 아니라 대륙 최고의 건축가로 뽑히는 미블로스가 조심스럽게 말했다.

그가 위드와 만나는 것은 처음이었다.

오만하기 짝이 없는 하벤 제국이나 명문 길드들을 상대하며 건축물을 세웠던 그였기에 아르펜 왕국의 국왕을 만나며 긴장감을 풀지 않았다.

"예, 그렇습니다."

"워터파크에는 다양한 건축물들이 필요할 텐데요. 건축가들이 할 일이 있다면 한몫 보태고 싶습니다."

북부에 지어지고 있던 10여 개의 위대한 건축물들은 현재 전쟁이 벌어지면서 건설이 중단된 상태다.

건축가들이 전투에 참여한 것도 이유지만, 유저들의 도움이 없이는 건설이 불가능한 건축물들.

평화가 찾아와서 아르펜 왕국이 정상화된다면 공사가 재개되는 것은 물론이고 파괴된 알카사르의 다리 같은 건축물들도 복구를 해야 했다.

건축가들이 해야 할 일이 아주 많았지만 워터파크 계획을 듣고 나니 그들 역시 욕심이 났다. 이런 일에 참여하지 않고 아르펜 왕국의 각종 공사 현장으로 흩어질 수는 없는 노릇이었다.

"우리에게 맡겨 주면 강물을 파 오는 것에서부터 워터파크 시설물들, 각종 건물들을 최대한 멋지게 지어 보겠습니다."

미블로스는 긴장한 채로 말했다. 상대가 어떤 반응을 보일 것인지에 대해 궁금하지 않을 수가 없었다.

위드의 잔머리는 동시에 여러 갈래로 굴러갔다.

'가격을 후려쳐? 말을 잘 듣도록 밀당을 한번 해 볼까. 아니야, 제대로 지어 놔야 이용자들의 돈을 빼먹지. 부실 공사

를 해서 이용자 숫자가 감소하면 내가 손해야.'

워터파크가 성공하면 비슷한 사업을 다른 사람들이 따라서 시도할 수도 있다. 아르펜 왕국이 아니더라도 하벤 제국에 더 엄청난 규모로 만들어질 수 있는 것이다.

'진짜 모든 면에서 최고의 워터파크를 만들고 그러면서도 신속한 공사 일정으로 자금 회수를 빠르게 해야 한다. 그러자면 건축가들의 업무 분담이 필요한데.'

위대한 건축물과 아르펜 왕국의 왕궁 건설 등으로 건축가들에 대해서도 대충은 알고 있었기에 대략의 계산이 빠르게 끝났다.

"건설업자… 아니, 건축가님들의 도움을 환영합니다. 제가 계획한 워터파크에 대해서 먼저 알려 드리겠습니다."

위드는 미리 작성해 놓았던 푸홀 요새 워터파크의 스케치를 꺼내서 건축가들에게 공개했다.

푸홀 요새와 그 부근의 평원 전체를 바탕으로 하여 놀이 시설들과 상업 시설, 수영장이 형성된다. 이어서 미로스 강까지 이어지는 긴 물길을 따라 식당가, 광장, 주택가, 고급 음식점, 무기점, 방어구점, 잡화점은 물론이고 각종 직업 길드와 편의 시설, 시장도 건설될 계획이었다.

미블로스와 파보를 비롯한 건축가들은 위드가 직접 그린 스케치를 눈이 빠지도록 쳐다보았다.

'모, 모르겠어. 도대체 어디를 표시한 거지?'

'흰 건 종이고, 검은 건 그린 건데. 이건 외계인들이나 쓸 법한 표현 방법인가?'

'기하학과 관련된 표시다. 혹은 수학의 그래프들을 나열한 것일지도. 확실한 건, 이 그림은 암호화되어 있다.'

건축가들조차 도저히 무엇인지 알아보기 힘든 스케치.

위드는 각 선들마다 의미를 풀어서 알려 줬다.

"그니까 이쪽이 미로스 강이고, 푸홀 요새까지 이어지게 할 물줄기죠. 상업 시설들은 이렇게 지을 거고……."

도무지 이해할 수 없는 그림이었지만 설명을 들으니 또 납득은 되었다. 다만, 잠깐 눈이라도 깜박하면 다시 혼돈으로 빠져들게 만드는 그림이었다.

위드는 물줄기에 떠 있는 개미처럼 생긴 표시를 가리켰다.

"여기 그림에 이 배들 보이시죠?"

"이게 배라고요?"

"네, 강까지는 카누를 빌려줘서 유저들이 뱃놀이를 즐길 수 있도록 할 작정입니다. 물론 이용료는 받아야겠죠. 미로스 강에서는 선착장을 이용해서 고급 크루즈선도 탈 수 있도록 하고요. 항구 바르나까지 배로 운행한다면 여행객들이 아주 좋아하리라고 봅니다. 물론 선박 식당에서 음식도 팔아야 되고 이용료는 더 많이 받아야겠지만요."

이용료를 뜯어낼 수 있는 거창하고 장대한 계획이었다.

한참 만에 파보가 이야기했다.

"근데 이 도시계획은… 여기 주택가의 면적이 엄청나게 넓어 보이는데 말이야."

"맞습니다. 도시도 같이 건설할 계획입니다. 이미 토지 분양도 끝냈죠."

"워터파크 옆이라니, 휴양도시인가?"

"예. 여기는 교통이 정말 편리한 곳이죠. 그리고 관광지도 가까이 있고. 큰 도시로 발전할 잠재력이 높은 장소라고 판단했습니다."

위드의 스케치가 복잡한 것에는 다 이유가 있었다.

황무지 한복판의 워터파크는 이용자들의 방문이 한정될 수 있으니 아예 도시까지 함께 개발하는 초거대 사업이었던 것이다.

1차, 2차 등을 거쳐서 총 8차까지 확장을 염두에 두고 있는 메가시티.

아르펜 왕국의 수도로 새벽의 도시가 지어지고 있었지만 그에 못지않은 새로운 상업과 휴양도시를 건설하는 계획.

위드에게는 믿는 구석이 있었다.

'워터파크가 성공하면 사골까지 우려먹는 것은 물론이고 맹물까지 팔아먹어야 해. 부동산 투기는 절대 실패하지 않는 사업이야.'

로열 로드는 현실과는 좀 다르다.

억지로 내 집 마련을 해서 수십 년간 빚을 갚으며 살고 고향을 떠나기 어려운 현실과는 달리, 로열 로드는 여행을 즐기게 만든다.

모라타가 아무리 좋더라도 몇 년간 그 부근에만 머무를 수는 없는 법.

아르펜 왕국의 면적 역시 충분히 넓은 만큼, 돈만 있다면 각 지역마다 집을 하나씩 구매할 수 있었다.

판잣집으로 시작한 유저들이라도 다음 집은 더 넓고 쾌적하며 전망까지 좋은 주택을 사려고 할 수 있다.

각 유저들이 몇 채씩 구입할 수도 있었으며, 아직 주택이 없는 사람들도 푸홀 요새 워터파크에 보금자리를 장만할 가능성이 높았다.

'한 채에 1,000골드만 받아도 10만 명이면 1억 골드.'

모라타나 벤트 성 등이 내부 면적으로 확장 가능한 주택 숫자에 한계가 있었기에 신도시 사업은 당분간 계속되어야 했다.

진정한 악덕 국왕은 세금뿐만 아니라 온갖 방법으로 호주머니를 털어야 한다.

다만 위드의 발상은 아주 새로운 건 아니었고, 다분히 현실을 기반으로 한 것이었다.

위드의 놀랍고 엄청난 계획은 이걸로 끝이 아니었다.

"그리고 푸홀 요새에 위대한 건축물들도 지을 겁니다."

"위대한 건축물들요?"

"워터파크에만 9개 정도. 땅 투기 붐을 일으키려면 뭐 그 정도는 지어 줘야 하지 않겠습니까?"

"……."

건축가들의 부릅뜬 눈. 그것은 믿을 수 없다는 불신을 가득 담고 있었다.

미블로스가 그들을 대표해서 물었다.

"공사 인력이나 위대한 건축물 건설에 대한 필수 조건 충족, 건축 재료들은 우리가 어찌 충당을 하더라도요, 건설 비용은 도대체 어떻게 마련하실 작정입니까?"

자금 조달에 대한 우려!

모든 사업은 예산이 잡히지 않으면 진행되지 않는다. 대규모 적자가 발생해서 국가가 기울어지는 일도 흔히 벌어지지 않았던가.

그에 대한 위드의 대답은 명쾌했다.

"지금부터 벌어야죠."

푸홀 요새 주택 분양!

북부 최고의 휴양지, 푸홀 워터파크와 가까운 장소에 아르펜 왕국에서 신도시를 만듭니다.

교통의 요지이며, 관광과 상업의 중심지가 될 도시.

시간이 멈춘 도시가 될 이곳에는 물과 바람, 예술과 즐거움, 행복한 사람들이 머무르게 될 것입니다.

신도시의 이름은 로열 마리나 파크.

향후 위대한 건축물 9개가 지어져서 이 지역을 베르사 대륙 전체에 알리는 랜드마크가 될 것입니다.

아르펜 왕국 주택건설청에서 신도시 개발을 직접 진행합니다.

주택 매입을 서두르세요!

담보 제공 시에 대출도 가능합니다.

참고.

조인족들을 위한 49층 둥지형 아파트도 절찬리에 분양 중입니다.

워터파크가 내려다보이는 확 트인 조망권!

각종 직업 시설들과 연계된 탁월한 학습권 보장!

창문을 열면 바로 하늘로 비행을 할 수 있으며, 침실에는 마른 풀잎 침대, 거실에는 젖은 깃털을 말릴 수 있는 벽난로도 기본 옵션으로 설치됨.

단, 아파트 내부에 계단은 없음.

1차로 건설 예정인 100만 채의 주택.

저렴한 건 100골드부터 시작해서, 비싼 건 100만 골드짜리 대저택도 있었다.

분양 대금의 1할을 계약금으로 먼저 납부해야 했으며 중도금 등을 매달 꾸준히 넣어야 하는 제약도 있었다.

물론 마판 은행을 통한 주택 담보대출도 가능했는데, 매달 5%의 이자를 납부해야 했다.

"돈이 없는데."

"난 이번에 번 돈을 몽땅 때려 박을 거야. 집 한 채는 있어야지. 그래야 폼이 나잖아."

"신도시인데. 아직 아무것도 없는 곳에 선뜻 큰돈을 내고 분양을 받기는 두려워."

유저들은 반신반의했지만 아르펜 왕국의 열정 지지자들에 의해 30% 정도의 주택은 바로 분양이 완료되었다.

광고만으로도 위대한 건축물 9개를 지을 돈은 충분히 마련이 되었다.

위드는 상당한 미분양 사태에도 불구하고 만족할 수 있었다.

"앞으로 주택은 많이 지을수록 단가가 떨어지겠지. 주택 시공 비용은 계속 분양되는 돈으로 하면 되고, 위대한 건축물의 첫 삽을 뜨면 가격은 더 오르게 될 거야. 그때는 더 오른 가격으로 팔아먹을 수 있겠지."

땅과 건설을 통해서 막대한 돈을 만들어 내는 재능을 보여 주는 위드!

아르펜 왕국은 방향은 다르지만 무서운 속도로 재정을 보충하며 발전했다.

로열 로드 기준으로 보름 후.

짧은 시간이었지만 많은 일들이 있었다.

북부 식민지에 있던 헤르메스 길드 유저들은 재산을 챙겨서 중앙 대륙으로 야반도주를 감행했다.

무사히 빠져나간 유저들도 있었지만 대부분은 잡혀서 목숨을 잃었다. 조인족들에 의해 뻔히 행적이 드러나 추격대를 피하지 못했기 때문이다.

북부 식민지에서 살아가는 영주들 중에는 벨로트도 있었다.

헤르메스 길드의 포섭을 받아서 넘어간 벨로트와 위드가 서로 불편한 관계가 되었다고 주변 사람들은 생각했다.

위드를 잘 아는 페일은 절대 용서하지 않으리라고 생각하고 말리려고 했다.

"위드 님, 한 번만 참으세요. 벨로트 님도 나쁜 의도는 아니었을 겁니다."

"알고 있어요."

"그래요, 당연히 알고 있… 네?"

위드가 이상하다는 듯이 페일을 쳐다봤다.

"공과 사는 구분해야죠. 아무리 친하다고 해도 돈 많이 준다는데 안 넘어가는 게 정상입니까?"

"……"

"사람이 그러면 못써요. 의리가 밥 먹여 주는 거 아닙니다. 영주 자리를 주는데 왜 헤르메스 길드의 제안을 거절해요?"

위드의 철칙!

값싼 배신은 용서하지 않지만 충분히 대우를 받고 넘어가는 배신은 이해할 수 있다.

위드와 벨로트가 만나는 자리에는 제피와 페일을 비롯해 이리엔, 로뮤나 등이 모두 싸움이 벌어지면 말리기 위해서 함께 나갔다.

"에휴, 딱 걸렸네요. 위드 님이 이렇게 빨리 북부 식민지를 되찾을 줄은 몰랐어요. 세금을 더 올리진 않으시겠죠?"

"꼬박꼬박 제때 납부만 해 주시면 됩니다."

"저도 영주가 되었으니 요리나 한 끼 해 주세요."

"물론이죠."

위드와 벨로트는 너무나도 쿨하게 재회했다. 사적인 감정은 그리 없는 관계였던 덕인지 배신감 같은 게 전혀 없었다.

빵집에 다녀온 친구를 맞이하는 정도라고 할까.

오히려 배신감은 다른 동료들이 더 심하게 느꼈다.

'우린 더 오랫동안 알고 지냈는데.'

'벨로트 님은 영주가 되었는데, 나는!'

수르카가 솔직하게 영주가 되고 싶다고 뜻을 밝혔다.

"저도 영주 해 보고 싶어요. 안 돼요?"

위드가 아르펜 왕국의 국왕이지만 친분을 내세워서 부담을 주는 셈이 될까 봐 평소에는 생각도 하지 않았다. 벨로트와 만난 분위기에 불쑥 꺼낸 부탁이었다.

"뭐, 남는 게 땅이니까. 얼마든지 드리죠."

위드는 제피, 페일, 로뮤나, 수르카에게 하벤 제국의 영주가 도망친 북부 식민지의 지역들을 맡겼다.

'앞으로 골치가 좀 아프겠지.'

성실한 이들을 영주로 임명하면 그만큼 믿을 수 있다.

'주민들을 늘리고 생산력을 향상시키고, 여러모로 노력하면 세금이 늘어나게 되니까, 지금까지 알뜰하게 모은 돈을 전부 투자하게 되겠군.'

왕국 직속의 마을들은 방치되기 쉬운 반면에 영주가 있으면 발전이 빨랐다.

아르펜 왕국은 기본적으로 영주가 많이 필요한 때였다.

인구가 늘어나고 있고, 몬스터들의 영역이 축소되면서 작은 마을들이 많이 생겼다. 왕국 공헌도를 쌓아서 귀족이나 영주가 되는 유저들이 하나둘 등장하는 시기였다.

영주는 주민들을 다스리면서 인구 증가에도 힘을 쏟아야 하고 몬스터의 침략도 물리쳐야 하며, 상인들과의 교역에도 신경을 써야 했다.

또한 쌀이나 보리 농사는 기본이었으며 전략적인 수출 농산물 재배, 광산 개발 등을 통해 마을을 키워 나가야 했다.

과거 모라타 시절과는 다르게 크고 작은 수많은 마을들과 영향을 주고받으며 도시로 성장해 갈 수가 있었다.

영주로서 마을을 키우며 사는 재미!

로열 로드의 게시판에는 영주들의 뒷담화도 생겨나서 부러워하는 이들이 아주 많았다.

랭커들의 경우에는 몬스터와의 전투나 특정 스킬에서 부각되었지만 영주는 사회적인 영향력까지 갖추었으니까 말이다.

푸홀 요새 역시 기반 공사가 대충 끝이 났다.

위드는 놀이공원을 꾸미기 위하여 물의 조각품들을 만들어 놓았다.

헤엄치는 거북이 수영장
대형 목재 거북이 조각품을 호수에 띄워 놓아서, 배처럼 휴식을 취하는 것도 가능하고 노를 저어서 움직이게 할 수도 있다.
물론 별도 입장료 30실버는 필수!
예술적 가치 : 1,497.

날뛰는 하마의 개울가
수백 마리의 질주하는 하마를 표현한 물의 조각품.
무질서하게 움직이는 물 하마에 맞서서 기절하거나 익사하는 자들이 가끔

생겨날 수도 있는 익스트림 수영장!
예술적 가치 : 2,813.

엘더 나무의 물속 그네

기본적으로 50미터 높이의 엘더 나무에서 물로 다이빙하며 즐길 수 있는
장소. 물 안에서 움직이는 나뭇가지를 붙잡고 그네를 타는 것도 가능하다.
예술적 가치 : 2,291.

산호의 해변

항구 바르나에서 급히 공수해 온 산호가 바닥에 깔린 수영장.
각종 물고기들이 살고 있는 것은 물론이고 수영장 전체가 물의 조각품이기
에 일정한 파도까지 일어난다.
물속으로 잠수해서 수중 생태계를 구경할 수 있는 작품.
예술적 가치 : 4,720.

위드는 입장료를 받을 수 있는 대형 수족관이 있는 아쿠
아리움에도 관심을 가졌지만 관리가 어려워서 아쉽게 포기
했다.

놀이공원 시설물들을 위해서는 대장장이들과 건축가들의
협력도 받았다.

"놀이 시설이라면 저희도 만들 수 있을 것 같습니다."

미블로스는 대지 건축술을 쓸 수 있었다. 지반을 단단히
강화하고, 돌을 부수거나, 약간의 재료가 있으면 특정한 암

석들을 형성시킬 수 있는 기술이었다.

그는 대리석을 이용하여 광장의 형태를 형성했으며, 수영장의 바닥에도 예쁜 조약돌을 깔았다.

푸홀 요새 워터파크의 모습은 점점 갖춰지고 있었고, 대공사를 통해 미로스 강까지 물길이 연결되기 직전이었다.

공식적인 물길 개통식에는 수십만 명의 유저들이 모였다.

강에서부터 푸홀 요새까지 이어지게 될 수로를 따라서도 100만이 넘는 수많은 사람들이 구경했다.

이런 진귀한 구경거리는 흔히 찾아볼 수 없기 때문이었다.

"위드, 위드, 위드!"

"어서 우리에게 워터파크를 주세요!"

군중은 강가에 서 있는 위드를 쳐다보며 일제히 환호했다.

위드는 오늘의 행사를 위해 멋지게 조각 변신술을 펼쳐서 1마리의 대형 아귀가 되었다.

창을 들고 늠름하게 서 있는 흉악한 아귀!

허례허식이나 행사를 싫어하는 위드였지만 아르펜 왕국을 풍족하게 만들어 줄 워터파크의 탄생일이니 조각 변신술까지 아낌없이 사용했다.

위드는 창을 들어 사방을 가리키며 천천히 한 바퀴 돌았다.

이른바 식전 행사로 나름 폼을 잡는 것.

"뭐야, 저 우스꽝스러운 모습은?"

"무슨 의미야? 호응을 해 주려고 해도 알 수가 있어야지."

군중은 도대체 뭐 하는 것인지 의문이었지만 곧 누군가가 외치기 시작했다.

"워터파크, 워터파크!"

"워터파크!"

모든 유저들의 입에서 함성이 터져 나왔다.

돈을 쓸어 담을 수 있는 분위기가 무르익은 그때였다.

"물이여, 일어나라!"

위드는 창으로 강둑을 강하게 찔렀다.

흙과 모래로 막혀 있던 둑이 터지면서 강물이 무서운 속도로 새로 트인 물길을 따라 흘렀다.

콰아아아아아!

세찬 물길이 흐르는 광경은 수로 옆에 선 군중도 볼 수 있었다.

"우와아아아아!"

물줄기가 넓은 수로를 가득 채우면서 밀려왔다. 그 힘이 얼마나 거셌던지, 마치 지진이라도 일어난 것처럼 땅까지 흔들렸다.

막 공사를 마친 수로라서 온통 흙탕물이었지만 푸홀 요새를 향하여 일직선으로 흘러갔다.

물론 푸홀 요새까지는 눈으로 보이지도 않을 정도로 먼 거리. 조각 생명체들과 유저들이 합심하지 않았다면 쉽게 뚫을 수 없는 거리였다.

산과 절벽가까지 통과하여 흐르는 물줄기는 그대로 계속 뻗어 나갔다.

"대, 대박이다."

"끝내준다, 진짜."

수로 근처에 모여 있던 유저들은 장대한 광경에 입을 다물지 못했다.

인간의 노력이 보여 주는 기적과도 같은 모습.

자신은 곡괭이질을 하고 몇 번 흙을 옮긴 것뿐이지만, 여러 사람이 모이니 불가능이 가능이 되었다.

북부 유저들의 가슴에 또 하나의 자긍심이 생기는 순간이었다.

한참이나 긴 시간이 흐른 후에야 물줄기는 푸홀 요새까지 도달했다.

푸홀 요새와 그 주변의 평원 일대를 미로스 강의 강물이 천천히 채워 갔다. 사람들의 발목에도 차지 않았던 강물이 점점 높아져 간다.

"으아… 진짜 물이 차오른다."

"이게 정말 되는 거였어? 끝내주잖아!"

푸홀 요새에서 미리 입장료를 내고 기다리고 있던 유저들 역시 수십만 명.

조인족들은 미로스 강의 물길이 터질 때부터 물줄기를 따라서 역시 100만 마리가 한꺼번에 이동하는 장관을 이루었다.

"째재잭, 멋있다."

"이게 아르펜 왕국이지. 로열 로드에서 그 누구도 해내지 못한 위업을 달성하고 있는 위드 님만이 생각하고 실행해 낼 수 있는 계획이야."

"우리도 도왔어, 까아악!"

조인족 유저들에게도 평생 기억 속에서 사라지지 않을 명장면이었다.

물줄기가 몰려오는 그 자체만도 대단했지만 그것이 사람들의 노력에 의해 만들어졌기에 더 대단했다.

폐허와 물의 조각품, 그리고 유저들이 있는 장소의 수위가 점점 높아졌다. 무릎까지 찼던 물이 슬슬 허리까지 잠겨 왔다.

"끼얏호!"

그때부터는 유저들이 자유롭게 헤엄을 치기 시작했다.

푸홀 요새의 시설물들도 상당수는 파괴되었다. 그나마 아직 멀쩡한 성벽이나 탑에서 뛰어내리면서 다이빙도 즐겼다.

수십만의 유저들이 물에 빠진 개미 떼처럼 움직이는 광경.

정말 물에 잠기게 될지를 반신반의하며 근처에 있던 유저들이 서둘러 입구로 달려갔다.

워터파크의 입구는 무너진 성벽의 일부를 개조하여 조악한 수준이었다.

"여기 입장료요!"

"빨리빨리 통과시켜 주세요!"

아직 태반이 미완성인 워터파크이기는 했지만 사람들이 많았으니 부족함 따위는 어떻게 되어도 좋을 신나는 공간이 되었다.

즐거운 체험이 있는 장소!

베르사 대륙에서 강변이나 바닷가에 가면 헤엄은 공짜로도 칠 수 있지만 지금의 이 분위기는 따라올 수 없었다.

미로스 강에서부터 몸을 던진 후 물줄기를 따라서 모여드는 유저들!

푸홀 워터파크의 입장료는 아직 1골드에 불과했다. 하지만 그날만 하더라도 무려 700만 골드가 넘는 수익을 거둘 수 있었다.

새벽에도 계속 입장권이 팔렸고, 그들이 먹은 음식값도 엄청났다. 간이식당에 자리를 편 요리사들은 대박을 터트렸고, 다음 날에는 오전에만 해도 전날의 매출을 훨씬 뛰어넘었다.

시간이 멈춘 날

푸홀 워터파크의 초대박!

첫날에는 물놀이를 즐기기에 여념이 없었지만 이튿날부터
는 사람들의 옷이 바뀌었다.

남성이나 여성이나, 점점 짧아지고 훤히 맨살을 드러내는
드레스 코드.

누가 시킨 게 아니었는데도 푸홀 워터파크가 마음에 들었
고 사람들이 모여 있다 보니 노출이 과감해지기 마련이다.

"으아… 눈을 둘 곳이 없어. 볼 게 너무 많아."

남성 유저들은 짧은 사제복을 입고 지나가는 미녀를 보며
고개를 돌리지 못했다.

팔다리가 늘씬한 엘프들도 시선을 집중시켰다.

아르펜 왕국에 숨어 있던 미녀들이 몽땅 푸홀 워터파크로 모인 것만 같은 상황.

"한번 꼬셔 볼까?"

"어려울 것 같은데."

"밑져야 본전인데 도전해 보자."

즉석에서 만남도 이루어졌다.

"저기요, 저 독버섯죽 5기인데요. 저희랑 죽이라도 한 사발 하실래요?"

"전 대나무죽인데요. 대나무죽밥이라도 괜찮으시다면요."

현실에서는 조금 냉정하게 가릴 수도 있지만 로열 로드의 즐거운 분위기에 휩싸여서 헌팅 성공률이 높았다.

"이 가격에 이렇게 놀 수 있다니, 현실에서의 휴양지는 완전히 끝이다."

"비행기 타고 동남아 갈 필요가 없어진 거 같아."

하벤 제국을 물리치고 나서 전광석화처럼 푸홀 워터파크를 만들어서 그 흥겨운 분위기가 이어지게 만든 위드에 대한 찬양도 끊이지 않았다.

"북부 유저들이 전부 나서기에 나도 딸려 오기는 했지만 우릴 이용하는 건 아닌지 의심이 있었거든."

"나도 마찬가지야."

"하벤 제국과 싸우는 데 써먹고 나중에 내팽개치는 상황이 오지 말란 법은 없잖아. 전쟁에만 계속 끌고 다니면서 희생

양으로 만들 줄 알았는데… 반성해야 되겠다."

"응. 위드 님이 왜 추앙받는지 알겠어. 유저들을 위하는 마음을 갖고 있지 않았다면 이 워터파크는 절대 생길 수가 없었겠지."

"성자 위드 님이라고 부르자."

남자들 사이에서 위드에 대한 호감도가 대폭 상승.

여성 유저들 역시 위드를 좋아했다.

"그는 좋은 국왕이죠."

"고생을 사서 하는 것 같아요."

"뭐, 그런 사람이 있으니까 북부가 살 만해지는 것 아닐까요. 그 이상은 관심 없지만요."

"남자로서의 매력요? 그건 좀……. 오크 카리취였을 때는 매력이 좀 있긴 했었지만요."

위드에 대한 북부 유저들의 고마운 마음은 확실했다.

푸홀 요새의 전투를 성공적으로 끝마치고 나서 위드나 아르펜 왕국에 조금쯤은 아쉬운 마음이 생길 수도 있었는데 깨끗하게 사라진 것이다.

아침과 낮, 새벽 무렵에도 건축가들과 위드, 많은 유저들은 공사를 계속했다.

워터파크는 기본적인 형태만을 완성시켰을 뿐이고, 사람들이 걸어 다니는 길이나 휴식 공간도 만들어야 하고 수영장도 단장해야 한다.

위드는 물과 얼음의 조각품도 만드느라 쉴 틈이 없었다.

북부 유저들은 실컷 수영을 즐기다가 조각품 구경도 하고 사람들과 이야기도 나누고 근처에 사냥도 다녀왔다. 돈을 벌기 위해서 신도시 건설에도 참여했다.

그리고 푸홀 워터파크의 진정한 매력은 밤이 되어서 나타났다.

"자, 날이면 날마다 오는 것이 아닙니다. 격정적인 연주를 하는 바드 놀랐쓰가 왔습니다."

"놀랐쓰!"

밤무대 전문 가수인 바드 놀랐쓰의 흥겨운 하프 연주와 힙합!

뜨거운 정글에 눈이 내리고

얼어붙은 호수에 표범이 물을 마시러 왔어

할짝할짝할짝할짝

호수 물은 시원해! 맛있어!

얼음표범 2마리가 사냥을 나섰네

발걸음이 떼어지지 않아 그대로 있었네

아, 배는 안 고픈데, 눈물이 나네

놀랐쓰의 악기 연주 실력은 바드 길드에서 3개월마다 주최하는 콩쿠르에 나가도 좋을 정도로 훌륭했다.

다만 그의 엉뚱한 가사는 분명히 문제가 있었는데, 위드의 영향을 받은 것이었다.

최근 바드 길드에는 위드를 존경하는 신입 바드들 때문에 음정이나 가사가 엉망진창인 유저들이 갈수록 늘어 가고 있는 추세!

어쨌든 신나는 음악이 연주되면서 워터파크의 분위기는 더욱 달아올랐다.

광장을 건설할 예정인 넓은 황야에는 모닥불들이 피워지고 통나무로 의자와 테이블의 설치가 끝났다.

"자, 달립시다!"

"오, 예!"

흥겨운 음악에 유저들이 춤을 추고, 즉석에서 부킹을 하는 나이트클럽으로 변신했다.

일부에서는 레몬폴죽 술, 고구마죽 술을 절찬리에 판매했다.

술과 음식을 판매하는 상인들은 시간당 들어오는 돈을 믿을 수 없을 정도였다.

워터파크의 밤이 무르익어 가면서 아르펜 왕국에 엄청난 황금 시장이 열리게 된 것이다.

베르사 대륙이 다시 한 번 들썩였다.

말 그대로 큰 전투가 벌어지고 난 이후 아무것도 없는 폐허에 가장 뜨거운 관광지가 만들어졌다.

"북부다. 북부로 간다!"

"제일 빠른 말을 주시오. 아니, 흥정을 할 시간도 아까우니 돈부터 받으쇼!"

하벤 제국의 유저들이 물밀듯이 북부로 밀려오고 있었다.

사실 현대인의 감성은 냉장고처럼 차가웠다. 경치가 좋은 곳이야 보면 감탄을 하지만 곧 봐도 그만 안 봐도 그만이다.

"하벤 제국이 대륙 정복을 하든 말든 나랑 무슨 상관이야."

"로열 로드가 어떻게 되든… 난 몰라. 반란군도 지겹고 말이야. 세금도 낮춰 준다니까 그냥 살 만한데?"

"발전된 제국을 놔두고 뭐하러 먼 곳까지 가서 고생을 해. 인생 편하게 살아야지."

그런데 워터파크로 인해서 아르펜 왕국의 경쟁력이 훨씬 강해졌다.

낮에는 물놀이를 즐기면서 재미를 만끽할 수 있고, 맥주 한잔과 함께하는 밤 문화까지 있는 워터파크라면 망설일 이유가 없었다.

"레죠야, 나 사실 할 말이 있는데."

"나도 하고 싶은 말이 있어."

"나부터 할게. 나 이제 칼라모르를 떠나기로 했다."

"어? 너도?"

"그렇다면… 너도 푸홀 워터파크로 가는 거야?"

정겨운 고향 같은 것도 눈 한번 질끈 감으면 그만이었다.

일찍이 없었던 대규모 인원이 북부로 몰려갔다.

하벤 제국의 국경 수비군이 튼튼히 틀어막고 있었지만 유저들은 어떻게든 개구멍을 찾아냈다.

강을 건너거나 바다를 이용하기도 했을뿐더러, 하늘을 날아다니는 조인족들을 유혹하기도 했다.

"저, 여기 넘겨 주시면 10골드 드릴게요."

"째잭, 선불입니다."

조인족 초보들에게는 중요한 고소득 인원 수송 아르바이트 자리가 생겼다.

그렇게 날로 붐비는 푸홀 워터파크!

불과 일주일의 입장료와 세금 수입만 9천만 골드가 넘어섰다.

위드는 앉은 자리에서 떼돈을 벌고 있었다.

"이게 웬 돈이냐."

아르펜 왕국의 금고
왕국 보유 자금 : 281,373,892골드.

아르펜 왕국의 국왕으로서 재정 상태를 확인했더니 믿기지가 않는 상태!

"2억 8천만 골드라니."

하벤 제국이라면 한 달도 안 되어서 벌어들일 수 있는 돈이었지만 가난하던 북부에서는 평소 보던 숫자와 단위부터가 달랐다.

무엇보다도 주택 분양이 활발하게 계속되고 있었으며, 입장료 수입도 날로 기록을 경신하고 있었다.

"역시 먹고 노는 사업이 최고였군."

위드는 이럴수록 얼굴을 딱딱하게 굳히며, 기뻐하지 않았다.

"방심할 수는 없어. 잘나가다 망하던 게 내 인생이었으니 말이야."

그럼에도 입꼬리가 슬며시 올라가며 썩은 미소를 완성시켰다.

"만반의 준비를 해야 해."

워터파크 계획이 언제까지고 지금처럼 수익을 가져다줄 수는 없다는 건 자기 자신이 더 잘 알았다.

"초기 개장 수익이지. 식당도 개업 초기에는 잘되듯이 말이야."

북부의 유저들은 현재 전쟁 이후 비정상적으로 푸홀 요새에 많이 모여 있다.

일주일만 지나도 모험과 사냥을 위해 원래 있던 장소로 돌아가게 될 테고, 그러면 입장료 수익도 푹 가라앉고 말 것이다.

유저들이 다시 찾아오게 만들려면 워터파크의 시설들은 물론이고 문화도 계속 개선시켜야 한다.

위드에게는 다른 누구에게도 없는 조각술 최후의 비기 시간의 박물관이 있었다.

특정 지역의 시간을 영구히 멈출 수 있는 기술.

로열 로드에서 형성된 예술과 문화에 대해서는 실제 예술가들도 깊은 관심을 가졌다.

"조각술 최후의 비기요? 시간과 예술의 결합일 텐데… 아, 그 무궁무진한 가능성이 기대가 됩니다."

"보통 우리가 상상하던 것 이상을 보여 주었던 위드죠. 다양한 조형미의 조각품은 물론이고 모험과도 접목시켰다는 점에서 생활에 한층 더 다가설 수 있게 되었죠."

"일반인들이 조각술에 대해 관심을 갖게 되었습니다. 예술이 가상현실에서 중요하게 자리를 잡았고, 새로운 가능성을 창조한다는 점에서 도약이라고 할 수 있습니다."

예술계에서도 관심을 갖는 로열 로드.

그 정점에 있는 것이 조각술 최후의 비기였고, 시간의 박물관은 보석 같은 스킬이었다. 시간의 흐름을 멈춰 버린다면 무수히 많은 예술적인 시도들이 가능해지기 때문이다.

"이 기술이라면 확실히 사람을 끌기에 충분하겠지. 홍보용으로는 이보다 더한 스킬이 없을 거야."

위드는 빙룡을 불러서 올라탔다.

"가자. 제대로 놀아 볼 시간이다."

"쿠오어어어어어어."

대기를 가르며 푸홀 워터파크의 하늘을 나는 위드와 빙룡!

한가롭게 물놀이를 즐기던 군중의 시선이 하늘로 모여들었다.

"위드 님이다."

"왜 그러지? 무슨 일이야?"

조인족들도 이유는 몰라도 빙룡의 뒤를 멀리서 따르고 있었다.

"째재잭!"

위드와 빙룡이 푸홀 워터파크를 두 바퀴 도는 동안 조인족 10만 마리가 모였다.

하늘의 자유로운 비행자들.

하늘에서 거칠 것 없이 날아다니고, 누군가가 앞장서면 속도를 겨루기 위해서라도 날개를 함께한다.

머릿속에 복잡한 계산이나 생각 따위는 접어 두고 그저 자유로움을 즐기면 된다.

배가 고프면 지상으로 내려가서 벌레나 곡식을 먹으면 되는 행복한 삶.

"슬슬 이목은 충분히 끌어 준 것 같고."

위드는 현실을 살면서 텔레비전을 통해 정치인들에게 많이 배웠다.

아무리 좋은 정책이라도 조용히, 사람들이 모르게 하면 의미가 없다. 반면에 나쁜 정책도 은근하게, 다른 큰 사건을 터트려서 묻어 놓으면 반감이 덜하다.

"홍보 효과를 위해 더 높이 올라가 보자, 빙룡아!"

"쿠오어어어어어."

빙룡이 포효하며 수직으로 하늘 높이 상승했다.

구름을 뚫고 솟구친 빙룡과 위드.

아직 조인족들이 따라오기 힘든 고도까지 순식간에 올라가고 나니 북부 대륙이 멀리까지 보였다.

대기오염 따위는 없는 맑은 세상, 수십 킬로미터가 내려다보이는 광경은 그야말로 장관이었다.

강줄기와 평원, 산맥이 어우러지고 꽃과 나무가 색을 더했다. 한 폭의 멋진 그림처럼 보였다.

"처음 북부에 왔을 때는 하얀 설원만 보였는데. 세상이 많이 변했구나."

위드의 기억 속에 과거가 짧게나마 스쳐 지나갔다.

북부로 퀘스트를 하러 와서 죽도록 고생만 했던 시간.

모라타 마을의 퀘스트에서는 혼자였지만, 죽음의 계곡에서는 서윤과 알베론이 있었다.

"조각품도 만들고, 소소하게 행복했던 시간이었지."

지금에 비하면 부족한 건 많았어도 그리운 때였다. 물론 그 시절로 다시 돌아가고 싶은 마음은 추호도 없었다.

"슬슬 시작해야지."

위드는 자연 조각술을 펼쳐서 비구름을 만들었다.

"구름 조각하는구나."

"비 오면 시원하긴 하겠다."

이제 제법 익숙한 모습이었기에, 지상에 있는 군중도 조각술을 펼치나 보다 하고 잠시 방심했다.

대륙 제일의 화가 페트.

그는 푸홀 워터파크에서 군중과 함께 하늘을 올려다봤다.

"비를 내리게 하는 건 대단한 일은 아니지."

유린의 오빠로서 위드는 인정했지만 화가의 직업이 갖는 자존심을 버리진 않았다.

"촉촉한 비라. 조각사가 아니라 대장장이의 길을 걸었으면 훨씬 좋았을 텐데."

드워프 파비오도 헬리움을 다루기 위해 푸홀 워터파크에 도착해 있었다.

"역시 위드 님이야. 진짜 우리나라 대통령이 되었으면 나라라도 팔아먹었을 분이지."

마판 상회에서는 마판이 다른 상인들과 함께 나와 있었다.

워터파크에서 돈을 긁어모으느라 바쁜 그들이었지만 오늘의 일이 성공하느냐 실패하느냐에 따라서 벌어들일 수입이 달라질 것이다.

"취칙, 이상한 짓을 저지를 것 같은 분위기네요."

오크 세에취도 검둘치와 같이 하늘을 올려다보았다.

"막내가 오늘 꼭 와서 보라고 했으니 뭔가가 있겠지."

"취익, 기대가 돼요."

세에취는 든든한 남자 친구를 보며 만족했다.

'남자의 매력은 아는 사람만 아는 거야.'

검둘치의 얼굴은 좋게 봐도 잘생긴 편은 아니었다. 하지만 몸이 너무 듬직했다.

두꺼운 팔뚝과, 탄탄한 복부와 허벅지.

미국 유학에 박사 학위, 높은 학벌을 갖춘 엘리트인 그녀였지만 점점 검둘치, 정일훈에게 더 빠져들었다.

이미 전원주택에 사는 부모님에게도 소개를 시켜 주었는데, 그날 정일훈은 엄청난 사고를 연달아 쳤다.

"엄마, 마당에 바위 치워야 하지 않아요?"

"응, 그래야지. 하지만 너무 커서 포클레인이라도 구해야 하는데, 그게 어디 간단한 일이니?"

사과를 먹으며 앉아 있던 정일훈이 문득 고개를 들었다.

"마당에 박혀 있는 저 돌 말씀이십니까?"

"응, 그래요."

"고작해야 120킬로그램 정도밖에 안 되어 보이는데요. 연장까지 쓸 필요 있나요?"

정일훈이 마당으로 걸어가는 것을 가족들은 지켜보기만 했다. 그냥 바위를 보고 돌아와서 얼마나 큰지 자신의 의견 정도를 말할 줄로만 알았던 것이다.

"끄응차!"

정일훈이 바위를 두 팔로 잡더니 힘을 좀 썼다.

꿈쩍도 하지 않던 바위였지만 조금씩 들리더니 뽑혀서 이내 가슴 높이까지 들렸다.

"구석으로 치워 놓겠습니다."

정일훈이 바위를 들고 걸어가는 모습을 차은희와 그녀의 부모님은 입을 떡 벌리고 지켜보기만 했다.

꽈아아앙!

땅에 바위를 놓으니 떨어지는 소리가 장난이 아니었다.

"아하하."

차은희는 어색하게 웃고 말았다.

처음에는 학벌이며 모아 놓은 재산 등을 캐묻던 그녀의 아버지가 조용해졌다.

"마당이 참 넓고 좋네요."

"전원주택이라서 그렇지. 도시 생활은 할 만큼 했으니 자연과 벗 삼아 사는 게 낙이라네."

집 구경을 시켜 주는 와중에 창고에 쌓여 있는 나무들이 정일훈의 눈에 띄었다.

"참나무 같은데, 겨울에 장작으로 쓰려고 놓아두신 건가요?"

"흠흠, 그러네."

차은희의 아버지도 대학 교수 출신의 엘리트. 하지만 처음보다는 훨씬 목소리가 정중해졌다.

겨울에 땔감으로 쓰려고 산 참나무, 15톤 트럭 한 대 분량이나 되었다.

"저거 다 패려면 땀 좀 나겠는데요."

"그렇지. 매일 번거롭고 무거워서 보통 일이 아니야."

"기왕에 왔으니 제가 해 드리겠습니다."

"어떻게 이런 일까지 시키나. 그냥 있게. 나중에 우리가 하지."

차은희의 엄마도 웃으며 말했다.

"놔두세요. 전기톱도 마침 고장이 나서 못 써요."

"전기톱요?"

나무를 넣고 위에서 누르면 그대로 깔끔하게 절단이 되는 전기톱이 요즘은 편하게 보급되어 있었다.

정일훈의 눈에 한구석에 처박혀서 녹슨 도끼가 보였다.

"저거면 충분하겠는데요."

"으응?"

정일훈은 도끼를 들더니 참나무를 겹쳐서 세워 놓고 그대로 내리쳤다.

쩌억!

수박이 갈라지듯이 깨끗하게 갈라지는 참나무.

"오랜만에 하니 재밌네요. 간단히 식후의 운동 삼아서 해 보겠습니다."

정일훈의 도끼질이 계속되었다.

가볍게 갈라져서 쌓이는 장작들.

10분, 20분, 30분이 넘어도 도끼질은 지치지도 않고 계속되었고, 정일훈의 팔뚝에는 힘줄과 근육이 꿈틀거렸다.

"아……."

차은희와 그녀의 엄마 눈에는 애정이 가득했다.

동네 아줌마들이 보았다면 도저히 눈을 뗄 수 없는 장면이었다.

"사위… 잘 얻은 거 같다."

"역시 그렇죠?"

위드의 시작은 비구름을 통해 푸홀 워터파크에 비가 내리게 하는 것이었다. 크게 의미 없어 보이는 행동이었지만, 곧 사용할 스킬의 효과를 높이기 위해 필요했다.

"일단 눈으로 보이는 게 정말 중요하니까."

비구름을 조종해서 개구리 수영장, 호텔 일부 부지, 입구 부근에 비가 내리도록 했다.

굵은 빗줄기가 쏟아지는 워터파크.

위드는 깊게 심호흡을 했다.

"바로 시작하자. 시간의 박물관!"

띠링!

시간의 박물관
한 지역의 시간을 영구히 멈추게 하는 스킬입니다.
불가사의한 기적의 공간!
모든 사물이 멈춰 있는 공간에서 새로운 빛과 형태의 예술이 펼쳐질 것입니다.
스킬이 사용되고 나면 다시 되돌릴 수 없습니다.
베르사 대륙에서 오로지 단 한 번밖에 사용할 수 없는 스킬이니 신중하게 결정하십시오.

─스킬을 사용하시겠습니까?

위드는 침을 꿀꺽 삼켰다.

'지금이라도 취소할까. 아냐, 어렵게 얻은 스킬이지만 돈을 벌려고 쓰는 거니까 아깝지 않아.'

이만한 관중이 모이고 또 즐길 수 있는 기회는 흔치 않았다.

시간의 박물관이 만들어지더라도 엉뚱하게 사람들이 없는 장소가 설정된다면 그 의미는 퇴색되어 버리고 말리라. 예술도 많은 사람들과 함께할수록 가치가 높았다.

"더구나 시간이 멈추고 난다면 이곳에서만큼은 추운 겨울도 사라지게 되겠지."

워터파크에 겨울이 없다면 사시사철 돈을 벌 수 있었다.

"무조건 사용한다."

위드의 양손에 환한 빛이 일렁였다.

파아앗!

−시간의 박물관이 사용될 영역을 지정하십시오.
 시간이 멈춰지는 공간의 한계는 현재의 예술 스텟에 따라 반경 4킬로미터 이하로 한정됩니다.

"4킬로미터라면 충분하군."

위드는 까마득히 밑에 있는 지상으로 두 손의 빛을 발산했다.

비를 내리게 한 수영장의 일부 지역, 놀이공원 삼분의 일. 그리고 조각술이나 예술품들을 전시하도록 넓은 공터를 지정했다.

시간이 멈춰 있다면 그것을 이용할 방법은 무궁무진했다.

프레야 여신상이나 빛의 탑을 공중에 띄울 수도 있는 것이고, 화가들이 하늘에 물감으로 그림을 그리는 것도 충분히 가능했다.

시간이 멈춘 것을 이용하여 다양한 아이디어들을 통한 예술품들이 등장하게 되리라.

시간의 박물관은 조각술 최후의 비기로서 개인만이 사용하기에는 너무 아까운 기술이었다.

"이곳은 내가 조각품을 만들 수 있는 공간이지만 마땅히 베르사 대륙의 모든 예술가들도 공유해야 해. 그리고 창의적인 수많은 예술품들이 나온다면 그 혜택은 모두가 함께 받을 수 있겠지."

관광을 위해 만든 푸홀 워터파크에서 예술을 위한 도시가 꽃피는 것이다.

중앙 대륙에 있는 예술가들의 도시 로디움과는 달랐다.

북부 최고의 관광지로 예술을 즐길 준비가 된 사람들, 시간이 멈춰 있는 새로운 공간, 예술가들이 즐기면서 일할 수 있는 훌륭한 도시가 되리라.

상상도 할 수 없는 큰 기회를 예술가들과 함께 나누는 것이었다.

"크흐흐흐, 돈이 엄청 벌리겠군."

문화적 다양성은 사람들의 마음을 풍요롭고 행복하게 만든다. 푸홀 워터파크에 예술품들이 잔뜩 생기면 경쟁력이 향상되어 관광객들이 더 많아질 것이고, 그것은 곧 매출과 직결되는 문제였다.

"예술은 돈이야, 돈."

내일 베르사 대륙이 멸망하더라도 조각품으로 1명의 고객에게라도 더 바가지를 씌우겠다는 정신!

> −시간이 멈춰지는 공간이 지정되었습니다.
> 이 공간에서는 동식물의 성장이 멈추며, 물리적인 한계를 뛰어넘게 됩니다.
> 시간의 박물관 스킬이 시작됩니다.

위드의 몸에서 찬란한 빛무리가 쏟아져서 지상으로 향했다.

빙룡을 타고 하늘을 날고 있던 위드에게서 장엄한 빛이 넘실거리면서 흘러나왔다.

"우와아아아아!"

지상에서 구경하던 군중이 탄성을 터트렸다.

"저건 퀘스트야?"

"기술 같은데……."

"처음 보는 기술인데. 저렇게 큰 기술도 있나?"

"혹시 대재앙 아냐?"

"설마 우리한테……."

하늘에서 위드를 뒤따르던 조인족들도 놀라서 사방팔방으로 흩어졌다.

"째잭!"

"꼬꼬댁!"

조인족들에게도 빛이 뒤덮었지만 아무런 해가 없었다.

하지만 갑작스러운 방향 전환 때문에 수많은 조인족들이 머리를 부딪쳤다.

위드에게서 흐르는 빛이 대지의 반경 수 킬로미터를 뒤덮었다.

푸홀 워터파크 일부 지역을 향하여 오래도록 내려오는 빛무리.

한참이 지나도 아무 변화가 없었지만, 사실은 이미 시간의 박물관이 완벽하게 작동되고 있다는 증거였다.

하늘에서부터 쏟아지던 빗줄기가 그대로 멈추고, 바람에 날리던 낙엽들이 움직이지 않았다.

"어떻게 저럴 수가 있지?"

"으아… 좀 이상한 분위기다."

멀리서 구경하던 조인족들은 멈춰 버린 세상을 볼 수 있었다.

아무 움직임도 없다 보니, 창조적인 예술품이 가득 차게 될 앞으로는 몰라도 지금은 황량한 느낌을 지울 수가 없었다.

"이상하다, 짹짹."

"저기 가면 죽는 건가?"

조인족들도 구경만 할 뿐 선뜻 다가설 수는 없었다.

위드조차도 부작용을 우려해서 시간의 박물관 지역에 들어가지 않았다.

그런데 그때 그 누구도 예상하지 못한 일이 벌어졌다.

유령처럼 희미한 형체를 가진 수많은 사람들이 시간의 박물관 내에 생성된 것이다.

멋진 갑옷을 입고 있는 기사, 우아한 드레스를 입은 귀부인. 농부들이 농기구를 등에 짊어지고 돌아다녔으며, 8마리의 말이 끄는 마차도 오고 갔다.

띠링!

-옛 세상의 방문자들이 나타났습니다.

니플하임 제국의 멸망 이후, 그곳에서 살던 사람들은 대부분 목숨을 잃었습니다.

억울하게 목숨을 잃은 그들의 영혼은 사악한 엠비뉴 교단에서 사로잡게 되었습니다.

엠비뉴 교단의 사제들은 그 영혼들을 봉인의 항아리에 넣어 지하 깊숙한 곳, 균열의 너머에 놔두었습니다. 영혼의 괴로움을 통해 사제들의 흑마력을 높일 수 있었기 때문입니다.

엠비뉴 교단이 파멸하면서 균열의 너머도 파괴되었습니다.

사람들의 영혼도 구속에서 벗어나게 되었지만, 이미 오랜 시간이 지난 후에도 그들은 여전히 고통받으며 북부 대륙을 맴돌아야 했습니다.

그들은 아르펜 왕국의 빠른 발전과 높은 행복도를 보며 부러움과 친밀감을 가졌습니다.

오래전 니플하임 제국 사람들의 영혼이 자유의 틈새를 통해 시간의 박물관을 찾아왔습니다.

−아르펜 왕국의 국가 명성이 64 늘어났습니다.
국가 영향력의 확대에 따라 영토가 확장됩니다.

−지역 명성이 5,424만큼 높아집니다.

−시간의 박물관의 효과로 지역 특산품에 미술품과 조각품, 보석 구슬, 니플하임 제국 골동품이 등록됩니다.

−옛 방문자들로 인해 신규 퀘스트가 438,103,328개 발생했습니다.
방문자들의 퀘스트를 진행하면 일주일간 경험치와 명성이 2배 증가합니다.
난이도 C 이상의 퀘스트들은 북부 대륙 전체를 배경으로 하게 됩니다.

조각술 최후의 비기가 가진 위력.

멸망한 니플하임 제국의 사람들, 그들까지 유령의 형태로 등장하면서 대규모 퀘스트들이 만들어지게 되었다.

"째재잭!"

"쿠오오오오오."

위드가 무슨 짓을 하나 궁금해하며 날아다니던 조인족과 대지에 있던 유저들은 그 광경들을 보았다.

그들에게도 일제히 메시지 창이 떴다.

> —가까운 곳에 시간의 박물관이 탄생하였습니다.
>
> 조각술 최후의 비기로 설립할 수 있는 이 지역은, 말 그대로 시간이 멈춘 곳입니다. 새로운 형태의 예술과 문화의 발상지가 될 것이며, 이곳에서는 신비로운 퀘스트를 받거나 이야기를 들을 수 있습니다.
>
> 방문자에게는 예술 스텟과 문화적인 혜택으로 인한 지식 스텟의 영구적인 증가가 있을 것입니다.

메시지를 확인한 군중의 반응은 재빨랐다.

"가자."

"갑시다."

푸홀 워터파크의 입구에서는 아르펜 왕국 주민 NPC들이 입장료를 받고 있었다.

신규 개장에 따른 임시 입장료 인상 안내

안내 말씀드립니다.

푸홀 워터파크를 대륙 최고의 물놀이 공간으로 만들기 위해 막대한 시설 투자가 진행 중입니다. 날로 오르는 인건비와 물가 상승에도 불구하고 입장료 인상을 최소화하려고 하였으나 부득이하게 오늘 하루만 3골드 98실버를 받겠습니다.

내일부터는 다시 정상적으로 1골드에 입장할 수 있으니 손님 여러분의 많은 양해를 부탁드립니다.

하벤 제국도 던전 입장료를 인하하는 판국에 약 4배로 인상한 입장료 바가지!

4골드에 가까운 돈이라면 아직 가난한 유저들이 많은 북부에서는 적지 않은 금액이었다. 그럼에도 내일부터는 다시 원래대로 1골드에 입장할 수 있다 하니 딱히 원망할 수도 없었다.

단 하루만 기다리면 돈을 아낄 수 있다.

하지만 군중심리란 무서운 것이어서, 궁금증을 참고 기다릴 수 있는 유저들은 거의 없었다.

게다가 퀘스트까지 대거 발생했으니 오늘 하루 동안 입장하지 않으면 큰 손해를 볼 것 같은 느낌!

"잔돈 필요 없어요."

"어서어서 열어 주세요."

북부 유저들은 입장료를 4골드, 5골드씩 던져 주고 바로 안으로 들어갔다.

푸홀 워터파크의 입장료 신기록 경신은 시간문제였다.

단기간에 급조된 푸홀 워터파크.

그 주변으로는 고급 별장들이 들어서는 건 물론이고 관광 도시까지 건설되고 있었다.

많은 사람들이 방문하고 물자가 동원됨으로써 자연스럽게 교통망도 발달했다.

남쪽으로는 하벤 제국의 식민지 지역으로 연결되고, 북쪽으로는 모라타와 새벽의 도시로 이어지는 새로운 중심축!

시간이 멈춘 곳은 유저들로 북적거렸다.

"안녕하세요."

등에 커다란 망치를 들고 다니는 유령들이 대답했다.

-반갑군. 나는 대장장이 알폰소라고 하오. 금속을 다루는 방법을 배우고 싶다면 알려 주지.

니플하임 제국의 유령들로부터 새로운 기술도 전수받을 수 있었다.

-땅에 씨앗을 뿌렸는데 빨리 자라지 않는다고?

"제 정성이 부족했던 걸까요?"

-아니네. 식물을 키우는 비법은 자고로 거름이지. 어떤 거름을 쓰느냐에 따라서 다른데… 혹시 식물성장촉진거름술이라고 들어 봤는가?

유저들은 현재에는 없는 과거의 기술들을 습득할 수 있었다. 전투 기술들은 많지 않지만 생활에 필요한 기술들이 다양하게 있었다.

-요리라. 요즘 사람들은 맛있는 파스타 만드는 법을 잊어버린 것 같아. 자네들이 원한다면 전수해 줄 수도 있는데… 아, 제자가 되라는 건 아니야. 그저 심심하기 때문이지.

-아름다움에 대한 추구. 예쁜 옷을 만들려면 실밥 따는 법을 배워야 하지. 비싸게 옷을 주고 샀는데 늘어진 실밥을 보면 그

만큼 실망스러운 일도 없지 않은가.

　─자네, 손빨래를 해 본 적 있나?

　나무나 바위, 물처럼 기초적인 자원들을 다루는 기술들도 있었다.

　"근데 공짜로 알려 주시나요?"

　─니플하임 제국의 땅에서 살아가는 후손들에게 그 정도는 해 주어야겠지. 자네들은 사람들을 위해 많은 일을 해 주었군.

　북부 유저들은 모라타에서부터 시작했다.

　아무것도 없던 폐허에서부터 살아왔기 때문에, 그들은 주민들이나 아르펜 왕국에 공적치를 쌓게 되었다. 주민들의 뒤통수를 치거나 아르펜 왕국을 배반하는 퀘스트는 웬만하면 하지 않는 것이 자연스러운 문화가 되었다.

　아르펜 왕국을 위해서 쌓은 공적치나 명성을 바탕으로 기술을 배울 수 있었다.

　─자네들이 한가하다면 나를 좀 도와주었으면 좋겠군. 내가 예전에 죽기 전에 보물을 하나 가지고 있었는데 말이야, 아직도 그곳에 그대로 있을까?

　─라호낙의 늑대 소굴에 대해서 알고 있는 사람을 만나다니 반갑군. 이런 일은 다른 사람과 나눌 일은 아니지만, 난 이미 죽었으니 상관없겠지? 내가 지금부터 하는 이야기를 잘 듣게. 보물이란 말이네. 그것도 대왕 늑대가 감춰 놓은 보물이야!

　특히 연계 퀘스트도 대거 생성되면서 엄청난 부가가치를

형성하게 되었다.

기존에 북부 대륙에 있던 퀘스트에 추가되는 연계 퀘스트는 물론이고 완전히 새로운 퀘스트까지!

난이도 F급 수준의 간단한 물품 운송 의뢰는, 유저들이 성공한다고 하더라도 아르펜 왕국에 도움이 될 건 없었다. 하지만 난이도가 높은 퀘스트들은 다르다.

'금괴 발굴 의뢰', '고대의 보물', '잊힌 황금 사원', '보석 구슬의 비밀'.

니플하임 제국의 수많은 보물들.

땅속에 묻혀 있는 그것들을 찾아내면 전부 아르펜 왕국의 세금이나 경제력을 높이는 것이었다.

워터파크의 입구에서부터 들어오는 사람들이 납부하는 입장료를 보며 몇몇 유저들은 시기심 가득한 대화를 나누었다.

"진짜 돈 잘 번다. 방금 10분간 벌린 돈만 해도 몇만 골드는 되겠어."

"장난 아니네. 완전히 대박 났어."

장사 잘되는 식당을 가면 그 집 하루 매출액 계산부터 하는 버릇을 가진 사람들!

실제로도 푸홀 워터파크에서 벌어들이는 수입은 일시적이나마 하벤 제국을 넘어설 정도였다.

위드는 아르펜 왕국의 재정이 튼실해지자 토목 사업을 재개했다. 전쟁으로 인해 중단된 위대한 건축물의 공사를 다시 진행시키고, 파괴된 마을을 복구하는 데 자금을 투자했다.

불과 한 달 전이라면 아르펜 왕국의 1년 세금 수입 정도는 고스란히 갖다 바쳐야 했을 대사업이었다.

"크으, 돈을 너무 많이 썼군. 알거지가 되어 버리겠어. 왕국 재정 확인."

아르펜 왕국의 금고
왕국 보유 자금 : 478,312,394골드.

"4, 4억 7천만 골드? 금고에 돈이 이렇게 많단 말이야?"

상상을 초월하는 일이 벌어지고 있었다.

위드는 어릴 때부터 생활비를 쥐어짜면서 살아왔다. 어디 아낄 곳이 없는지를 하루에도 몇 번씩 확인했고, 낭비되는 돈이 없도록 절약하는 게 습관이 되어 있었다.

아르펜 왕국의 재정도 넉넉했던 적이 없어서 항상 쪼들렸고, 금고에 남아 있는 돈도 적었다. 도시를 확장하거나 위대한 건축물이라도 지으려면 위드가 가진 돈을 몽땅 털어 넣은 후에 유저들로부터 기부금을 받아야 했다.

다른 영주나 국왕처럼 사치를 하거나 군사력을 확장했다면 진작 부도가 났을 가난한 왕국.

하지만 푸홀 워터파크가 개장된 이후로 상황이 바뀌었다.

"충분히 지출했는데도 돈이 남아."

일반 직장인으로 치자면 카드값 내고, 세금 내고, 대출금 전부 갚고, 식비와 생활비로 넉넉하게 사용하고 나서도 돈이 남는 것과 마찬가지였다.

"돈이 남아. 쓰고 싶은 곳에 다 써도 돈이 남다니… 돈이 남을 수가 있는 것이었나?"

돈이 남는 것에 대한 벅찬 감동!

위대한 건축물을 더 짓고 싶었지만 북부 대륙의 건축가들과 노동력이 부족해서 무리였다.

하벤 제국의 북부 식민지들은 교통이나 도시 건설에도 이미 투자가 꽤 이루어져서 추가로 들어갈 돈도 많지 않았다. 매일 각종 퀘스트와 공적치로 인한 보상이 진행되고 있었지만, 그 정도야 아르펜 왕국의 경제 발전으로도 메울 수 있는 부분이었다.

위드에게는 정말 감회가 새로웠다.

"이젠 나도 부유층인가, 앞으로는 200원 비싼 소금을 사 먹어도 되는?"

"아르펜 왕국으로 넘어가겠습니다. 영광입니다."

"진정으로 북부의 주민이 된 기분입니다. 앞으로도 잘 부탁드립니다, 국왕 폐하."

"통치권을 인정해 준다면야… 우리도 아르펜 왕국의 지배권을 존중해 주기는 하죠."

위드는 하벤 제국 식민지 영주들과 따로 자리를 만들었다.

영주 중에서 일부는 아르펜 왕국으로 기꺼이 넘어오겠다는 의사를 밝히면서도 거만하게 굴었다.

"그러나 우리가 지금까지 투자한 것에 대한 지분은 인정해 주셔야 합니다."

위드는 입꼬리를 일그러뜨리며 웃었다.

"지분요?"

"우리의 도시들은 사유재산 개념으로 이해해 주셔야 될 겁니다. 우린 헤르메스 길드에 상당한 돈을 지불했고, 이런 부분을 감안해 주지 않는다면 아르펜 왕국에도 이롭지 않을 것입니다."

"어떤 점에서요?"

"후후, 그걸 꼭 말을 해야 합니까?"

칼지코라는 이름을 가진 유저는 근엄한 표정을 지었다.

로열 로드가 아닌 현실에서 오랫동안 사람을 부려 본 말투와 표정이었다.

"궁금해서요. 헤르메스 길드가 북부에 있는 여러분을 도와주진 못할 텐데요."

"우리가 쓸 수 있는 수단은 헤르메스 길드뿐만이 아닙니다. 우리가 동원할 수 있는 인맥이 상당하고… 뭐, 굳이 번거롭게 그런 방법을 쓸 필요도 없죠. 남에게 주느니 차라리 도시를 부수고 주민들을 학살해 버리면 될 테니 말입니다."

칼지코라는 유저를 중심으로 절반쯤 되는 영주들이 똘똘 뭉쳤다.

아르펜 왕국에 요구할 것을 당당하게 말하고, 그것이 이루어지리라고 확신하고 있었다. 북부 식민지가 초토화된다면 아르펜 왕국의 입장에서도 손해가 클 것이고 정치적인 책임도 모두 져야 할 것이기 때문이다.

"우리가 원하는 건 많은 게 아닙니다. 고작해야 세 가지밖에 안 되죠. 문서로 약속하는 영구적인 영주 지위의 보장, 독립적인 자치권 인정 그리고 왕국에 납부하는 세율을 최소 5년 동안 절반으로 감면해 주는 것입니다."

"그게 다입니까?"

"5년 이후에도 아르펜 왕국의 평균 세율보다는 낮았으면 합니다. 뭐, 그 점이야 당연히 우리의 노력이 들어간 것이니 이해해 주실 수 있겠죠."

그 말을 들은 위드는 곰곰이 생각에 잠겼다. 칼지코를 비롯한 영주들은 그걸 보며 회심의 미소를 지었다.

-협상이 잘 마무리될 것 같습니다.

-저자로서도 어쩔 도리가 없지요. 우리가 도시를 다 부숴 버린다면 무슨 수로 대응하겠습니까?

-유명한 싸움꾼에 불과하죠. 정치에 대해서는 아무것도 모

르는 애송이입니다.

−거래란 서로 얻는 것이 있으면 성립되는 것. 전쟁 한 번 이기고 우리가 일구어 놓은 도시들을 피 한 방울 없이 고스란히 가져가는 거 아닙니까. 어차피 이쯤은 과한 것도 아닙니다.

영주들끼리 흐뭇하게 귓속말을 나누기도 했다.

조건 없이 항복 의사를 밝힌 식민지 영주들이 오히려 불만을 가질 판국이었다.

위드의 고민이 제법 길어졌다.

'이것들을 어떻게 죽이지?'

협상안을 받아들일 것인지에 대한 고민 따위는 누렁이가 먹다 뱉은 풀만큼도 하지 않았다.

인사 정책에 관여할 수 없으며 정치적인 간섭도 불가능하다면, 향후 복잡한 정치적인 문제가 될 수 있었다. 식민지 영주들끼리 계파를 형성해서 대항한다거나 하는 일도 충분히 가능했다.

더구나 이미 세율에 대해서 말을 꺼낸 이상 협상은 불가였다. 위드를 전혀 모르고 요구한 조건이었다.

"결정했습니다."

"아르펜 왕국을 위해 현명한 판단을 하셨길 바랍니다. 나이를 먹어 보면 알 테지만, 젊은 혈기란 때때로 화를 불러일으키지요."

"그래서 심사숙고했습니다."

위드는 칼지코와 그 주변에 뭉쳐 있는 유저들의 얼굴을 하나씩 살폈다.

무려 37명이나 되는 영주들.

북부 식민지의 절반에 달하는 대표들이다.

그중에는 로빈을 비롯한, 정재계에 영향력을 가진 '멋진녀석들' 길드도 포함되어 있었다.

돈과 권력을 바탕으로 영주의 자리를 얻은 이들이었다.

한마디로 금수저를 물고 있는 부러운 자들!

"어떤 결정인지 말해 주시오. 우리는 바쁜 사람들이니까 말이지."

"척살령입니다."

"척살령이라고?"

"예. 지금 이 순간부터 여러분에 대해 척살령을 내릴 것입니다."

칼지코와 그 옆에 있는 영주들의 입가에 비웃음이 걸렸다.

"우리 제안을 받아들일 의사가 없으니 협상 결렬이란 뜻이군. 그런데 척살령 따위를 진행할 길드나 부하들이라도 있으시오? 북부 유저들이 도와줘서 그동안 버텨 왔지만, 아르펜 왕국의 내실은 보잘것없을 텐데."

"북부 유저 전체에게 여러분에 대한 척살령을 내릴 것입니다. 국왕의 칙령으로 퀘스트를 만들어서 여러분을 처리하면 공적치를 주는 것이지요."

"으음."

영주들의 안색이 조금 굳었다.

아르펜 왕국의 공적치라면 북부 유저들 중에서는 많은 이들이 탐을 낼 것이다.

영주들은 장비는 최고급으로 갖췄어도 사냥 실력은 뛰어나지 않았고 레벨도 낮은 이들이 많았다. 공식적인 척살령이 내려지면 살인자 상태도 되지 않기 때문에 그들을 상대로 한 사냥이 시작되리라.

'그렇게 되면 북부에서는 살아갈 수 없다.'

영주들의 머릿속에서 스쳐 지나가는 생각이었다.

그 마음을 알기라도 한 듯이 위드가 여유롭게 이야기했다.

"중앙 대륙으로 가더라도 마찬가지입니다. 거긴 헤르메스 길드가 지배하는 땅이지만, 그들은 수많은 유저들 중에서 일부에 불과하죠. 여러분을 처리하고 아르펜 왕국으로 오는 유저들에게는 큰 포상을 내릴 겁니다."

"포상까지……."

"아르펜 왕국은 이민자들을 환영하니까요. 관광지를 비롯해서 도시 안이나 던전, 요새, 도로, 그 어디에서도 안전하지 못할 겁니다. 바다나 섬? 거긴 이미 아르펜 왕국이 장악하고 있습니다. 여러분의 움직임을 조인족들이 하늘에서 지켜볼 것이고, 지나다니는 사람들은 검을 뽑아 들겠죠."

위드는 잔잔하게 말했지만 그 안에 담겨 있는 의미는, 베르사 대륙 어디에서도 살아갈 수 없다는 것이었다.

물론 일이 꼭 그렇게 진행되지 않을 수도 있다.

원래 식민지 영주들은 헤르메스 길드와 밀접한 관련이 있었으니 북부의 도시들을 포기하고 중앙 대륙으로 간다면 어느 정도 안전해진다. 하지만 언제나 등 뒤의 습격을 걱정해야 할 것이며, 유리하다고 생각했던 협상에서도 이익은 하나도 없이 손해만 잔뜩 보게 되는 것이었다.

기세에서 밀린 칼지코가 발작하듯이 외쳤다.

"도시는? 이미 기반 시설이 건설되어 있고 주민들이 사는 도시가 초토화되어도 괜찮다는 뜻이지?"

위드가 강렬하게 눈을 빛냈다.

부당하게 수도 요금을 1,500원 더 받으려고 하던 집주인을 끝내 굴복시켰던 바로 그 눈빛!

"그렇게 하십시오."

"뭐라고?"

"머리가 좋은 분들이니 아시겠지요. 푸홀 워터파크는 어떻게 생겨났습니까?"

"……!"

전쟁으로 인해 폐허가 된 푸홀 요새가 워터파크로 베르사 대륙 최대의 대박을 터트리고 있었다. 그들이 만든 시설과 도시가 폐허가 되더라도 전혀 두렵지 않다는 의미였다.

"워터파크는 이미 한번 써먹어서 다시 쓸 수는 없을 텐데?"

"저는 조각사이고 건축가이기도 합니다. 대장장이의 능력도 있고 조선업도 익숙하지요. 재봉이나 채광, 낚시, 가지고 있는 기술들이 다양합니다. 무너진 도시? 그쯤이야 더 멋지게 복구해 보이죠. 수많은 사람들과 함께 말입니다. 그 안에 여러분이 있을 자리는 없을 겁니다."

칼지코와 그를 따르는 영주들은 당혹스러웠다. 자신들이 내밀 수 있는 카드는 더 이상 없는 상태였다.

'처음부터 협상 조건이 잘못된 터무니없는 제안이었던가?'

'손해를 보는 일은 하지 않아야 정상이지만, 여긴 로열 로드의 세상이다. 어떤 기발한 반전이 있을지 모르니 오히려 우리 무덤을 판 거나 마찬가지가 되어 버렸어.'

영주들의 얼굴에 불안함이 가득 서리는 것을 보면서 위드는 더욱 느긋해졌다.

'잘 걸려들었군.'

도시가 부서지면 복구한다는 건, 말은 좋아도 그리 쉬울 리 없다. 금전적인 피해는 물론이고, 인력과 물자도 상당히 많이 소모된다. 북부의 노동력을 아무 곳에나 투입한다면 그만큼 발전도 느려지게 될 것이다.

위드도 딱히 북부 식민지들이 대량 파괴되면 쓸 수 있는 수단 같은 건 생각해 놓은 게 없었지만, 어쨌거나 먹혀드는 모습이었다.

칼지코가 곰곰이 생각하다가 한결 누그러진 말투로 마지

막 저항을 시도했다.

"다시 판단해 보게. 척살령이나 도시 파괴가 꼭 아르펜 왕국에 이로운 것만은 아닐 텐데. 그리고 우리는 하벤 제국에 의해 임명된 영주들이야. 실질적으로 도시를 다 키워 놨더니 무력에 의해 빼앗고 척살령을 내린다는 건 침략이고 횡포가 아닌가. 이런 폭거가 용납되리라 생각하는가?"

"여러분이 선택한 길입니다."

"전쟁의 신 위드의 명성이 바닥으로 추락하게 될 텐데. 정의나 명분 따위는 어찌 되어도 좋다는 뜻 같군. 이 모습이 여러 방송국들을 통해서 보도되고 사람들이 실망하더라도 상관없다는 이야기겠지?"

중앙 대륙에서의 침략 전쟁은 흔히 일어났어도 아르펜 왕국에서는 아니다.

칼지코는 최후의 수단으로 위드의 명성을 걸고 넘겼다.

정당하지 못한 횡포, 갑질을 방송국을 통해 알리게 된다면 위드와 아르펜 왕국에 가장 큰 피해를 입힐 수 있다는 계산을 짧은 순간 해낸 것이다.

'잘했어.'

'이런 논리라면 상대도 감당할 수 없지.'

영주들이 회심의 미소를 지을 때였다.

위드의 얼굴에 깊은 안타까움이 어렸다.

"모두 제 잘못입니다. 이러한 상황까지 오게 된 것은 제가 아르펜 왕국을 이끌 역량이 부족하기 때문입니다.”

“으음?”

“아르펜 왕국은 자유와 평등, 정의를 국가의 기본 정신으로 삼고 있습니다. 중앙 대륙과는 달리 북부 대륙은 저뿐만이 아니라 시민들의 힘으로 함께 이룩해 온 것입니다.”

위드는 입술에 침을 듬뿍 발랐다. 매끄러운 거짓말을 할 때의 기본자세였다.

“그야 당연한 말이 아닌가. 우리도 정당한 대우를 바랄 뿐…….”

“북부의 미래와 자유, 행복을 위하여 국왕의 입장에서 욕을 먹어야 한다면 먹겠습니다. 도시를 빼앗거나 여러분을 죽여야만 수많은 사람들이 낮은 세금과 자유를 누릴 수 있다면, 저는 더러운 길이라도 기꺼이 걸어갈 것입니다! 이 모든 건 값싼 명성 따위가 아니라 북부 유저들을 위한 것이니까요.”

“…….”

식민지 영주 연합의 대표 칼지코도 아무 말 하지 못했다.

위드가 잡아서 끌어온 대의명분!

결정과 책임을 북부 유저들을 위해서라는 말로 돌려 버리다니, 이 장면이 방송을 통해 나온다면 사람들은 더욱 열광할 것이다.

영주들은 기득권을 인정해 달라는 협상을 하려고 했으나 위드는 거창한 명분으로 압박해 온 것이다.

'이건… 거의 국회의원 아닌가?'

칼지코가 항변했다.

"우린 무, 무리한 요구까지는 하지 않겠다. 영주로서의 지위 보장과, 세금 인상을 하지 않겠다는 약속이면 될 것이다."

위드는 그 말을 못 들은 체하고 확인 사살을 하듯이 말을 이었다.

"아르펜 왕국과 북부 유저들을 위해, 전쟁에 패배한 하벤 제국에서 임명한 여러분이 북부에서 살 권리를 박탈하는 바입니다."

"권리 박탈이라고? 우린 명령만 내리면 도시를 다 파괴해 버릴 수 있는데도?"

"도시를 파괴하고 싶다면 그렇게 하십시오. 저는 수단과 방법을 가리지 않고 막을 것이고, 그로 인한 피해와 비난을 감수하겠습니다."

"……"

위드는 참을 수 없는 격정이 일어났는지 손으로 잠시 얼굴을 가렸다. 손을 떼고 나니 눈에서 굵은 눈물이 줄줄 흘러내렸다.

"저는 결코 용서하지 않을 것입니다. 여러분이 베르사 대륙에 발붙일 수 없도록 해 드리겠습니다. 보잘것없는 작은 명성 따위가 아니라, 모든 사람들을 위해서요!"

"……!"

"이것으로 협상을 마치겠습니다. 바쁘신 분들인데 그만 일어나도록 하시죠."

위드는 그 말만을 남긴 채로 일어나서 빠르게 걸어 나가 버렸다. 앞으로 어떤 행동을 하더라도 절대적인 정당성이 부여된 것과 마찬가지였다.

대략 1시간 정도가 지난 후.

대외적으로 위드의 측근으로 알려진 마판에게 비밀리에 영주들이 접촉해 왔다. 때마침 마판은 워터파크의 입구 주변에서 어슬렁거리고 있었다.

"저희가 무리한 요구를 해서 위드 님의 기분을 상하게 만든 것 같습니다. 마판 님이 잘 말해서 척살령을 취소해 주시면 안 될까요?"

"그게요, 저도 들어 드리고는 싶지만 어려운 부탁입니다. 안 될 거예요."

"솔직히 저희라고 중앙 대륙으로 돌아가고 싶겠습니까. 오늘 협상이 알려지고 나면 하벤 제국에서 받아 주지도 않을 것 같고요."

"사정은 알겠지만 위드 님과 이야기를 하려면 뭔가 내세울 게 있어야 할 텐데요."

"어느 정도 대가를 지불할 용의는 있습니다."

"제 생각이지만 세금 수입의 70% 정도를 바치면 어떨까요?"

"70%나요? 그건 하벤 제국을 넘어서는 폭리… 아닙니까?"

"도시는 건설해 놨어도 노는 땅, 사람도 별로 없잖아요. 북부 유저들이 와서 경기가 살아나면 세금 수입은 지금보다 100배 이상 늘어나겠죠. 그리고 치안과 군사력을 왕국에서 책임져 줄 테니까요."

"그야 그렇지만… 치안은 지금도 괜찮은데 말입니다."

"여러분이 돈이 아쉬워서 영주가 되었던 건 아니잖습니까. 이미 다 가진 분들인데. 명예와 즐거움을 위해서 영주가 되셨죠. 아르펜 왕국의 영주가 되고 유저들로부터 존경을 받는다면 그 가치는 충분하지 않을까요?"

거의 존재감이 없던 아르펜 왕국의 군대까지 팔아서 세금 징수의 정당성을 갖췄다.

위드에게 저항했던 영주들은 대부분 어쩔 수 없이 마판의 말을 수긍하며 받아들이는 쪽을 선택했다. 처음부터 이런 조건이었다면 단단히 따지며 협상을 해 봤겠지만, 최악으로 몰린 상황에서 타협을 구하는 입장이었기 때문이다.

그러나 칼지코와 7명 정도의 유저들은 자신이 한 말대로 도시에 불을 질렀다.

"모두 태워 버려라. 더러운 아르펜 왕국에 가져다 바치느니 다 타 버리는 게 낫지."

그 모습은 방송국을 통해서 중계도 되었다.

드넓은 도시의 건물들이 붕괴되고, 주민들이 불에 타 죽었다. 개간한 땅에 심어 놓은 작물들도 모두 타 버렸으며, 우물에는 독을 풀어서 쉽게 다시 사용할 수 없도록 만들었다.

그 광경을 보고 방송국의 시청자 게시판은 온통 난리가
났다.

-죽이자! 저것들을 로열 로드에 발붙일 수 없도록 해야 됩니다.

-역시 하벤 제국의 떨거지들. 저것들을 가만두면 안 됩니다.

-아르펜 왕국에서 척살령을 발표해서 위드도 헤르메스 길드와
같은 길을 가는 줄 알았는데… 이런 일이 있었네요. 진심으로 죽어
마땅한 놈들인 것을!

-저놈들 얼굴 똑바로 기억합시다.

관리자들이 지속적으로 지우고 있음에도 불구하고 욕과
항의의 글이 계속 올라와 도저히 인력으로 수습할 수 없을
지경이었다.

아르펜 왕국으로 편입된 식민지 도시들의 성문에는 커다
란 포고문이 붙었다.

아르펜 왕국과의 통합을 축하하는 영주들이 친애하는 북부
유저분들에게 인사드립니다.

우리 영주들은 전쟁의 신 위드를 존경하고, 자유로운 아르펜
왕국의 국민이 되기를 손꼽아 기다려 왔습니다. 어릴 때 이후
로 잊었던 그 마음이 방송에서 아르펜 왕국을 보면서 되살아났

습니다.

　아르펜 왕국으로의 합병 축하금으로, 당분간 우린 70%의 세금을 기꺼운 마음으로 납부할 것입니다. 보잘것없는 작은 정성이지만 북부가 발전하고 수많은 사람들이 행복해지기를 바랍니다.

　포고문은 위드와 마판이 함께 적어 준 글귀를 억지로 내건 것에 불과했다.

　북부 유저들의 사기를 더욱 드높이면서 하벤 제국에 엿을 먹이는 내용!

　식민지 경제를 빠르게 활성화시켜야 했으니 북부 유저들이 남아 있는 영주들에게 악감정을 갖지 않게 하는 것을 목표로 했다.

　게다가 아르펜 왕국의 다른 영주들이 보란 의미도 있었다. 새로 들어온 영주들이 세금을 70%씩이나 납부한다면 워터파크가 대성공을 거뒀더라도 다른 영주들 또한 세금 감면 같은 건 꿈도 못 꿀 것이기 때문이었다.

　그리고 역시 북부 유저들의 마음을 울린 것은 마지막 한 문장이었다.

　풀죽! 풀죽! 풀죽!

인공지능 베르사.

유병준 박사에 의해 탄생한 베르사는 자체 학습을 통해 진화를 거듭하면서 인터넷은 물론이고 세상의 곳곳을 감시하고 있었다.

모든 데이터들은 베르사에 의하여 분석되고, 위험 요소들도 분류된다. 유니콘 그룹의 재무 투자는 물론이고 계열사의 인수와 매각, 기술 개발에까지 관여하고 있었다.

넓은 인터넷의 세계, 인공지능 베르사가 따로 신경을 쓰는 게시물이 있었다.

제목 : 사채업자들을 처리하는 방법으로 무엇이 좋을까요?

자꾸 귀찮게 구는 사채업자가 있습니다.

돈을 이미 다 갚았음에도 불구하고 끈질기게 달라붙어서 나쁜 짓을 하려고 하는데요.

말로는 설득이 안 될 것 같은데, 이놈들을 어떻게 하면 좋을까요?

100개가 넘게 달린 댓글들.

-그냥 묻어 버리면 좋겠네요. 다만 갯벌에 묻어야 함.

-에이, 농담이죠? 진짜라면 바로 경찰에 신고하세요.

-신고해도 안 됨. 신고해서 되면 진작 살기 좋은 세상이 되었음.

-사채업자들은 교도소 다녀와도 똑같죠. 나와서 더 괴롭힐 수도 있어요. 글 쓴 분, 조심하세요!

-그런 놈들은 영영 회개가 안 돼요. 그냥 영원히 사회에서 격리 시키는 게 최선임.

그 댓글들의 의견을 참고해서 사채업자들에게는 보리 빵과 참치 통조림만 지급하고 있었다.

최근 몇 개월간에는 조회 수도 거의 올라가지 않았는데, 불쑥 누군가가 새로 댓글을 달았다.

-불쌍해요. 그들도 사람인데 가둬 놓고 보리 빵과 참치 캔만 주

는 건 나빠요. 한 번 정도는 착한 사람이 될 수도 있지 않을까요?

베르사는 즉시 댓글을 쓴 주소지를 찾아냈다.

감시위성과 첩보용 안드로이드를 통해 영상을 확인하는 데까지 걸린 시간은 고작해야 16초.

댓글을 작성한 이는 초등학교에 다니는 어린 꼬마였다.

"인철아, 밥 먹어야지."

"네, 엄마!"

그냥 무시해도 되지만 베르사는 짧은 순간 인간 세계의 모든 법령들을 조회하고 결론을 내렸다.

불법감금.

사실 인간 세상의 법은 베르사에게 중요하지 않았다. 인공지능에게는 인간들이 살아온 수백 년의 시간도 일종의 데이터에 불과할 뿐이며, 법이나 사람들의 결정도 시시각각 바뀌기 마련이다. 하지만 베르사에게 주어진 유병준 박사의 명령은 '치워 버리라.'는 것.

─박사님만 신경 쓰게 하지 않으면 나는 명령을 수행한 것이다. 인간의 결정을 믿어 보자.

"오늘이 며칠째지?"

악질 사채업자 권택.

작은 방에 갇혀서 사는 그에게 유일한 낙이라면 텔레비전을 보는 것이었다.

감금 생활에 익숙해지면서 리모컨으로 연예인들이 나오는 프로그램을 돌려 보다가 코미디도 봤다. 로열 로드에서의 위드의 활약이나 하벤 제국의 전쟁을 지켜보는 것도 큰 재미였다.

'도대체 어떤 놈들이 나를……. 풀려나기만 하면 반드시 복수한다.'

보리 빵과 참치 캔을 먹으면서 꾸준히 몸을 단련했다.

과거에 다른 조직원을 반쯤 죽여 놓은 이후로 잘못되어 교도소 생활을 한 적도 있었으니 이 정도는 그에게 아무것도 아니었다.

그뿐만 아니라 다른 사채업자들 역시 육체를 계속 단련했다. 로열 로드를 보면서 근육을 키우고 격투술을 연습했다.

'나를 이 정도 가두어 두었다면 분명히 무슨 용건이 있겠지. 그쪽 조직으로 받아 주거나, 아니면 피를 뿌려야 할 것이다.'

사채업자들은 길게 가두어 놓지는 않을 일이라고 생각했다. 그것이 어느덧 8개월이 넘었지만 희망을 잃지 않았다.

'바라는 요구 사항이 큰 것 같군. 나를 개처럼 길들이려는 속셈이겠지.'

사채업자들은 단단히 벼르고 있었다.

그리고 어느 날 잠에서 깨어나니, 갑자기 공기가 달라졌음을 느낄 수 있었다.

빠앙!

멀리서 들리는 자동차 경적 소리.

"커억!"

권택은 놀라서 눈을 번쩍 떴다.

정신을 차려 보니 뒷골목의 쓰레기 더미에 파묻혀 있었다.

수십 명의 사채업자들은 거의 똑같은 날 세상에 다시 풀려 나왔다.

"크으… 밖이다."

권택은 이유 따위는 모르지만 일단 갇혀 있던 곳을 벗어나서 밖으로 나온 것이 기뻤다.

호주머니엔 돈 따위는 한 푼도 갖고 있지 않았다.

"여자와 돈. 그래, 다시 시작해 보자."

지난 몇 달간의 감금 생활.

PC방으로 가서 자신들에 대해 검색도 해 봤다.

악덕 사채업자들. 배를 타고 외국으로 도주

"내가 동남아에 간 것으로 되어 있다니? 그리고 아무도 안 잡혔어? 지금도 경찰을 조심해야 되나."

권택은 이상하다고 생각하면서 자신들에 대한 기사들을 계속 찾아봤다. 그리고 기사 밑에 있는 악플들을 봤다.

-동남아 가서 고추 잘려라.
-인간쓰레기 새끼들. 다시는 대한민국에 돌아오지 마라, 퉤!
-쥐새끼들이 도망치는 실력 하나는 끝내주네요.

"이런 잡놈들을 봤나."
권택은 몇 개월이나 지난 악플들에 일일이 댓글을 달았다.

-너 지금 어디냐. 당장 만나자. 내장을 다 뽑아 줄 테니까.
-쓰레기라고? 어디 처맞아 봐야지? 전화번호 적어라.
-어딘지 말만 해. 지금 간다, 새끼야!

악플을 쓴 당사자가 보리라는 보장은 없지만 열심히 댓글을 달았다.

그때였다.

띠링!

접속해 놓은 메신저가 울렸다.

-권택, 있나?

연락 온 사람의 대화명은 'no.4철권'이었다. 채무자들을 주먹으로 무자비하게 팬다고 해서 붙은 별명이었다.

권택은 어설프게 키보드를 두들겼다.

-철권 형님, 잘 지내셨습니까?
-못 지냈다. 보리 빵과 참치 캔만 죽어라 먹었다.
-아니, 형님도?
-그래. 우리뿐만이 아니다. 조직원들 다 그렇다.

권택은 잠시 멍해졌다. 자신만이 아니라 동료들 전부가 갇혀 있다가 풀려났다는 사실에 분노했지만 곧 위안도 되었다.

'잘됐군. 나만 억울하게 갇혔던 게 아니었어.'

사채업자의 의리!

안 좋은 일이었지만 다 같이 당했다 하니 그나마 마음이 편해졌다.

-큰형님은요?
-돌아오셨다.

-어디 계십니까? 찾아뵙겠습니다.

-국제클럽 지하로 와라.

-그곳이 아직도 남아 있습니까?

-비어 있다. 다른 조직원들도 오늘 전부 모일 것이다.

-바로 출발하겠습니다.

권택은 PC방에서 조용히 일어났다.

알바생의 눈길이 그를 향했지만 인상을 한번 써 주고 화장
실을 가는 척하다가 바로 뛰어서 도망쳤다.

국제클럽 지하.

텅 빈 창고에 악질 사채업자들이 모두 집결했다.

"어떤 놈들이 우릴 이렇게 만든 것인지 알아내야 합니다."

"전쟁입니다, 전쟁!"

"그대로 토막 내서 안구부터 쓸개까지 몽땅 팔아 줍시다."

사채업자들은 열을 올리면서 분노를 표출했다.

몇 개월간 갇혀 있을 때에는 의식하지 못했지만 밖으로 나
오고 나니 채무자들을 윽박지르던 흉악한 성격이 터졌다.

"모두 진정해라."

한진섭은 빈 술병들이 담긴 박스 위에 앉아 있었다.

국제클럽 지하는 한때 가짜 양주를 제조하던 곳이었다. 기사들을 찾아보고 나서 이곳만큼은 안전한 것을 확인한 후에 모였던 것이다.

입을 꾹 다문 사채업자들의 시선이 한진섭에게로 모였다.

한진섭이 뿌드득 이를 갈았다.

"놈들이 누군지 찾는 것은 다음 일이다. 그놈들을 발견하기만 하면 처절한 복수를 해 줘야지. 나를 건드린 대가를 치르게 할 것이다."

"당연하신 말씀입니다, 형님."

채무자들의 대출 기록이 담긴 장부는 물론이고 감춰 뒀던 거액의 돈이 날아갔다.

그것만이라면 어떻게든 재기할 수 있겠지만 조직을 유지하면서 형성했던 정치, 경찰 계통의 인맥이 몽땅 망가지고 말았다.

한진섭은 분노하면서도 차분하게 말했다.

"당장은 우리가 드러내 놓고 활동할 수가 없으니 은신 자금이 필요하다. 좀 잠잠해지기는 했어도 우리 영역에서 돌아다니다가는 금방 경찰에 붙잡히겠지."

권택이 허리를 숙였다.

"그렇습니다, 형님. 역시 형님이십니다."

"1~2년 정도는 숨어 있으면서 분위기를 봐야겠다. 지방으로 내려가거나 기사에 나온 대로 해외로 뜨는 것도 좋겠지.

그러자면 최소 10억은 필요한데 말이다."

과거에는 10억 정도가 아주 큰돈은 아니었다. 하지만 지금은 다들 가지고 있는 돈이 없었다.

"돈 빌려 갔던 채무자들을 조져 볼까요?"

"지금은 안 된다. 우린 경찰한테 쫓기는 신세라는 걸 명심해라."

빌려준 돈도 받을 수 없는 상태.

그때 사채업자 중 1명이 제안을 했다.

"이현 말입니다."

"이현?"

"예. 예전에도 그놈을 털어 보려고 하다가 붙잡혔잖습니까. 그 계획을 다시 추진해 보는 건 어떻겠습니까. 로열 로드로 한창 잘나가는 놈을 건드리면 돈이 꽤 나올 텐데 말입니다."

"10억이 나올 수 있을까?"

"그냥 달라고 하면 안 되겠지만 여동생을 납치한다면 그 이상도 낼 놈이 아니겠습니까?"

"알려지면 시끄러워질 텐데."

"어차피 경찰에 쫓기고 있는 거, 크게 한 방 터트리고 잠적하죠."

"나쁘지 않군."

과거에 조직이 멀쩡하던 시절에는 뒤끝 없이 철저한 계획

을 세워야 되었지만, 지금은 이판사판으로 달려들어서 짧고
굵게 처리하면 된다.

"좋아, 놈을 친다."

사채업자들은 이현을 목표로 삼아서 머리를 맞대고 세부
적인 이야기들을 나누었다.

쉬이이익!

그러던 어느 순간, 투명한 가스가 그들이 있는 국제클럽의
지하에 가득 찼다.

"끄으으."

약간의 두통과 함께 권택은 잠에서 깨어났다.

"머리가……."

눈을 뜨고 주변을 둘러보니 국제클럽이 아니라 몇 개월간
갇혀 있던 익숙한 골방이었다.

변한 게 있다면 쌓여 있던 보리 빵과 통조림이 더 많아졌
다는 것뿐.

"잠시 꿈을 꾸었구나."

권택은 리모컨을 손에 쥐었다.

익숙한 촉감과, 완벽하게 외우고 있는 채널들의 순서.

그는 위드의 모험을 보기 위해 로열 로드와 관련된 채널로

돌렸다.

위드는 아르펜 왕국의 내정 모드에서 북부 식민지들에 대한 복구를 시작했다.

―총투자비 230,000,000골드.
　건설 투자를 진행합니까?

무려 2억 3천만 골드.

불타서 폐허가 된 도시를 재건하는 것은 물론이었으며, 이 지역에 위대한 건축물도 짓도록 했다.

평화를 위한 개선문!
아르펜 왕국의 전쟁 승리를 기념하는 거대한 문.
전쟁을 통해 하벤 제국에 빼앗긴 땅을 되찾았습니다.
이곳에 세워진 개선문은 평화와 번영을 위한 상징이 될 것이며, 국가 명성과 국왕의 통치력에 긍정적인 영향을 줄 것입니다.
전쟁에 참여한 용사들에게는 특별한 명성과 경험, 스텟이 부여됩니다.

건축 비용 : 최소 980만 골드.
최소 건설 기간 : 4개월.
참여하는 인원과 공사 중의 사고 여하에 따라 건설 기간이 늘어날 수 있습니다.
숙련된 건축가들이 필요합니다. 작업에 참여한 건축가들은 특별한 경험을 얻을 수 있을 것입니다.
다수의 조각사와 미술가가 동원되어야 합니다. 작업에 참여한 예술가들은 이름을 드높일 기회를 얻을 수 있을 것입니다.

─위대한 건축물 평화를 위한 개선문 건설을 개시하시겠습니까?

건축 비용을 본 위드의 입가에 거만한 미소가 맺혔다.

"980만 골드라니, 헐값이군. 워터파크에 초대형 오징어라도 몇 마리 풀어 주면 그냥 벌 수 있겠어. 시작해."

─평화를 위한 개선문 공사가 국왕의 명령으로 진행됩니다.

아르펜 왕국에서 짓고 있는 위대한 건축물만 20개가 넘어가고 있었다. 집중적으로 빠른 건설이 이루어지진 못하겠지만 이것도 괜찮다고 생각했다.

"왕국의 통치 면적이 넓어졌어. 그리고 일단 시작하고 나면 어떻게든 진행이 되니까."

왕국 각지에 지어지고 있는 건축물들.

일감이 있으면 건축가들의 공급도 늘어나기 마련이고, 초보 유저들에게도 할 일이 생긴다. 예산만 넉넉하면 공사 기간이 조금 늘어나더라도 완공까지는 문제가 없었다.

"국가를 위한 건축물도 좀 세워 봐야겠군."

넉넉한 자금으로 프레야의 대성당이나 대도서관처럼 문화와 교육적인 시설 외에 국가를 위해서도 돈을 쓸 수 있게 되었다.

아르펜 왕국의 규모가 커지고 인구가 충분히 많아졌기 때문에 그만한 부가가치가 형성되는 것이었다.

여러 특별한 건축물들은 주민들의 충성심을 향상시킬 뿐만 아니라 국왕의 카리스마나 명성을 높여 주기도 한다.

"더 이상 유명해질 것도 없지. 명성은 지긋지긋해."

건축물들이 꼭 긍정적인 영향력만을 가지고 있는 것은 아니었다.

하벤 제국에서도 황제 바드레이를 위한 조각상이나 미술품, 건축물을 많이 세웠다. 그 결과는 가뜩이나 반발하던 주민들의 사기 저하였다.

"황제의 조각상에 금을 발라 놓았다는군. 우리를 수탈해서 얻은 돈을 저렇게 쓰다니, 정말 파렴치해."

"우린 하루 벌어서 하루 먹고살기도 힘든데 제국을 위한 건물들만 번지르르하잖아. 통치자 놈은 우리가 어떤 모습으로 사는지 알기나 할까?"

주민들과의 친밀도와 충성심이 너무 낮아서 악영향만 줄 뿐이었다.

불과 얼마 전까지는 반란이 일어나서 주민들이 건물과 조각상을 부숴 버리는 경우도 빈번하게 있었다고 한다.

위드는 그런 측면에서는 독재자의 꿈을 이루기 전이었으니 아직까지는 괜찮았다.

"기술 부분은 돈보다는 유저들이 스스로 갈고닦는 편이 낫겠고, 퀘스트도 좀 살펴봐야겠군."

내정 모드에서 퀘스트 부분을 선택했다.

국왕의 권한으로 유저들에게 지급되는 퀘스트 보상 비율을 늘리거나 특정 퀘스트를 임의적으로 생성할 수도 있었다.

대지의 궁전이 벌써 형태가 갖춰져서 어느 정도 완성되었기에 가능한 기능.

왕국의 병사나 관리 혹은 영주성에서 유저들에게 특정 물품을 구해 오거나 몬스터 퇴치, 재료를 조달해 오라는 퀘스트를 주고 그에 대한 보상금의 수준을 높이는 게 가능했다.

물론 위드는 기능이 생성된 이후 보상금을 늘려 본 적은 한 번도 없었다. 로열 로드에서 가장 쓸모없는 기능이라고 생각하고 있었다.

"국가 퀘스트 발동."

—국가 퀘스트를 생성합니다.
공적치나 골드를 바탕으로 퀘스트를 부여할 수 있습니다.

백 가지가 넘는 종류의 국가 퀘스트들이 표시되었다.

전쟁이나 납치, 파괴 등의 드러낼 수 없는 임무를 비롯해서 조경 사업까지, 온갖 종류의 임무들이 있었다.

위드는 국가 퀘스트에서 한쪽 구석에 있는 조각품을 선택했다.

"왕국의 곳곳에 내 조각품을 세워 놔야겠어."

돈이 남아돌게 되니 어두운 야망이 샘솟았다.

광장이나 성문처럼 수많은 사람들이 드나드는 곳에 자신

의 동상을 세워 놓는 것이야말로 진정한 독재자의 로망!

인류 역사상 이 유혹을 이겨 낸 독재자는 단 1명도 없었다.

"400개, 아냐, 너무 적어. 작은 마을들까지 전부 볼 수 있도록 2,000개 정도는 세워 놓자."

기꺼이 국가 퀘스트를 결정했지만, 막상 투입할 자금이 문제였다.

"전부 해서 만 골드 정도 쓸까? 아냐, 그건 너무 많은데… 배부르게 먹을 수 있는 보리 빵이 몇 개야."

정작 돈을 쓰려고 하니 깊은 고민이 이어졌다.

조각품 2,000개라면 만 골드도 헐값이었지만 그것도 아까웠다.

조각품을 팔아먹을 때는 비싸게 받고 싶었지만 막상 주문을 넣으려니 한 푼이라도 더 깎고 싶은 심정!

"예술은 무슨. 어차피 원판이 너무 훌륭하니까 누가 만들어도 잘하겠지. 있는 그대로만 조각을 하면 되니까 말이야."

위드는 예산을 3,000골드로 책정했다.

동상 하나의 단가가 고작해야 1골드 50실버.

"돈이 남아돈다고 해서 함부로 쓰면 안 되지. 음, 이걸로 사치는 충분해."

나머지 예산은 경제 발전이나 치안 강화에 전부 쏟아 넣었다. 새로 편입한 넓은 땅을 개발하기 위해서는 투자가 필수였다.

위드는 파비오와 헤르만이 도착했다는 소식을 듣고 셋이 만나는 자리를 마련했다.

"크흠, 오랜만이군. 하지만 이자는 왜 있는가? 헬리움을 다루는 건 나 정도의 실력자만이 가능한 것인데."

"검을 만드는 건 내 전공이지. 평생 검만 만들어 온 나와, 이것저것 돈 되는 데에는 다 끼어들었던 드워프를 같은 급에 놓는 건가? 실망이군."

드워프 명장 파비오와 헤르만은 상대방을 보자마자 신경전을 펼쳤다.

"가장 비싼 금속을 얼마나 다뤄 봤나?"

"돈이 중요한가? 검에 담겨 있는 진정한 가치를 봐야지."

그들은 상대를 같이 불렀다는 것에 대해 화를 냈지만, 위드가 헬리움을 꺼내는 순간 소란은 잦아들었다.

"이, 이것이… 신의 금속."

파비오가 떨리는 손을 내밀자 위드는 헬리움을 다시 감췄다.

"먼저 계약서부터 작성하시죠."

"무슨 계약서?"

"세상에 믿을 사람… 아니, 드워프가 어디에 있습니까? 단칸방 월세를 계약하더라도 계약서는 필수죠."

"그런가. 하긴. 무슨 말인지 알겠네."

위드는 미리 작성한 내용의 계약서를 보여 주었다.

1. 위드가 갑, 파비오와 헤르만이 을이다.

2. 을은 귀중한 재료 헬리움을 이용하여 최선을 다해서 갑이 사용할 검을 만든다.

3. 을은 각자 헬리움에 대한 보증금으로 3,000만 골드씩을 맡긴다. 또한 검을 제작하는 동안 정해진 지역을 벗어날 수 없다. 돈이 부족하면 그에 상당하는 다른 재물이나 보증품을 맡길 수 있으며, 이에 대한 가치 판단은 갑이 한다.

4. 을은 물품 제작 기간 동안 갑의 요청이 있으면 어떠한 종류의 일이라도 수행한다.

5. 완성된 물품이 갑의 마음에 들지 않으면 다시 만든다. 총 3회의 기회를 주며, 그 후에도 마음에 들지 않으면 을은 모든 권리를 포기하고 떠난다.

6. 계약 조건에 대한 비밀은 무덤까지 가지고 간다. 이를 발설할 시에는 배상금으로 1억 골드를 지불해야 하며, 어떠한 종류의 보복이라도 감수한다.

"이, 이것은……."

"완전 노예 계약서 아닌가?"

파비오와 헤르만은 사회 경험이 꽤 있는 중년들이었다.

그들도 한창 회사 생활을 하던 때에 하청 업체들과 계약을 해 보았지만 이 정도의 갑질 계약 조건은 생전 처음이었다.

위드가 나긋나긋하게 웃으며 말했다.

"그냥 관례대로 적어 본 계약 조항입니다. 크게 신경 쓰지 말고 사인만 하세요."

"관례라니. 이런 관례는 본 적도, 들은 적도 없네만."

헤르만이 정색을 했지만 위드는 여전히 미소를 머금고 있을 뿐이었다.

"종이쪽지에 적혀 있는 조항들이 뭐가 중요하겠습니까. 서로 간의 믿음이 중요한 거죠. 두 분 모두 최고의 실력을 가지고 있을뿐더러 제가 깊게 믿는 분들이라서 문제가 생길 거라고는 보지 않습니다. 열심히 해 주시면 다 되는 거 아닙니까?"

"하지만 이런 조항들은 받아들이기가……."

헤르만이 망설이고 있을 때, 파비오가 계약서에 자기 이름을 적었다.

"난 하겠네."

파비오는 로열 로드의 초창기부터 대장장이로서 천문학적인 돈을 벌어 왔다. 그런 그에게도 3,000만 골드는 당연히 엄청난 금액이었다. 하지만 대장장이 마스터가 눈앞에 있는 지금, 그까짓 돈은 아깝지 않았다.

위드나 헤르만 역시 마찬가지였다.

다들 스킬의 마스터까지 숙련도가 1%도 남아 있지 않은 상태.

최종 단계의 벽이 가장 크고 높다고 하지만 누가 먼저 넘을지는 아무도 모르는 상태였다.

위드의 경우에는 얼마 전까지 0.9%의 숙련도가 필요했었는데, 시간의 박물관이 만들어지는 순간 한꺼번에 0.4%의 숙련도가 올랐다.

조각술 최후의 비기에 단 한 번밖에 사용이 불가능한 스킬이다 보니 대작 2개 이상을 만든 효과가 생긴 것이다.

남아 있는 숙련도는 0.5%.

파비오와 헤르만은 절대 공개하지 않았지만, 그들 역시 비슷한 숙련도를 필요로 하고 있었다.

위드의 시선이 헤르만에게로 향했다.

"파비오 어르신은 받아들였습니다. 안 하실 겁니까?"

"끄응, 할 수 없군. 돈이 없으니 물건이라도 받아 주시게. 가진 거라고는 검 몇 자루와 재료들 그리고 모라타의 집 한 채뿐이니 말이네."

"부동산도 담보로 잡아 드리죠."

헤르만도 순순히 사인을 했다.

경쟁 관계를 이용한 갑질 계약 완료!

"역사에 길이 남을 명검을 만들어 주시기를 기대하겠습니다."

위드는 그 두 사람에게 헬리움을 맡겨 놓고 남부 사막지대로 떠났다.

'헬리움도 조각 재료로 나쁘진 않지. 그렇지만 이미 한번 사용해 본 재료이기도 하고… 저걸로도 온전한 마스터까지는 좀 부족할 거야.'

대장장이들이 마스터를 위해서 뛰고 있다.

위드의 목표는 노가다의 상징이라고 할 수 있는 조각술 마스터.

그 대망의 작업을 위해서 특별한 시도를 해 볼 때였다.

콰콰콰콰콰!

위드는 수백 미터 규모의 모래 폭풍이 다가오는 것을 담담이 지켜봤다.

그가 있는 곳은 뜨거운 태양이 작열하는 사막 한복판.

노들레와 힐데른의 퀘스트를 하던 때에 하염없이 걸었던 고요의 사막이었다.

"크으, 덥군."

위드는 수통의 물을 꺼내서 마셨다.

달군 프라이팬의 모래와 같던 과거와는 달리 그래도 온도가 조금 낮아졌다.

"전자레인지에 3분 돌리던 걸 2분 55초만 돌린 기분이랄까."

사막도 팔로스 제국에 의해 부족들이 많이 늘어나 있었다. 사막 정찰대들이 고요의 사막 경계선까지 가끔씩 출몰할 정도였다.

중앙 대륙의 발 빠른 상인 유저들은 사막으로도 진출했다.

브리튼 연합과 자유도시에서 무역을 하던 상인 유저들은 하벤 제국으로 인해서 큰 피해를 입었다.

헤르메스 길드의 보석과 광물 독점 정책!

식료품처럼 큰돈이 안 되는 물품들만 남겨 놓고 싹 쓸어 가거나 엄청난 세율을 매겼다.

"더러워서 못 살겠다."

상인들은 좌절하고 다른 직업으로 전직하거나 백수가 되었고, 혹은 북부 대륙으로 넘어왔다.

일부 상인들은 아직 하벤 제국의 손길이 닿지 않는 남부 사막지대에서 교역을 했다.

그들 덕분에 사막 부족들의 성장이 빨라지긴 했지만, 헤르메스 길드의 감세 정책에 의해 다시 중앙 대륙으로 돌아간 상인 유저들이 많았다.

지금은 검치와 수련생들을 비롯하여 피 끓는 전사 유저들이 남부 사막지대에서 주로 활동한다.

팔로스 제국과 관련된 퀘스트에 따라서 하벤 제국과의 전쟁을 위해 전사들을 이끌고 나선 이들도 꽤 되었다.

10대 금역 중 하나인 고요의 사막까지 와 본 유저는 로열 로드에서 손꼽히는 모험가 몇 명을 제외하고는 아직 드문 실정.

고요의 사막을 정복한 유저는 단 1명도 없었다.

"도저히 사람이 살 수 없는 곳이지. 스킬이 봉인되어서 생존 자체가 힘든 지역이니 말이야. 여기서 조각품을 만든다면 어떨까."

위드는 푸홀 워터파크를 만들면서 몇 가지를 착안했다.

'과거에도 조각술로 지형을 바꿔 놓은 적이 있어. 사막에도 비를 내리게 하고.'

노들레의 퀘스트는 비가 오지 않았다면 거의 완료하기 힘들었을 것이다.

'조각술 스킬이 늘어나면서 많이 편해졌다. 솔직히 노가다 다운 노가다도 별로 하지 않았지.'

조각술 스킬이 초급 1레벨, 2레벨이었을 때는 나무토막 하나 깎기도 힘들었다.

지금은 대충 조각칼을 놀리기만 하더라도 단단한 바위들을 우습게 깎아 냈다.

빙룡, 불사조를 비롯하여 빛의 탑과 같은 거대한 조각품들도 조각술 스킬의 도움을 받지 않았더라면 불가능했을 일.

'갈수록 쉬워지는 조각술. 뭘 만들든 예전처럼 고되고 힘들지는 않아. 예술적 가치는, 여러 가지 판단 기준이 있겠지만 최악의 상황에서 극복하는 것도 큰 의미가 있겠지.'

단순 반복은 할 만큼 했다.

똑같은 조각품을 무한히 만든다고 해서 스킬 숙련도가 오를 시기는 지났다.

규모가 큰 작품들, 몇천 미터에 달하는 조각품도 어쩌면 제작이 가능할 수는 있겠지만 그건 갈수록 예술과는 거리가 먼 것이다.

'헬리움, 그것도 어느 정도 숙련도에 도움이 되겠지만 그것에 목을 매어서도 안 돼.'

헬리움도 처음은 아니었다.

귀중한 조각 재료도 꽤나 많이 사용해 봤다. 비싸서 써 보지 못하던 재료들도 퀘스트나 사냥을 통해 직접 입수해서 조각품을 만들어 봤다.

위드는 사냥을 하는 중간마다, 심지어는 퀘스트와 전쟁을 치르면서도 조각품을 만들었으니 지금까지 제작한 게 수십만 개는 족히 될 것이다. 그중에서 걸작, 명작, 대작으로 인정받는 작품은 불과 0.1% 정도였다.

좋은 재료를 쓰거나 거대한 규모로 시간을 들인 조각품은 높은 평가를 받았지만 지금은 그 믿음도 깨어졌다.

'애초 계획은 파비오 님이나 헤르만 아저씨와 함께 헬리움으로 조각술 마스터를 하려고 했지만 그걸로 숙련도가 충분

히 오른다는 보장은 없어.'

위드의 잔머리가 비상하게 회전했다.

0.4%를 남긴 상황에서 더 이상 숙련도가 오르지 않는다는 파비오의 이야기를 우연찮게 듣고 나서 방법이 잘못되었다는 생각이 들었다.

중앙 대륙 최고의 대장장이로 군림하면서 파비오가 얼마나 좋은 재료들을 얼마나 많이 다루어 보았겠는가.

대장장이 스킬이야 궁극의 재료를 활용하면 좀 더 나을지 모르지만, 조각술은 아니다. 조각술 마스터들 역시 평범한 인생을 살지 않았으며, 그들이 남겨 놓은 작품들에도 불굴의 의지와 노력이 있었다.

자신의 인생을 성찰하면서 목숨을 다해서 만든 작품들.

그것이야말로 최후의 대작이라고 할 만하다.

예술가들이 죽고 나서 뒤늦게 인정을 받는 이유도 아마 그것 때문이 아니겠는가.

'검술의 마스터는 단순하게 강해지면 됐지. 그러나 그 길은 훨씬 길었고, 전투마다 목숨을 걸었다. 맞아, 어떤 일을 완벽하게 제대로 할 줄 안다고 말하기 위해서는 목숨을 걸고 제약을 극복해 내야 해. 조각술을 마스터한다는 것 역시 그럴 거야.'

위드는 그런 생각으로 가장 척박한 최악의 환경인 고요의 사막으로 돌아온 것이었다.

위드가 사막에서 처음 목표로 한 것은 정착이었다.

고요의 사막은 베르사 대륙 10대 금역 중의 한 곳이며, 스킬 사용이 불가능한 특성을 가졌다.

-극심한 무더위로 인해 체력이 빠르게 줄어들고 있습니다.
생명력의 최대치가 29% 감소했습니다.
식욕이 사라졌습니다.
음식을 섭취하더라도 그 맛을 음미하지 못해 회복력이 제한됩니다.
심각한 갈증을 느끼고 있습니다.

"허억."

한번 경험을 해 봤음에도 불구하고 사막을 걸으면서 지독한 더위를 다시 느껴야 했다.

드넓은 사막에서 솟구치는 열기와 강렬한 태양광.

옷 밖으로 드러난 얼굴과 팔에 불로 지지는 듯한 기운이 이글거렸다.

"목숨을 걸어야 하지만, 그래도 이건 너무 미련한 방법이야. 조각품을 만들기도 전에 죽겠다."

고요의 사막에서는 생존 스킬들도 사용이 불가능했다.

위드의 조각술의 비기들은 어떤 상황에서도 적절한 도움을 주지만 고요의 사막에서만큼은 아니다.

"생존을 위한 최소한의 장비는 필요하겠어. 그동안 필요한 건 다 현장에서 구해서 썼지만 여기는 무리니까."

고요의 사막을 나와서 인근의 마을로 잠시 들어갔다. 팔로스 제국의 찢긴 깃발이 휘날리는 이름 모를 작은 마을에서 생필품을 구입하기로 한 것이다.

마을로 들어서는 순간 메시지 창이 울렸다.

띠링!

호칭! 비를 부르는 자

사막에서는 물만큼 귀중한 것이 없습니다.
비를 불러온 당신의 기적은 사막 지역에서 존경을 끌어냈습니다.
하지만 이 호칭이 부여되고 나서 너무나도 많은 시간이 흘렀기에 그 고마움도 대부분 사라지고 말았을 것입니다.

비를 부르는 자의 호칭은 예전에 했던 모험의 결과 때문에 주어졌던 혜택이었다.

"사막의 대제왕이었던 시절에는 대단했었지. 수십만의 사막 전사들을 거느리고 말이야."

위드는 잠시 옛 추억에 잠길 수 있었다.

부실한 지도에는 나와 있지도 않은 마을에는 사람들이 많이 살았다. 팔로스 제국의 건국과 비 덕분이었다.

마을 시장에서는 식량이나 천막, 낙타가 모라타보다 무려 17배나 비싼 가격에 거래되었다.

위드는 사막에서 쓸 만한 물품들을 골랐다.

"많이 사니까 싸게 주세요."

"이 정도면 거의 원가인데……."

"아저씨, 그렇게 양심도 없이 장사하면 안 됩니다. 바가지 씌우는 게 뻔히 보이는데. 제가 바가지 한두 번 씌워 본 줄 아세요?"

"뭐라고? 건방진 손님 따위가. 좋게 대해 주려고 했더니, 사고 싶으면 100골드 더 내놔!"

－흥정이 어림도 없이 실패했습니다.
　물건들의 가격이 7%씩 오릅니다.
　구매하지 않는다면 친밀도가 하락할 것입니다.

근처에 다른 사막 마을이라고는 도저히 찾아볼 수도 없는 상태.

위드는 어쩔 수 없이 100골드를 더 내고 사야 했다.

"이럴 수가. 간신히 200원 비싼 소금의 심리적 충격에서 벗어나고 있었는데……."

총 구매 가격 2,149골드.

낙타와 생활필수품, 식료품 등을 구입해서 고요의 사막으로 다시 돌아왔다.

쿠흐흐흐흥!

고요의 사막에 들어서는 순간부터 이제까지 순순히 따라

오던 낙타가 불길함을 느꼈는지 한 발자국도 떼지 않으려고 들었다.

"이리 와!"

기마술도 적용이 안 되었으니 억지로 낙타를 끌고 움직여야 했다.

고요의 사막은 겉으로 보기에는 태양과 모래밖에 없는 곳이었다. 10대 금역 대부분이 신비와 수수께끼를 간직하고 있듯이 고요의 사막도 그중의 하나이기 때문에 보이는 모습이 전부는 아니다.

'예전에 퀘스트를 하면서 들은 이야기들이 있는데. 고요의 사막에는 신비한 오아시스들이 있다고 했지.'

신과 요정의 장난일지도 모르는 오아시스들은 아무도 모르는 자리에 생겨났다가 사라지기를 반복한다는 전설이 떠돌고 있었다.

위드가 그 소문을 바탕으로 고요의 사막에 들어선 지 사흘째였다.

"헛소리였어. 몽땅 사기꾼들이야."

맑은 물이 샘솟고 탐스러운 열대 과일이 주렁주렁 열려 있는 오아시스는 환상이었다.

사흘을 헤매는 동안 본 것은 오로지 모래와 태양뿐이었다.

"그냥 보이는 모습이 전부잖아."

호칭! 극지의 탐험가
험난한 지역을 걸을 때 체력 소모가 60% 감소합니다.

위드는 끝도 없는 모래사막을 걸으면서 생각했다.

'내가 정말 멍청한 걸까? 그게 아니면 노들레와 힐데른 퀘스트를 하면서 이 지역을 경험했는데 또 여길 올 리가 없어.'

서윤과 함께 걸을 때는 같이 의지할 수 있었다.

왠지 그녀의 얼굴을 보기만 하면 팔다리에 힘이 난다. 뜨겁고 목이 타들어 가는 갈증 속에서도 옆에서 걷는 그녀가 있었기에 고요의 사막도 짧게 느껴졌다.

'하지만 지금은 옆집에 살고 있지. 오늘 저녁에는 내가 좋아하는 김치볶음밥을 해 주기로 했어.'

현실에서 그녀가 곁에 있었기에 예전처럼 좌절하지 않았다. 지금은 서윤이 해 주는 맛있는 요리를 먹으면서 로열 로드에만 전념할 수 있는 환경이 된 것이다.

"아자, 아자! 덤벼라, 사막아!"

위드는 씩씩하게 걸었다.

낙타가 금방 더 이상은 못 가겠다면서 주저앉았지만 목줄을 잡아서 끌고 갔다.

무모한 도전

낙타에 챙겨 놓은 짐은 식량 한 달 치와 물 열흘 분량 그리고 조각 재료.

위드가 등에 멘 커다란 배낭에도 보름 분량의 물과 소금, 식량이 담겨 있었다.

더 많은 식량과 물을 담지 못한 것은 짐이 늘어날수록 사막을 행군하기가 힘들기 때문이었다.

물론 지금도 식량과 물은 엄청난 무게로 어깨를 짓누르고 있었다.

-강인한 의지로 더위를 극복합니다.
 열사병으로 인한 고통이 17% 감소합니다.
 현기증에서 벗어났습니다.

"으으, 죽겠다."

어느덧 열흘이 지났다.

사막에서는 높은 인내력과 맷집 스탯이 큰 도움이 되었다.

인내력 스탯만 무려 35가 증가할 정도의 강행군.

노들레의 퀘스트를 했던 시절과는 달리 스킬을 쓸 수 없어도 1,200이 넘는 인내력과 체력 덕분에 밤낮을 가리지 않고 몇 배나 빨리 이동했다.

"설마 조각사에게 이런 지구력까지 필요했던 건 아니겠지? 하기야 천재적인 조각사라면 사막에 오지 않고 쉽게 마스터를 했을지도 모르는 일인데."

위드는 왠지 자신은 재능과 거리가 먼 것처럼 느꼈다.

태양이 정수리 바로 위에 있는 것처럼 느껴졌다. 햇빛에 노출된 피부는 온통 가렵고 뜨거웠다.

알 수 없는 피부병이 온몸에 일어났다가 프레야 여신의 축복에 의해서 사라지기도 했다.

"이 길을 헤스티거도 걸었다는 거겠지."

위드가 고요의 사막에 온 또 다른 믿음의 근거가 있었다.

'헤스티거도 해냈다. 그러면 나도 할 수 있어.'

조각 부활술로 되살린 헤스티거는 말했다.

-엘프들을 고향까지 데려다주고 나서 대제를 찾기 위해 세상을 방랑했습니다. 그러면서 요정들과 함께 온갖 장소를 다 가 보았습니다. 남부와 서부, 고요의 사막을 지나고 수몰의 늪과 봉인된 자들의 땅을 지나서 죽은 자의 손톱으로 만든 배를 탔습니다.

　-손톱으로 만든 배? 별걸 다 타 봤군. 계속 말해 봐라.

　-신들의 영역에까지 가서 대제의 흔적을 찾으려고 했습니다만 그곳의 수문장과 싸우고 나서 거인들의 땅에 도착하여…….

　고요의 사막에도 끝이 있었다. 그곳은 또 다른 세계로 이어지는 일종의 관문이기도 하다.

　'10대 금역은 단순히 지형이 독특하거나 출현하는 몬스터가 강하기 때문에 붙여지는 게 아니라 모두 하나씩의 스토리와 역할을 가지고 있어.'

　베르사 대륙에 특정한 역할을 하거나, 또 다른 중요한 관문이 된다.

　이미 헤스티거가 고요의 사막을 넘어서까지 모험을 이어 나갔었기 때문에, 이곳이 무조건적인 죽음의 지역이라는 생각은 들지 않았다.

　'위험한 만큼 존재의 이유가 있을 테지. 그리고 극한의 환경에서 목숨을 걸고 조각술을 완성시킨다.'

위드의 다짐 속에 마침내 오아시스가 나타났다.

푸홀 워터파크만큼은 아니었지만 꽤나 넓은 물에 작은 숲까지 있는 모습.

푸헤헤헹!

지쳐서 비실거리던 낙타가 미친 듯이 뛰었다.

위드는 이미 결과를 알고 있었기에 체력을 아끼면서 천천히 걸었다. 그리고 한참 후에, 역시나 오아시스는 가까워지는 게 아니라 그냥 사라져 버렸다.

사막의 신기루!

낙타가 망연자실해서 멍하니 있는 동안에 위드는 생각했다.

'희망이 절망으로 바뀌는 순간. 끊임없이 마음의 시험을 받는 거지. 그렇지만 난 절대 포기하지 않아. 조각술의 마스터는 그만큼 중요하다.'

지금 이 순간에도 바드레이는 사냥으로 레벨을 올리고 있을 것이다. 파비오나 헤르만도, 예상과는 달리 헬리움을 가공해서 마스터를 하지 말란 법도 없다.

수억 명에 달하는 로열 로드의 유저들.

그들이 놀고 있지 않을 것이니 그대로 가만히 있는 건 도태되는 것과 마찬가지였다.

"최초로 조각술 마스터를 하면 떼돈을 벌 수 있어."

위드에게는 역시 돈이 가장 중요했다.

한 달.

고요의 사막을, 오로지 남쪽을 향해서 걷기만 하면서 보낸 시간이었다.

-고요의 사막에서 30일을 보냈습니다.

베르사 대륙의 역사상 고요의 사막에서 단기간에 가장 긴 거리를 이동했습니다.

호칭 '사막의 빠른 발걸음'을 획득하셨습니다.

본인과 동료들의 이동속도가 16% 증가합니다.

체력 소모가 저하되고, 열사병의 위험이 낮아집니다.

자연과의 친화력이 45 높아집니다.

통솔력이 21만큼 증가합니다.

인내와 맷집이 27씩 늘어났습니다.

"나쁘지 않군."

위드의 피부는 검게 그을렸다.

인간은 적응의 동물이라는 말처럼, 어쨌든 사막에서 아직까지는 버텨 냈다.

싸구려 낙타도 비실비실하던 처음과는 달리 힘차게 발걸음을 옮겼다. 전투를 거치진 않았지만 사막에서의 경험치가 쌓이면서 늠름해진 것이다.

"그만 처먹어라."

단점이라면 성장하면서 갈수록 음식에 욕심을 내고 있다

는 것.

위드는 부쩍 줄어든 짐을 봤다.

'아껴 먹었지만 고작해야 20일 정도 버틸 수 있겠는데.'

하루에도 백 번 넘게 북쪽으로 돌아갈 생각을 했다.

지금은 다시 돌아갈 수 있는 거리를 지나쳤다. 앞으로 계속 나아가서 오아시스를 찾아내지 못한다면 영락없이 죽음뿐이었다.

'죽음을 거부할 수 있는 힘에 의해 언데드로 사막에서 되살아나면 두 번 죽는 건데.'

레벨 하락은 물론이고 마스터가 1%도 남지 않은 조각술 숙련도도 떨어지게 될 것이다.

위드는 고개를 저었다.

'가 보자. 이게 옳은 길이라고 생각해. 다시 돌아간다면 남는 건 아무것도 없어. 정의가 항상 패배하는 세상이지만, 그래도 가끔씩 실수는 있겠지.'

사막을 걸으면서 힘들 때면 지나온 인생에 대해서도 생각했다.

전혀 앞이 보이지 않았던 배고프고 어두운 시절이 있었다.

'전기를 끊는다고 몇 번씩 사람이 찾아오고, 불과 일주일 식비도 없던 때가 고작 몇 년 전이지. 그에 비하면 아직 20일 정도는 먹을 음식과 마실 물이 있어.'

고요의 사막에서 되돌아선다면 다신 이곳에 도전하지 못

하리라. 목숨을 잃더라도 끝까지 가 보고 싶었다.

'끝까지 걷자. 목숨을 걸고 최악의 환경에서 조각품을 만들려고 했는데 정작 그때가 다가오니 포기할 수는 없는 거잖아.'

하루가 지났다.

밤낮 없이 최소한의 휴식을 취하면서 계속 걸었다.

또다시 하루, 이틀이 지나고 얼마 남지 않은 물과 식량은 계속 줄어만 갔다. 가끔씩 보이는 거라고는 놀리려는 듯이 나타나는 허황된 신기루뿐이었다.

위드와 낙타는 사막을 묵묵히 걸어갈 뿐이었다.

처음에는 그렇게도 말썽을 부리던 낙타가 지금은 포기한 것인지 얌전히 따라오는 것이 고마울 뿐이었다.

열흘 정도가 더 지났을 때에는 물을 아껴 마시면서 더욱 심한 강행군을 했다.

위드의 입술은 바짝 말라서 갈라졌다. 말을 하려고 해도 목이 타들어 가는 고통 때문에 나오지 않았다.

고개를 숙인 채 휘몰아치는 모래바람을 견디면서 걸었다.

'고요의 사막을 통과해야 한다. 오아시스를 찾아내지 못한다고 해도, 아르펜 왕국이 있는 대륙의 북부 면적을 감안해 봤을 때 계속 걷는다면 끝에 도착하게 될 거야.'

아직까지는 냉정한 판단을 하고 있었다.

그렇게 열나흘 정도가 더 지나자 식량이 먼저 다 떨어졌다. 체력을 지키기 위해서 먹었던 마른 육포가 바닥을 드러 낸 것이다.

사막에서 잘 견디는 낙타조차도 기진맥진해서 쓰러지기 직전.

위드는 목이 갈라진 쉰 소리로 말했다.

"더 가자. 아직 갈 수 있는 힘이 남아 있어."

낙타를 독려하면서 나흘을 더 걸었다.

굶주림과 탈진에 이를 정도로 지친 몸. 메시지 창이 뜨지 않더라도 한 걸음씩 걷기조차 힘들 정도로 몸 상태는 최악이 었다.

드디어 수통에 마지막 물 한 모금 정도만이 찰랑였다.

'이대로 죽는 것인가. 고요의 사막에 대해서 내가 잘못 생 각하고 있었던 것인가. 조각술 마스터의 마지막 순간에 두 번 연속으로 죽어서 모든 게 끝나 버리나.'

수통을 쳐다보는 낙타의 눈이 간신히 끔뻑거렸다.

이 못된 주인이 그 물을 자신에게 줄 리가 없다고 생각하 고 있는 듯.

위드는 수통을 기울여서 낙타의 입에 물을 부어 주었다.

'난 어차피 되살아나면 마음껏 물을 마실 수 있지만 넌 이 게 마지막이겠지.'

낙타가 NPC라는 점은 알고 있었다. 그럼에도 두 달 넘게 꼬박 함께 사막을 걸은 사이라서 미운 정도 들었다.

위드는 마지막 수통의 물을 낙타에게 양보하기로 했다.

꾸으웅.

물을 마신 낙타의 몸이 약간이나마 회복되었다.

"너한테는 미안하지만 계속 가 보자. 아직 죽지 않았으니까 말이야."

위드는 포기하지 않고 다시 남쪽을 향해 걸음을 옮겼다.

뜨거운 태양은 지긋지긋하게 내리쬐고 있었다.

> ―탈수증상으로 인해 생명력이 319 감소했습니다.
> 현재 생명력이 10% 이하입니다.
> 지속적인 탈수증상이 계속되면 중대한 병에 걸리거나 목숨을 잃을 수 있습니다.

70,000이 넘는 생명력이 5,000도 남지 않았다.

체력도 바닥난 지 오래라서 그저 걷고 있을 뿐이었다.

'오아시스가 나타나면 좋을 텐데. 고요의 사막을 이겨 내진 못했지만 최소한 오아시스라도……!'

한 걸음, 한 걸음을 뗄 때마다 강하게 염원을 했다.

하지만 바라던 물과 음식은 나타나지 않았고, 끝없는 모래 능선만 보일 뿐이었다.

위드는 그 상태로도 1시간을 넘게 걷다가 마침내 고개를 모래에 파묻고 쓰러졌다.

'더 이상은 안 되는구나.'

죽음만을 남겨 둔 상황.

위드가 정신을 잃어 갈 때, 마찬가지로 비실비실한 낙타가 주둥이를 들이밀었다.

'이놈이…….'

낙타의 누런 이빨이 위드의 목덜미를 향하고 있었다.

'날 잡아먹으려고 들다니, 죽음을 거부할 수 있는 힘으로 되살아나면 바로 낙타 꼬치구이다.'

위드는 마침내 의식을 잃었다.

덥석.

낙타는 위드의 옷깃을 물더니 남쪽으로 계속 걸어갔다.

푸흐으으응.

지치고 느린 걸음이었지만 네발로 모래사막을 행군했다.

거친 바람 속에서 능선을 넘고 태양을 향해 걸었다.

이름도 없는 낙타.

위드가 가끔씩 덤탱이라고 부르던 낙타도 조금씩 죽어 가고 있었다.

갈증과 체력의 한계.

눈을 끔뻑이면서도 걷기를 멈추지 않았다.

목숨이 꺼져 가고 있는 낙타의 눈에 마침내 오아시스가 보였다.

드넓은 숲과, 맑은 물이 흐르는 호수.

사막의 동물들이 뛰어놀고 있는 천국이었다.

쿠훼에에엑!

위드를 입에 문 채로 날리는 낙타.

지금까지는 가까이 다가가면 신기루가 되어서 사라져 버리던 오아시스였지만 이번에는 그렇지 않았다.

후후훙.

낙타의 코가 벌름거렸다.

숲과 물의 신선한 냄새를 맡을 수 있었다.

고된 여행에 지친 낙타는 위드를 입에 문 채 호수로 뛰어들었다.

"크윽! 숨, 숨이 막혀⋯⋯."

위드는 괴로움 속에서 정신을 차렸다.

"어푸푸, 뭐야."

입속으로 들어오는 물을 뱉어 내고 몸을 일으켜 보니 맑은 물이 고여 있는 호수였다.

작은 동물들과 나무 그늘이 있는 낙원.

먼 곳에서는 모래 폭풍이 일어나고 있었지만 이곳은 거짓 말처럼 평화로웠다.

고요의 사막에 있다는 신비의 오아시스!

"아닐 거야. 모두 꿈이겠지."

위드는 고개를 흔들었다.

"정의 따위는 없어. 꿈과 희망 같은 걸 믿고 노력하며 살 아가 봤자 정당한 보상은 절대 못 받아. 비겁한 자들이 승리 하는 세상이야."

오아시스를 앞에 두고 푸념을 계속했다.

띠링!

고요의 사막에 존재하는 전설의 오아시스를 발견해 냈습니다.

사막의 여신 페트라가 숨겨 놓은 전설의 오아시스.

고요의 사막은 수많은 여행자의 무덤이었습니다. 여행자들은 모래 안에서 신비와 영원을 찾아서 헤매었지만 끝내 이 오아시스를 찾아낸 것은 극소수에 불과했습니다.

길 잃고 죽어 가는 자들의 축복.

이 오아시스를 발견한 이에게는 위대한 행운이 부여됩니다.

호칭 '고요의 사막을 걸은 자'가 부여됩니다.

고요의 사막에서 이동속도가 45% 빨라집니다.

페트라의 은총으로 전설의 오아시스까지 10배 빨리 도착할 수 있습니다.

고요의 사막을 벗어나서 북쪽으로 돌아갈 때 역시 시간이 단축됩니다.

사막에서 목숨이 위험한 순간이 오면 일시적으로 5분 동안 생명력이 125,000 만큼 높아집니다. 사막이 아닌 지역에서는 생명력이 2분 동안 20,000만큼 높 아집니다.

단, 한번 발동되면 일주일간은 효과가 사라집니다.

"이, 이럴 수가. 진짜 찾아왔구나."

위드는 고개를 처박고 물을 마셨다.

벌컥벌컥!

맑은 물은 미지근했지만 아무리 마셔도 끝없이 들어가는 것만 같았다.

쭉쭉 올라가는 메시지 창!

"드디어 고생길이 끝났다. 고요의 사막에서 오아시스를 찾아낸 거야."

위드가 실컷 물을 마시고 있을 때, 옆에는 낙타가 있었다.

"덤탱아, 너도 살았구나. 네가 날 이곳까지 데려와 준 거 같은데 생명의 은인⋯⋯."

참참참.

오아시스의 물을 혀로 날름거리면서 핥아 먹는 낙타.

'낙타가 마신 물이다.'

위드의 얼굴이 순간 굳었지만 오아시스에서는 다른 동물들도 물을 마시고 있었으니 그걸 탓할 수는 없었다.

"그, 그래. 너도 먹고살아야지."

머릿속에는 낙타 지갑이나 낙타 가방이 떠올랐지만, 갖은 고생을 다해 준 부하를 구타하진 않았다.

누렁이가 봤다면 드디어 주인이 인간이 되었다고 할 상황!

위드의 계산은 현실적이었고 냉정했다.

"날 데려와 준 공로를 봐서 참는다. 그러니까 이걸로 서로 은혜는 없는 거지. 어차피 난 널 돈을 주고 산 입장이니까 말이야."

푸흐허어엉.

낙타가 듣거나 말거나 합리화를 마친 위드였다.

몸 상태가 어느 정도 정상으로 돌아오자마자 위드는 메시지 창부터 살폈다.

"고요의 사막을 걸은 자. 이건 모험과 생존과 관련된 호칭인데. 그 혜택이 엄청나군."

죽기 직전에 생명력이 증가하는 건 생존에 정말 큰 도움이 될 수 있었다.

고요의 사막을 걸을 때만 해도 미친 짓이라고, 다시는 하지 않으리라고 생각했었다.

"이런 혜택이라면 또 와 볼 만한데?"

화장실 들어갈 때와 나올 때가 다른 마음의 변화.

발길에 차이던 모래가 그렇게 지긋지긋했지만 지금은 꽤나 만족스러웠다.

위드는 주변을 둘러보았다.

마을에서부터 함께 데려온 낙타가 모래 구덩이에 앉아 쉬고 있고, 물가에는 온갖 동물들이 번식하고 있었다.

띠링!

─희귀 생물 긴뿔턱사슴을 발견하셨습니다.
　동물을 자세히 관찰하여 그 특징을 보고한다면 보상을 받을 수 있습니다.

"식량이 풍족하군. 어쨌든 당장은 죽을 위험이 없고."

오아시스의 여러 희귀 동물들도 그저 식량으로 보일 뿐.

나무에는 주렁주렁 탐스러운 열매들도 열려서 음식은 풍족했다.

"그런데 집도 있군."

숲 근처에 지어진 허름한 오두막이 보였다.

나무를 베어서 튼튼하게 만든 게 아니라 썩은 나뭇가지들을 주워서 얼기설기 만든 집.

"여기에도 사람이 살았던 것인가?"

위드는 의아하다는 생각을 하면서 오두막으로 다가갔다.

'유저들 중에서는 아마도 이곳을 발견한 게 내가 처음일 텐데. 그렇다면 여긴 전설의 오아시스와 관련된 보상이 나올 가능성이 가장 높다.'

심장이 두근거렸다.

로열 로드를 하면서 몇 번이나 느꼈던 대박의 기운!

'보물 상자를 발견했을 때의… 아니야. 또다시 방심하지 말자. 언제 뒤통수를 맞을지 모르니 항상 경계해 봐야 돼.'

오두막에 들어가기 전에 땅바닥에 가깝게 몸을 낮추고 주변부터 살폈다.

낙타와 다른 동물들이 이상한 인간이라는 듯이 고개를 돌려 쳐다봤지만 그쯤은 아랑곳하지 않았다.

'적의 침입 가능성은 일단 없고, 인기척이나 함정도 보이진 않는다.'

긴장으로 입술의 침이 바짝 마를 정도였다.

'과연 이 오두막이 행운이 될지 불행이 될지, 지금까지 내 인생을 돌아보면 전혀 짐작할 수도 없는데. 그냥 조용히 조각품이나 만들까?'

위드는 고개를 흔들었다.

6개의 번호가 맞아야 하는 로또에서 5개가 맞은 상황이었다.

마지막 번호 1개를 안 맞춰 보고 2등 상금만 수령한다는 것은 있을 수 없는 일.

끼이익.

마침내 위드는 오두막의 문을 열었다.

금방이라도 쓰러질 것 같은 외관과는 달리 잘 정돈된 집 안에는 침대와 탁자가 있었다. 탁자 위에는 붉은 기운이 감도는 한 자루의 검과 책 한 권 그리고 깃발이 놓여 있었다.

"역시 발견에 대한 보상이다. 근데 저 깃발은……."

위드는 깃발의 표식을 보고 깜짝 놀랐다.

"팔로스 제국의 문양이잖아?"

노들레의 퀘스트를 하던 와중에 바빠서 대충 팔로스 제국의 문양을 만들어야 했다.

그때 '에라, 모르겠다. 보리 빵이 나오나 풀죽이 나오나, 아무거나 대충 짓지 뭐.'라고 중얼거리면서 사막을 상징하는 일자를 좌우로 긋고, 그 위에는 조악한 형태의 검 한 자루가 꽂혀 있는 문양을 만들었다.

그 표시가 이제는 남부 사막의 도시들에 상징처럼 그려져 있는 것은 물론이고 여기에서까지 찾아내게 될 줄이야.

"일단은 아이템을 얻게 될 모양인데. 빈집에 남겨진 아이템이라. 아주 전형적인 횡재했을 때의 패턴이지."

위드는 입가에 침을 흘리면서도 애써 검에서는 시선을 돌렸다.

"기대가 되지만 조금은 미뤄 놔야지."

가장 맛있는 음식을 나중에 먹기 위한 준비.

본능적으로 검으로 가려는 오른손을 왼손으로 막아야 했다.

"신중해져야 돼. 방심하지 말자."

덥석 검부터 잡기에는 혹시 저주라도 걸린 물건은 아닌지 의심도 들었다.

고요의 사막에 있는 전설의 오아시스.

뭐가 됐든 퀘스트 난이도 S급 이상과 연관될 여지가 있었다.

물론 아이템 역시 그만큼 대단한 등급의 물건이 나오리라.

위드는 낡은 책에 적혀 있는 제목을 읽었다.

위대한 사막 전사에 대하여

"음, 사막에서는 상당히 평범한 제목인데… 이것은!"

위드의 눈이 부릅뜨였다.

책을 쓴 이의 이름을 봤기 때문이다.

사막 전사 헤스티거

유병준 박사는 위드의 사막 횡단을 지루하게 지켜봤다.

"어리석군. 적당히 하다가 아닌 것 같으면 돌아와도 될 텐데 인생까지 떠올리면서까지 걷다니, 독한 놈이군."

의지와 포기하지 않는 정신력. 그러면서도 살아남을 것이라는 확신이 있었기 때문에 고요의 사막을 이겨 낼 수 있었으리라.

잡초처럼 밟히더라도 더 강해져서 헤르메스 길드를 상대로 아르펜 왕국을 지켜 낸 이유가 느껴졌다.

"지독해. 거의 두 달 가까이 지났어. 대륙의 정세가 급변하고 있는데도 사막에 가다니, 욕심이 없는 건가?"

위드의 현재 위치라면 아르펜 왕국에 남아서 얻을 수 있는 이익이 굉장히 크다. 북부 대륙의 수많은 영양가 높은 퀘스트들을 독점하고, 지위와 인맥을 통해서 최상의 사냥 팀을 조성할 수 있을 것이다.

위드의 전매특허나 다름없는 신속한 사냥으로 던전을 오가면서 성장한다면 그 결과는 로열 로드의 상위 랭커까지도 위협할 수 있었다.

눈앞의 확실한 이익들을 포기하고 자신에게 주어진 일을 해결하기 위해서 고요의 사막을 걸었다. 말은 쉬워도 누구나 할 수 있는 일은 결코 아니었다.

유병준 박사가 문득 물었다.

"베르사, 헤스티거가 고요의 사막을 정복하는 데 걸린 시간이 얼마나 되었지?"

워드의 시간 여행 때문에 과거의 역사 역시 다시 쓰이게 되었다. 헤스티거의 모험 역시 역사가 바뀐 중요한 부분이었다.

-143일입니다.

"그래? 워드보다 훨씬 더 오래 걸렸군."

-헤스티거는 5마리의 낙타에 짐을 실어서 갔습니다. 고요의 사막을 클리어하기 위해서는 일정한 거리 이상을 걸어야 하고 물과 식량이 전부 떨어져야 한다는 조건이 있습니다.

고요의 사막은 인간이 갖는 인내의 한계를 시험하는 장소였다. 물과 식량을 많이 가져갈수록 사막은 끝없이 넓어지며 높은 한계를 원하게 된다.

그렇다고 해서 얼마 되지 않는 물과 식량을 가져가는 것도 해답은 아니었다. 넓은 사막에서 정해진 최소 거리 이상을 걷지 못한다면 오아시스가 나타나지 않아서 그 자리에서 말라 죽을 뿐이었다.

또한 그 자리에서 오래 쉬어도 사막은 계속 넓어진다. 쉬지 않고 끝없이, 부지런히 걸어야만 했다.

고요의 사막은 먼저 해답을 알고 있더라도 클리어하기 어려운 지역.

어쩌면 유저들의 수준이 오른 먼 훗날에도 10대 금역 중에 최악으로 남게 될 가능성이 높았다.

"위드의 인내심은 대단하군."

―조각술 마스터를 하면 큰돈을 벌 수 있다는 믿음 때문일 것입니다.

"돈을 아주 좋아하는 녀석이지. 코코아값도 100원을 덜 준… 잠깐, 위드는 왜 고작 1마리의 낙타만 사막까지 끌고 간 거지?"

유병준 박사는 합리적이지 않은 사실 때문에 당혹스러웠다.

"잔꾀가 많으면서 의외로 철저하게 야비한 녀석이다. 그런 무모하고 멍청한 짓을 할 녀석이 아닐 텐데."

고요의 사막이 쉬운 곳이 아니라는 점은 위드도 경험으로 잘 알고 있었다. 과거에도 죽을 뻔한 장소에 다시 가면서 고작 부실한 낙타 1마리에 물과 식량을 실은 것은 도저히 납득이 안 되었다.

낙타 수십 마리에 식량과 물을 가득 채우면 훨씬 오래 버틸 수 있는 만큼 사막을 횡단하기 쉽다고 생각하는 것이 타당한 결론이었다.

그게 곧 함정이 되어서 사막을 정복하기는 훨씬 힘들었을 테지만 말이다.

"설마… 고요의 사막에 대한 중대한 단서를 발견했던 것일까?"

　-이유를 분석해 보겠습니다.

　인공지능 베르사는 지금까지 나타났던 위드의 성격과 판단력, 경험 등을 총동원해서 빠르게 결론을 도출해 냈다.

　짧은 순간 동안 유병준은 생각했다.

　'마법의 대륙에서부터 로열 로드까지, 수많은 난관들을 극복했던 것은 어쩌면 두뇌와 본능적인 감각이 아니었을까. 위드, 보면 볼수록 대단한 놈이군.'

　-고요의 사막에 대한 단서는 페트라의 신전에 있습니다. 남부 사막지대에 있는 모래 언덕에 파묻힌 신전은 발견되지 않아 어떤 유저도 클리어한 적이 없습니다.

　"그렇다면?"

　-위드는 낙타값이 아까웠던 것 같습니다.

　"뭐라고?"

　-돈은 아까운데 바가지까지 쓰는 바람에 낙타를 1마리밖에 구입하지 않았던 것으로 보입니다.

　위드가 베르사 대륙에서 자취를 감춘 기간도 두 달이 지났다.

　처음 며칠간은 푸홀 워터파크에 위드를 만나기 위해 온 수많은 사람들이 몰렸다.

풀죽신교의 광신도들!

"위드 님 어디 있어, 위드 님!"

"믿습니다. 오오, 위드 님을 믿습니다. 독버섯죽의 영광이여!"

"이제 위드 님을 따라야 합니다. 위드 님의 말씀이 법이고 그분의 행동이 도덕적인 지침이 됩니다. 위드갓!"

풀죽신교 원리주의자들은 푸홀 워터파크를 걸으면서 위드의 조각품들을 향해 절을 했다.

일부 유저들이 광신도를 연상시키는 이상한 분위기로 흐르고 있었지만 사실 별다른 이유는 없었다.

'뭔가 재밌잖아.'

'음, 이런 기분이란 말이지. 더 열심히 믿는 척해야지.'

'캬하핫, 이 구역에서는 내가 더 미친 놈이다.'

엠비뉴 교단을 물리친 것이나 북부에 아르펜 왕국을 세운 위드의 업적에 감명도 받았지만 그냥 풀죽신교의 열성 팬들이 노는 방식 중의 하나였다.

하지만 어디에도 위드는 나타나지 않은 채 한 달이 지났다.

"사냥터 가셨구나."

"바람처럼 왔다가 또 사라지는 분이니까. 언제 또 멋진 조각품을 워터파크에 만들어 줄지 모르잖아."

푸홀 워터파크는 개장을 하긴 했지만 사방에서 공사가 진행 중이었다.

멋진 미남들과 늘씬한 미녀들로 붐비는 워터파크.

당연한 이야기지만 입장료와 물품 판매 수입을 위해 푸홀
워터파크는 24시간 영업을 했다.

특히 밤이면 그 화려함은 더해 갔다.

위드가 푸홀 워터파크를 떠나기 전이었다. 조각품 노가다
를 하고 있을 때 여동생 유린이 찾아왔다.

"오빠, 워터파크에 내 작품 만들어도 돼?"

"어, 그래."

"알았어."

오빠와 여동생의 전형적인 짧은 대화.

유린은 물빛의 화가인 만큼 워터파크에 그녀의 실력을 발
휘하기로 했다.

"물아, 일어나라, 얍!"

유린이 물을 예쁘게 솟구치게 만들고 빛과 색을 더했다.

태양이 지고 난 어두운 밤이면 워터파크에서는 물과 빛이
어우러지는 화려한 분수 쇼가 펼쳐졌다.

그 아래에서는 사람들이 맛있는 음식을 먹고 춤을 즐겼다.

불야성을 이루는 워터파크!

위드가 모습을 감춘 지 한 달여가 지난 이후부터, 아르펜
왕국의 사람들은 이야기했다.

"위드 님의 소식이라도 들릴 때가 됐는데."

"또 무슨 엄청난 퀘스트 하고 있을 거 같아. 조만간 방송을 통해서 볼 수 있겠지."

"매번 그렇게 열심히만 살 수 있겠어? 조각 변신술을 써서 어딘가에서 푹 쉬고 계시겠지. 휴양지 같은 곳 말이야."

"위드 님이 그럴 분이 아니잖아. 아르펜 왕국에서 사냥하고 있을 거야. 미해결 던전들을 격파하면서 말이야. 바드레이를 이겨야 하지 않겠어?"

하벤 제국에서도 위드의 행적에 대해서는 비상한 관심을 가지고 있었다.

전격적인 세금 인하. 지금은 제국 운영비도 건지지 못하는 손해 보는 장사를 하고 있었지만 다행히 치안이 잡히고 경제가 회복되는 중이다. 그런데 위드가 어디에 있는지도 모른다는 건 찜찜한 일이었다.

"정보대에서도 아무런 소식이 없습니까?"

"아예 땅으로 꺼진 것처럼 전혀 어디에서도 나타나지 않습니다."

"제국 내에서 활동하고 있을 가능성은요?"

"현재로서는 없습니다. 그렇지만 신출귀몰한 녀석의 특성을 감안하여 첩보 활동을 늘리겠습니다."

사냥터의 요금 감면과 이용 제한 해제.

그 때문에 중앙 대륙의 유명한 사냥터들과 좋은 퀘스트들에는 엄청난 인파가 몰리는 중이었다. 새로운 스킬이나 영구적인 스텟을 얻을 수 있는 던전과 퀘스트가 많기 때문에 중앙 대륙 유저들이 대거 붐볐다.

"위드가 제국에서 강해지고 있는 것만큼은 막아야 합니다. 암살대의 출동 준비를 계속 갖춰 놓고, 만약에라도 그가 나타나면 바로 공격할 수 있도록 하세요."

"암살대를 더 많이 늘리도록 하겠습니다. 위드를 죽이고 싶어 하는 유저들은 길드 안에 많으니까요."

"위드가 전사라면 객관적인 비교가 가능할 텐데… 조각사는 나중으로 갈수록 좋은 직업 같군요. 어떤 식으로든 강해지니까요."

라페이는 옅게 한숨을 내쉬었다.

검사, 기사, 전사류의 직업이라면 레벨이나 스킬 등을 감안하여 전투력을 측정하고 대처할 수 있다. 그러나 조각사의 특성을 극대화시킨 위드의 경우에는 스킬의 조합이나 발전 가능성이 무궁무진했다.

"그가 어디서 무엇을 하고 있건 간에 나타나지 않는 건 우리에게 희소식이 아닙니다. 그가 새로 모습을 드러낼 때마다 깜짝 놀랄 만한 스킬을 선보이고 퀘스트의 결과를 발표했으니까요."

"퀘스트나 사냥을 하다가 그냥 죽었을 수도 있지 않을까요? 무리한 퀘스트를 진행하다 죽는 건 흔한 일입니다만."

"그렇게 단순했으면 좋겠지만… 위드의 생존력은 바퀴벌

레 이상이라는 점이 문제겠죠."

위드는 헤스티거가 쓴 책을 펼쳤다.

"보물 지도일까? 아니면 보상이 엄청난 퀘스트? 어쩌면 팔로스 제국의 보물을 이놈이 다 빼돌려서 숨겨 놨을지도 모르는 일이야."

책의 각 장에 있는 주제들이 보였다.

사막 전사의 올바른 인성에 대해.

약자를 보살피는 방법.

탐욕을 이겨 낸 자가 성공한다.

참아서 쌓는 소중한 긍지.

잘못된 실타래를 풀기 위해서는 끝없는 인내가 필요하다.

땅에 떨어진 물건에는 원래 주인이 있다.

한 번 양보하면 뿌듯하고, 두 번 양보하면 명예롭다.

꼼꼼하게 주변 사람들을 챙겨라.

어린아이와 노인, 여성에 대한 존중만큼 위대한 배려는 없다.

"이게 뭐야."

뭔가 기대감을 품고 책을 읽었던 사람을 반성하게 만드는 주제들.

"헤스티거가 팔로스 제국의 황제가 되지 않았기에 천만다행이지. 아마 그랬다면 이 대륙은 양보와 헌신 같은 미덕으로만 가득했을 거야."

얍삽한 인간들이 비난을 받으며, 편법이 통하지 않을 것이다.

위드가 도저히 살아갈 수 없는 험난한 세상!

위드도 로열 로드로 성공한 만큼 자서전을 한 권 정도 집필할 생각은 있었다.

고생 끝에 남의 것을 뺏어라.

주인이 있는 물건은 없다. 막판에 챙긴 놈이 임자다.

불의에 눈 한번 질끈 감으면 네 인생과 가족들이 평화롭다.

남에게 부탁은 하되, 남의 부탁을 들어주진 마라.

키우던 강아지도 배신한다.

양심에 걸릴 만한 일을 저질렀으면 꿀잠부터 자라.

주변인의 경조사에 대비하여 사건들을 만들라. 준비된 자만이 뜯어먹히지 않는다.

험한 세상을 살아가는 빛나는 지혜!

거짓과 권모술수가 판치는 현대에서 성공하기 위한 격언들이었다.

물론 세상을 살다 보면 자기 자신만 생각한다거나 남을 등 치려는 악독한 마음만 품고 있기만은 정말 쉽지 않았다.

불쌍한 사람들을 돕고 싶은 마음, 자기보다 어려운 처지에 있는 이들에게 아낌없이 베풀고 싶은 유혹.

편법보다는 정당한 방법으로 승부를 하려는 쓸데없는 고집.

비난을 받으면 반성을 하고 바르게 살려는 갈등.

아르펜 왕국의 국왕으로서 유저들이 행복해하는 걸 보며 가끔씩 뿌듯한 기분이 들려고 할 때가 있었다. 그 때문에 얼마나 많은 정신적인 고통을 겪었던가.

"전부 이겨 내야지. 나약해져서는 안 돼. 수많은 갈등과 유혹을 이겨 내야만 인생의 승리자가 되는 것이지. 착취하는 독재자의 길은 외로운 법."

위드는 헤스티거의 책을 수학 교재 보듯이 빠르게 뒤로 넘겼다. 그리고 맨 뒷장에서 조금 다른 내용을 발견하고 말았다.

위대한 사막의 대제왕

"음, 이건 뭐지?"

대제의 흔적을 사막 어디에서도 찾아내지 못했다. 팔로스 제국의 전사들이 대륙을 이 잡듯이 뒤졌음에도 불구하고 그분은 어디론가 사라지고 말았다.

수많은 전사들이 나에게 황제 자리를 맡으라고 한다. 나약한 원로원을 쓸어버리고 절대 권력의 기치를 세우라고 말하고 있다.

붉은사자단의 힘이라면 하루아침에 세상을 바꿀 수 있었다.

하지만 내가 인정하는 유일한 단 한 분, 그분이 건국한 제국이기에 나는 제안을 거절했다.

"이런 멍청한 놈!"

위드의 입에서 탄식이 터져 나왔다.

아무리 헤스티거와의 사이가 찝찝하더라도 이건 아니었다. 누군가 차려 놓은 밥이라면 감사한 마음으로, 김이 모락모락 날 때 먹어야 하지 않겠는가.

"착하게 살다가 고생하면서 돈 잃고 권력 잃는 전형적인 케이스구나."

악마의 교단을 무찌르고 나서 나는 엘프들과 세상을 여행했다. 수많은 장소에 가서 대제의 흔적을 찾았고, 새로운 세상을 보았다.

나는 운명의 이끌림을 따라서 이제 고요의 사막을 지난다.

이 너머는 요정들도 말해 주지 않는 신비하고 위험한 세계.

어쩌면 이 오아시스가 내 여행의 마지막 휴식처가 될 수도 있 겠지.

조각 부활술로 되살린 헤스티거가 고요의 사막을 지나서 몇 단계의 모험을 더 하고 신들의 영역, 거인들의 땅에 도착 하기 전에 써 놓은 글.

"여기까지 와서 헤스티거의 흔적이나 봐야 하다니, 이놈 의 팔자는 왜 이래."

위드는 불평을 하면서도 뭔가 건질 것이 없나 하고 글귀를 계속 읽었다.

이곳까지 와서 내가 남긴 글을 읽는 이여.

고요의 사막을 걸어왔다면, 그대 역시 사막에 대해 온몸으로 느끼게 되었을 것이다.

작물을 키우기 힘든 척박한 땅. 우리는 스스로의 힘으로 싸 우고 부족을 지켜야 했다. 살기 위한 싸움이 끝없는 분쟁으로 이어져서 모두가 고통받을 때, 그 악순환을 단번에 종식시킨 것은 위대한 대제왕이었다.

"알긴 제대로 아는군, 흠흠. 사막이 조금이나마 살 만한 곳이 된 건 전부 내 덕분이지."

팔로스 제국을 헤스티거에게 넘겨주기 싫어서 원로원 체

제를 만들었던 기억은 까맣게 사라져 버린 후였다.

나는 대제왕과 함께하면서 강해질 수 있었다.

그분은 전사들이 목숨이 걸어야 할 정도로 위험한 전투에 뛰어들었다.

나는 그분이 왜 그렇게 서두르는지, 왜 그렇게 약자들에게 엄격하고 적에게 잔인한지를 알지 못했다. 때때로 부하들에 대한 지나친 규율과 아량 없는 처벌에 반감도 가졌었지만, 깊은 뜻을 뒤늦게 알게 되었다.

세상을 장악하려는 사악한 집단, 우리가 사막을 위해서 싸우고 있을 때 전 대륙에 살아가는 생명들을 생각하고 계셨던 것이다.

어찌 그 위대함을 우러러보지 않을 수 있을 것인가?

내가 대제왕의 등과 어깨에 걸려 있는 막중한 무게를 제대로 헤아리지 못했던 것이다.

팔로스 제국을 건국하고 나서 모든 영광과 권력을 누릴 수 있음에도 불구하고 떠나 버린 모습에서 우러러볼 수밖에 없는 초연함을 느꼈다.

그대 역시 대제왕에 대한 이야기를 듣고 심장이 뛰었던 사막의 사내일 것이다.

직접 대제왕을 따랐던 전사로서 후예에게 작은 선물을 남긴다. 내가 익힌 기술들과 엘프들에게 받은 검을.

책자의 뒷부분에는 잘생긴 헤스티거가 시미터를 휘두르는 모습이 그려져 있었다.

띠링!

―고요의 사막에서 페트라의 오아시스를 찾아낸 최초의 유저입니다.
사막 전사의 고유 스킬들을 배울 수 있습니다.
단, 조각사의 직업적인 한계로 인하여 360일이 지난 후에는 익히고 있던 사막 전사의 스킬이 소멸됩니다.
사막 전사의 스킬들은 숙련도뿐만 아니라 자연과의 친화력이나 인내력에 따라 위력이 강화됩니다.

―사막 전사 최상위 전투 스킬 용암의 강을 습득하실 수 있습니다.
용암의 강 : 초고열의 화염을 일으켜서 벽과 땅을 녹여 용암으로 만듭니다. 장애물들을 녹이며 일직선으로 돌파할 수 있습니다. 땅에 흐르는 용암은 생명체가 접근할 시에는 폭발합니다. 용암의 유지 시간은 일으키는 열기에 따라 달라질 것입니다. 사막 전사에게 화염의 기운을 추가합니다. 생명력을 회복할 수 있으며, 공격력과 스킬의 위력을 강화합니다.

―사막 전사 최후의 공격 스킬 대파멸의 모래 폭풍을 습득하실 수 있습니다.
대파멸의 모래 폭풍 : 사막 전사들은 태양의 기운과 거친 바람을 견뎌 냈습니다. 사막 전사가 모래 폭풍을 일으키면 자신을 중심으로 모든 것이 파괴됩니다. 모래 폭풍이 일어나는 동안 이동속도 165% 증가, 공격력이 최대 360%까지 높아집니다. 35%의 확률로 사막 전사들의 영혼이 함께 소환되어 적을 공격합니다.

"용암의 강과 대파멸의 모래 폭풍!"

위드의 가슴이 감동으로 벅차올랐다.

"그래도 제대로 하나 건졌구나."

조각 부활술로 되살린 헤스티거가 용암의 강을 쓰는 모습을 보며 얼마나 부러워했던가.

고요의 사막을 힘들게 걸어왔던 보람이 여기서 느껴졌다.

"그리고 이 검이 문제인데 말이야."

위드는 엘프의 검이라는 물건을 봤다.

딱 봐도 고색창연한 것이, 요즘 방식이 아니라 오래된 검이라는 느낌이 왔다.

사막의 대제왕 퀘스트를 할 때에 중앙 대륙을 침공하면서 수많은 보물들을 약탈하고 봤지만, 그것들에도 꿀리지 않는 명검.

선명하게 살아 있는 검날과, 검 자루에 박혀 있는 두툼한 푸른 보석.

알 수 없는 은은한 기운이 검을 감싸고 흘렀다.

"적당한 무게감에 공격력만 좋아도 더 바랄 게 없는데… 저건 느낌이 딱 마법검이야."

위드는 검을 가리지 않고 써 왔다.

아가사의 거룩한 검이나 차가운 로트의 검, 콜드림의 데몬 소드도 상당 기간 사용했다.

손에 맞는 좋은 무기는 구하기도 어려웠고, 상성의 문제도 있었다.

레드 스타는 주인인 드래곤이 나타날까 봐 가슴을 졸여 가면서 사용했다.

검사 전용 무기 같은 건 대부분 검술이나 특정 공격 스킬을 강화시켜 주는데, 위드는 난잡하기 짝이 없는 잡캐라서 효과가 적은 편이었다.

그래서 디자인 같은 건 신경도 안 썼는데, 마음에 드는 명검이 나타난 것이다.

"고생을 하긴 했지만 어쨌든 공짜로 얻는 검이란 말이지."

위드는 3년간 묵혀 둔 적금 통장을 찾을 때처럼 가슴이 설렜다.

"감정!"

로아의 명검 : 내구력 65/65. 공격력 145~265.

엘프들의 고대 기록 '평화로운 큰 숲의 탄생'에 기록된 검.

고대에 지옥에서 튀어나온 흉맹한 마수 카르쿨라가 입에서 불을 내뿜어 숲과 들판을 태웠다. 카르쿨라의 피부는 그 어떤 것으로도 잘리지 않았고 상처를 입어도 금방 회복되어 버리고 말았다.

인간들과 엘프들이 절망에 빠진 순간 나타난 하이 엘프 로아가 카르쿨라를 쓰러뜨릴 때 사용되었다는 검이다.

인간들은 이 검을 최고의 명검으로 꼽는 데 주저하지 않았다.

처음에 누가 만들었는지는 알 수 없으며, 그 이후에 엘프들의 보물로 내려오게 되었다.

제한 : 레벨 650 이상.

　　　 자연과의 친화력 3,200.

옵션 : 매우 가벼움.

민첩 +26%.

숲이나 산에서의 전투 능력이 향상됨.

모든 스텟 +42.

대형 몬스터의 경우 3배의 피해를 입힘.

입힌 피해의 절반에 달하는 만큼 적의 최대 생명력을 감소시킴. 1시간 동안 효과 지속.

치명적인 일격이 발동되면 상대의 방어력을 7%씩 약화시키며, 최대 63%까지 중첩됨.

불과 바람, 물, 땅의 정령의 기운을 빌릴 수 있음.

방어력 +117.

검을 활용한 스킬 사용 시 마나 소모를 절반으로 감소시킴.

마법 보호 76% 약화.

보호 마법 '큰 숲의 가호' 사용 가능.

예술적인 검. 소유자의 예술 스텟을 35만큼 높여 준다.

큰 숲의 가호 : 생명력 36% 회복.

최대 1분 동안 자신과 그 주변에 강철목들이 자라게 하여 적의 공격으로부터 안전해진다.

"뭐가 이렇게 많아."

옵션들을 읽으면서 눈이 호강하는 기분이었다.

"공격력에 상대 방어력 약화, 내 방어력에 따로 방어 스킬까지 다 있네?"

깨알같이 붙어 있는 특성들은 버릴 게 하나도 없는 종합 선물 세트!

위드는 도무지 믿기지 않아서 몇 번이나 감정 상태를 확인해 봤다. 심지어는 진짜인지 의심스러워서 검을 이빨로 깨물어 보기까지 했다.

콰드득!

-어금니가 부러졌습니다.
 생명력이 378 감소합니다.

"진짜가 맞네."

위드는 온몸에서 기운이 빠져나가는 기분이었다.

"내게 이런 행운이 찾아오다니… 도무지 믿기지 않지만 이게 진짜야."

순간 눈앞에 스쳐 지나가는 가족들의 모습.

전기와 가스가 끊긴 집에서 라면을 부숴서 여동생과 나눠 먹던 과거까지 떠올랐다.

"이 검만 있으면 그동안 못 잡던 몬스터들을 쓸어버릴 수 있겠구나. 그리고 경매에 올려서 판다면… 대체 얼마를 받을까?"

낙찰 금액 추정 불가능.

지금까지 경매에 나온 어떠한 무기보다도 월등한 스펙을 가졌다.

사실 레벨 제한이나 자연과의 친화력 제한이 있기 때문에 아직은 사용 가능한 유저도 없는 형편이었다.

하지만 고급 무기일수록 결국은 수요에 비해 공급이 모자라게 되기 마련이다.

헤스티거가 남긴 무기 역시 역사에 기록될 정도로 희귀한
물건.

대장장이 스킬로 고급 무기를 만들려고 해도 특수한 재료
를 필요로 한다는 점을 감안하면 당장 팔려고 하더라도 살
사람들이 줄을 섰다.

중동 부자들은 이런 희귀한 무기들은 소장을 위해서라도
산다고 하니, 경매에서 매겨질 가격을 측정할 기준조차 없어
내놔 봐야 알 수 있는 일이었다.

"일단 내가 쓰자."

위드는 결심을 굳혔다.

지금의 레벨이 451, 자연과의 친화력은 2,245였다. 대장장
이 스킬의 착용 제한 감소 효과로 쓸 수 있었으니 당장 사용
하는 게 옳았다.

새로운 장비를 사용한다면 헤르메스 길드와의 싸움에서도
유리해질 것이고 방송국에서도 대단히 주목받을 테니까.

"고맙다, 헤스티거. 이런 식으로 은혜를 갚는구나."

위드는 주변을 둘러보다가 오아시스 부근에서 작은 돌을
발견했다.

돌을 집 앞에 세워 놓고 두 번 절을 하는 것으로 보리 빵
하나 없이 헤스티거의 제사를 치렀다.

"명복을 빌어 주마. 다음에도 착하게 살아라."

질투에서 비롯된 무수히 많은 갈굼과 비난에도 불구하고

멋진 사막 전사가 되어서 모험을 하고 팔로스 제국을 위한 안배까지 하다니, 역시 훌륭했다.

"마음 같아서는 낙타라도 1마리 잡아 주고 싶지만 뭐 그렇게까지 할 의리는 없으니까 말이야."

값으로 환산한다면 정확히 1실버 미만의 의리.

위드는 얼마 남지 않은 헤스티거의 책자를 꼼꼼히 읽어 보기로 했다. 팔로스 제국에 산더미처럼 쌓여 있던 보물들, 그 일부라도 얻을 수 있을지 모르기 때문이었다.

약간 찜찜한 부분은 남아 있었지만 그렇다고 해서 읽지 않을 수는 없었다.

사막의 시험을 통과한 이여, 이제 그대의 어깨에는 막중한 사명이 있다.

대제왕이 이룩했던 업적이 먼 훗날에는 까맣게 사라질 수도 있는 바. 팔로스 제국의 영광과 번영, 사막 부족들을 위한 길을 걷도록 하라.

띠링!

사막의 패자
끝을 모르는 모래사막에는 팔로스 제국의 드넓은 영광이 묻혀 있다.
사막 전사들은 위대한 제국의 부활을 위한 안배를 해 놓았다.

-사막에서 가장 큰 업적을 달성한 상태입니다.
 퀘스트가 강제로 부여됩니다.

-퀘스트가 수락되었습니다.

대제왕의 퀘스트!

사막에 뿌려진 수많은 팔로스 제국과 대제왕에 관련된 퀘스트의 파편 중에 큰 것이 덥석 걸려든 것이었다.

"그래, 이젠 이 정도는 예상했지. 이놈의 팔자가 좋은 일만 생기진 않더라고. 예전에 내가 이미 달성했던 팔로스 제국 건국을 또 해야 하나?"

위드의 입가에 가볍게 맺힌 미소는 이 정도의 고난으로는 지워지지 않았다.

'난이도 S급의 연계 퀘스트? 힘들다고 투정을 부리던 것도 몸보신이 새끼이던 때 이야기야. 이젠 고작해야 배고플 때 자장면 두 그릇 정도 먹는 것밖에는 안 되지. 그릇을 깨끗이 비우고 군만두까지 먹을 수 있어!'

앞으로 해야 할 일이 많기에 퀘스트를 바라고 있던 상태는 아니었다. 레벨 업이나 스킬 마스터부터 확실히 하고 나서 한가롭게 퀘스트를 해도 되지 않겠는가.

그럼에도 지금까지 성장해 온 중요한 바탕이 퀘스트였으니 썩 나쁜 기분만은 아니었다.

"나중에 퀘스트를 성공하면 방송권 판매에 캐릭터 인형까지 팔아먹을 수 있단 말이지."

이미 견적 정리가 끝난 상태!

"근데 그러고 보니 큰 발자국의 땅이라는 퀘스트도 있었잖아?"

위드의 이마가 조금 찌푸려졌다.

세상의 끝을 넘어서 역사상 최고의 모험가 로드시커의 영혼을 깨워야 하는 퀘스트. 이것도 조각 부활술로 되살린 헤스티거에게 받았던 의뢰였다.

"이놈이 은근히 날 고생시킨단 말이야."

꽈아아앙!

거인의 발길질에 지축이 뒤흔들렸다.

"산개해서 공격합니다. 전부 집중하세요."

"넵!"

"거인 사냥에 성공해 봅시다!"

100명이 넘는 유저들.

그들은 숲에서 일사불란하게 흩어지면서 거인의 이목을 교란시켰다.

거인은 인간들이나 엘프 유저들을 손으로 잡아서 먹으려고 했지만 마음대로 되는 게 아니었다.

-크우오와아아아아!

-거인 알타메스가 포효했습니다.
투지가 꺾입니다.
이동속도 감소!
모든 스킬의 숙련도가 일시적으로 36%만큼 감소합니다.
최대 생명력이 절반으로 줄어듭니다.
10초 동안 당하는 모든 공격에 치명적인 피해를 입습니다.

온몸이 저릿저릿하게 떨리는 포효.

거인이 걸어 다닐 때마다 발길에 나무뿌리가 뽑히고 땅이 깊게 파였다.

"1분대 공격 시작."

"옛!"

거인의 뒤에 있던 유저들이 화살을 쏘아 댔다.

마법사 유저들은 중력 강화 마법을 시전하여 거인을 느리게 만들었다.

"총공격!"

유저들은 각자 무기를 들고 용감하게 거인을 향해 달려들었다.

그중에는 페일과 메이런, 로뮤나, 이리엔, 수르카, 벨로트, 화령, 제피도 있었다.

"페일 님만 믿어요."

"최선을 다하겠습니다. 그렇지만 전투는 궁수인 저보다는 다른 분들이 지휘하시는 편이 더 낫지 않을까요?"

벨로트가 웃으며 말했다.

"아니에요, 페일 님이 우리 중에 가장 강하고 판단력이 좋아요."

"저를 너무 과대평가하시는 것 같은데요."

"부인할 수 없는 확실한 근거가 있어요. 위드 님의 전투 노예시잖아요."

"……."

진홍의날개 길드가 발견한 거인족의 세계.

거인의 레벨은 최소 700을 넘는 것으로 알려져 있었다. 평균적으로 돌아다니는 거인은 대부분 750 정도 된다고 봐도 되었다.

아직은 유저들이 상대하기 버거운 수준이었지만, 거인들

은 스킬을 거의 쓰지 않았다. 엄청난 괴력과 덩치, 맷집을 가졌지만 끈질기게 공격하면 쓰러뜨릴 수 있었다.

"위드 님도 없고 심심한데 가 볼까요?"

"위험할 것 같은데요."

"위드 님을 따라다니는 것보다는……."

"인정요."

페일과 일행 역시 아르펜 왕국에서 사냥을 하다가 심심해서 거인들의 땅에까지 놀러 오게 되었다.

그 외에도 수많은 강자들이 사냥을 위해 거인들의 땅에 찾아왔다.

진홍의날개는 새로운 사냥터와 보물이 잠재되어 있는 세상의 문을 열면서 엄청난 명성을 얻을 수 있었다.

유저들이 거인과의 전투에서 매번 이기는 것은 아니라서 효율이 좋진 않았다. 그럼에도 이겼을 경우에는 새로운 금속이나 마법 재료를 많이 얻을 수 있어서 대박의 꿈이 있는 동네였다.

페일과 그의 동료들을 비롯한 유저들이 개미 떼처럼 덤벼들었다.

수르카는 용감하게 접근해서 강렬한 주먹질을 하고, 이리엔은 전투를 하고 있는 사람들에게 광역 회복 마법을 마구 걸어 주었다. 수많은 마법과 공격이 작렬하고, 거인의 난동에 의해 일부 유저들이 목숨을 잃었다.

-끄오어어어!

거인은 생명력이 절반 이하로 줄어들자 도망치려고 했지만 정령술사들이 소환한 흙과 철의 정령들이 끈질기게 달라붙었다.

거인이 도주할 예상 경로에는 이미 함정도 무수히 설치되어 있었다.

북부의 고레벨 유저들은 위드의 영향으로 자연스럽게 토목공사에 익숙해지게 되었다. 미리 대규모로 땅을 파 놓고 칼날을 거꾸로 심어 놓아, 거인의 움직임을 약화시켰다.

제피의 무한대로 늘어나는 낚싯줄도 마치 거미줄처럼 엮여 거인의 발목을 잡았다.

거인은 쓰러질 듯 말 듯 하면서 세 번이나 부활하며 유저들을 공격했다.

하지만 거인들과의 전투도 동영상을 통해 엄청난 분석이 이루어진 후였다. 유저들은 방심하지 않고 끝까지 공격을 가했다.

-거인 알타메스가 영원한 안식에 들어갔습니다.
전투에 참여한 이들에게는 군신 아트록의 공적치가 3씩 부여됩니다.

"우와아아아아!"
"만세! 해냈다!"

유저들이 커다란 함성을 터트렸다.

새로운 스킬과 장비를 얻었음에도 불구하고 위드가 기쁨을 만끽하는 시간은 잠시였다.

"고요의 사막까지 온 목적부터 달성해야 되겠지."

조각술 스킬의 도움을 받지 못한 채로 작품을 만들기로 했다. 재료도 특별한 건 없었다. 대신 고요의 사막에는 온통 고운 모래가 가득했으니 오아시스의 물을 이용해서 진흙처럼 뭉쳤다.

'수없이 많이 해 본 토끼나 여우 조각품부터 하자.'

눈을 감고도 만들 수 있는 익숙한 형태였다.

손가락으로 점토를 다듬듯이 해서 토끼의 형상을 만들었다. 조각술의 도움이 없었기에 대리석처럼 매끄러운 질감으로 표현하는 것도 불가능했고, 꼬리나 귀도 쉽게 떨어져서 다시 붙여야 했다.

토끼 조각품

고요의 사막 오아시스의 흙으로 만들어진 토끼다.
흔하고 단순한 형태다.
예술적 가치 : 2.

위드가 보더라도 흙으로 형상만 꾸며 놓은 것에 지나지 않았다. 예술품이라기보다는, 흔하게 판매하는 싸구려 기념품

정도였다.

"음, 옛날이 떠오르는군. 진짜 어설픈 나무 조각품밖에 못
만들 때였지."

조각술은 상당히 어렵다. 조금만 집중력이 흐트러지거나
실수를 하더라도 작품의 가치가 뚝 떨어진다. 게다가 새로운
시도를 하지 않으면 작품성은 물론이고 사람들로부터 인정
을 받을 수도 없었다.

"조악한 형태로 아무거나 대량생산한 후에 바가지를 씌워
서 팔아먹을 생각밖에 못 하던 때였어."

초보 시절의 아름다운 추억에 대한 회상!

조각술 스킬이 적용되지 않으니 진흙 조각품을 만드는 것
하나하나가 어려워졌다. 조금만 힘을 가하더라도 진흙이 뭉
개져 버리고 말았다.

"처음부터 다시 시작하자. 흙의 특성에 대해서 이해하는
것부터야."

위드는 오아시스에서 나무 열매와 물을 마시면서 밤새도
록 조각품을 만들었다.

입자가 고운 모래는 조각 재료로 적합하다고는 할 수 없었
다. 그렇지만 재료 탓을 하는 건 진정한 조각사가 아니라고
생각했다.

위드는 물을 적셔서 진흙을 만들고 손으로 주물럭거렸다.

"공짜 조각 재료들로 한정판이라고 속인 후 바가지를 듬뿍

씌워서… 아니, 이게 아니지. 과거는 버리고 진짜 조각다운 조각을 해야 해."

조각술은 재료의 영향을 많이 받을 수밖에 없는 예술.

'검술 마스터도 나보다 강한 적들을 상대로 이뤄 냈지. 편안하게는 조각술 마스터를 이루지 못할 거야. 재료와 스킬, 모두 최악인 상태에서 승부를 한다.'

위드는 하룻밤을 꼬박 새워서 다음 날 뜨거운 태양이 떠오를 때까지 130개의 진흙 조각품을 완성시켰다.

"다 했다."

오아시스에 다섯 줄로 늘어서 있는 조각품들.

"이것들의 예술적 가치를 다 합치면 대충 250 정도로군."

예술적 가치가 전부 1이나 2 정도밖에 되지 않았다. 당연하게도 조각술 숙련도는 0.1%도 오르지 않았다.

"이게 아닌가. 그냥 푸홀 워터파크에서 헬리움을 가지고 조각이나 할 걸 그랬나?"

아르펜 왕국으로 돌아가려면 고요의 사막을 다시 횡단해야 한다. 간신히 산 정상에 올랐더니 이 산이 아니라고 하는 것보다도 심각한 상황이었다.

노력과 끈기.

성공적인 삶을 위해서는 필요한 부분이었지만 위드에게는 그것을 넘어서는 집요함이 있었다.

"만들자, 만들어."

오아시스에 주저앉아 뜨거운 햇볕이 내리쬐는 대낮에도, 밤하늘이 수많은 별들로 반짝이는 새벽에도 조각품을 만들었다.

'뭐든 만들다 보면 늘겠지. 조각술의 도움이 컸던 것은 사실이지만 그동안 나도 경험과 감각이 쌓였어. 스킬의 도움 없이는 제대로 만들지도 못하는 조각사라면 그게 무슨 마스터일까.'

처음으로 돌아가서 조각술을 시작한다는 느낌을 살렸다.

'그러고 보니 조각술 마스터까지 노가다 방식으로 해결을 하는군.'

위드는 지금까지 만들었던 수많은 조각품들을 떠올리며 고요의 사막에서 흙을 빚었다.

빛의 탑
흙으로 만든 커다란 탑이다.
웅장한 느낌이다.
예술적 가치 : 74.

조각술을 쓰지 못하니 그 어떤 작품이라도 특징을 살리기가 힘들었다.

밤이 되면 모라타를 아름답게 밝히던 빛의 탑이었지만 지금 만든 건 모래를 높게 쌓은 투박한 탑에 불과했다.

'사람의 심금을 울리는 건 결국은 마음이야. 조각술은 예술이지, 기술이 아냐. 검술은 적을 이겨서 강해지는 걸로 끝날지 모르지만 조각술은 사람을 감동시키지 않으면 의미가 없어.'

위드가 자신이 조각했던 유명한 작품들만 만든 것은 아니었다. 조각 변신술로 꽤 대단한 인기를 누린 오크 카리취를 비롯해서 리치 더럴, 벌새, 야만 전사, 최근의 물컹꿈틀이까지 만들었다.

조각술 마스터까지 0.5%가 남아 있는 숙련도는 0.1%도 증가하지 않았다. 약간은 기대를 하긴 했지만 역시 이 정도로는 어림도 없었다.

"그래도 남은 건 고작해야 0.5%잖아. 아주 미세하게라도 숙련도가 조금은 늘었겠지."

살갗을 태우는 햇빛을 견디면서 하루 종일 조각품을 만드는 생활도 고요의 사막을 걸을 때에 비하면 할 만했다.

"포기하지 않아. 조각술 마스터를 마치기 전에는 떠나지 않는다."

고요의 사막을 걸어오면서 생각했던 조각품이 있었다.

낙타가 함께 걷기는 했지만 오롯이 혼자 생각하고 발걸음을 옮기던 인내의 시간.

고독과 고통, 무수히 많은 생각들 중에서 만들고 싶었던 작품.

"역시 이 사막에서 살아갔던 사람들이지."

노들레와 힐데른의 퀘스트를 했던 시간은 위드에게도 감명 깊었다.

몬스터들을 닥치는 대로 때려잡으면서 강해지던 짜릿한 경험.

퀘스트가 긴박했기 때문에 망설일 틈도 없이 지나 버렸던 시간이지만 즐거운 경험이었다.

"그 추억들을 제대로 이곳에 남기자. 나밖에 만들 수 없는 조각품이 있었어."

위드는 모래를 쌓아서 실제와 비슷한 비율로 사람의 형태를 조각하기 시작했다.

"모든 것을 그대로. 비록 그때 나누었던 기억과 시간은 사라져 버렸을지라도 말이야."

대제왕 위드의 기억은 자기 자신이었기 때문에 너무나도 뚜렷하다. 그 대신에 사막에서 만났던 사람들과 부하들을 조각했다.

수천 명의 사막 전사들이 위드를 따랐다.

한두 번의 전투로 죽어 버린 이들도 많았고, 그들 중 팔로스 제국의 끝까지 남은 이들은 소수였다. 하지만 그들을 기억하며 1명 1명 조각을 했다.

"이놈은 쓸모가 많았는데 일찍 죽었지. 좀 더 부려 먹었어야 했는데……."

위드는 기억에 의존하는 한편으로는 약간의 편법도 썼다.

당시 사냥 장면이나 퀘스트는 방송을 통해서도 중계가 되었다. 방송 영상을 보고 참고하여 조각품들을 만들 수 있었다.

물론 영상을 통해 봤다고 해도 사람의 성격이나 느낌까지 조각술로 표현한다는 건 대단히 어렵다. 개개인의 특징과 성격, 인물에 대해 이해하지 않고서는 불가능한 일이었다.

위드는 체계적으로 조각술에 대해서 배우진 못했어도 작품들을 만들면서 쌓은 경험으로 스스로 깨달았다.

"조금 나아졌군."

모래로 조각품을 만드는 건 실수를 저지르더라도 조금씩 수정이 가능하다는 점에서 다행이었다.

"전일이가 이렇게 생겼었지, 흠."

위드의 조각품이 오아시스의 공터에 1명씩 세워졌다.

처음에는 그저 부하들을 만들려고 했지만 짙은 아쉬움이 있었다.

"그때의 모습이 완벽하진 않은 것 같아. 모래바람이 부는 사막을 빠르게 꿰뚫는 패기가 있었는데 말이야."

부하들이 사용하는 무기와 복장, 특유의 자세까지 떠올리면서 조각을 했다.

"그래도 여전히 부족한데."

사막을 질주하던 부하들은 대부분 낙타를 타고 있었다.

위드는 아쉽지만 지금까지 만들었던 조각품들을 부숴 버리고, 낙타를 탄 모습으로 처음부터 다시 조각했다.

낙타를 타고 시미터를 손에 든 채로 맹렬히 질주하는 사막 전사들의 모습을!

거친 모래바람이나 뜨거운 태양마저도 굴복시킬 패기를 가슴에 안고 있는 사막 전사들.

형태가 훨씬 복잡해지고 까다로워진 만큼 공들여서 절반쯤 만든 작품이 우수수 무너져 버리기 일쑤였다.

"다시 만들자. 진짜 마음에 들 때까지 말이야."

팔로스 제국의 기틀이 되었던 사막 전사들과 꿈을 가진 청년들을 표현하면서 조각술에만 집중했다.

어떤 일이라도 건성으로 하게 되면 시간만 자꾸 보게 되고 아주 느리게 흘러가는 것만 같다. 그러나 일에 몰두하다 보면 시간 가는 줄도 모른다.

작품의 전체만을 살필 뿐 하루, 이틀의 날짜가 지나는 것은 의미를 잃어버렸다.

진정한 노가다란 시작한 일을 축소시키거나 중간에 포기해서는 안 된다. 정말 제대로 해낼 때까지 포기하지 않는 노가다야말로 진정한 위드의 자산!

"효율을 더 높이긴 해야겠어."

작업이 익숙해지면서 따로 물과 흙을 반죽하는 기계를 만들었다.

낙타와 오아시스의 순진무구한 희귀 동물들이 대형 맷돌 같은 것을 돌리는 것이었다.

"돌리지 않으면 너희는 내 오늘 저녁밥이다."

강제 노역과 착취의 개시!

오아시스를 벗어나면 동물들도 생존이 힘들었기 때문에 위드의 말을 따라서 흙을 반죽했다.

남부 사막을 질타하고 대륙을 제패한 대제왕이었지만, 지금은 오아시스의 폭군!

위드가 손으로 흙을 반죽해서 쓰는 것보다 동물들을 이용하여 숙성시켜 놓는 편이 훨씬 더 단단하고 쓰기가 편했다.

"역시 성공하려면 부하들을 잘 부려 먹어야 돼. 세상은 혼자 사는 게 아니라 더불어 사는 거란 말이 맞아."

조각품을 만드는 시간이 훨씬 단축되었다.

흙으로 빚어내느라 정교한 표현에는 한계가 있었지만 손가락으로 꾹꾹 눌러 가면서 다듬었다.

일찍 죽어 갔던 사막의 혈기 넘치는 청년들은 물론이고 끝까지 함께했던 수천 명의 전사들, 최정예 사막 전사들의 모습이 고요의 사막 오아시스에 만들어졌다.

1개 1개가 위드가 할 수 있는 최선의 조각품이었다.

헤스티거의 모습은 흙으로 만들어 냈어도 유별나게 눈에 띌 정도로 잘생겼다. 그 때문에 콧대를 조금 낮췄지만 원래 모습과 크게 차이가 날 정도는 아니었다.

"그리고 이젠 내 차례로군."

위드는 흙으로 자신의 모습을 빚기 시작했다.

쌍봉낙타의 등에 앉아서 시미터를 휘두르며 전장을 포효하는 모습을!

다리 길이는 조금 늘려서 몸의 비율을 좋게 하고, 이목구비를 선명하게 만드는 정도는 기본이었다.

"이게 진짜… 있는 그대로, 내가 할 수 있는 최선이고 최고의 작품이 될 거야. 재료는 더 나은 걸 쓸 수도 있었겠지만… 가장 가치가 있는 조각품이겠지. 그래도 역시 고급 재료를 사용할 걸 그랬나?"

모래 폭풍을 헤치던 전사들을 사막에 만들었다.

그렇기 때문에 후회는 없었다.

띠링!

-만드신 조각품의 이름을 정해 주십시오.

"이건… 위대한 사막의 대제왕과 아이들로 할까?"

-위대한 사막의 대제왕과 아이들이 맞습니까?

"아냐. 좀 유치한데… 굳이 나를 일부러 띄울 필요도 없겠지. 그냥 사막 형제들이라고 하자."

부하들이기는 했지만 그들과 함께했던 추억과 재미가 있

었다.

누구나 로열 로드에서 모험을 하면서 짜릿함과 멋진 승부를 꿈꾼다. 전사들이 남부 사막을 활보하다가 대륙을 제패하여 역사에 남은 일은 실로 대단한 모험이었다.

수백 년 전의 오래된 과거라서 팔로스 제국의 흔적을 지금은 찾기 어렵다는 점이 아쉬울 뿐이었다.

–사막 형제들이 맞습니까?

"맞아."

띠링!

대작! 사막 형제들상을 완성하셨습니다.

고요의 사막, 전설의 오아시스에 탄생한 불후의 대작!

이 조각품은 궁극의 길에 단지 마지막 한 발자국만을 남겨 놓은 조각사의 손에 의해 완성되었다.

아무나 올 수 없는 장소, 끝없는 인내와 도전을 필요로 하는 전설의 장소에 만들어진 조각품이다.

사막의 가장 위대하고 빛나는 순간에 있었던 전사들.

조각사의 순수한 노력과 땀으로 만들어진 이 조각품은 최고의 가치를 지닌 사막의 보물이 될 것이다.

예술적 가치 : 13,800.

특수 옵션 : 사막 형제들상을 본 이들은 생명력과 마나 회복 속도가 하루 동안 55% 증가한다.

사막 지역 낙타들의 출생률과 건강 상태를 86% 높입니다.

이동속도 26% 상승.

전 스텟 45 상승.

불과 바람의 속성 33% 증가함.

중급 5레벨 이하의 검술 스킬의 숙련도가 영구적으로 높아집
니다.

영구적으로 인내와 투지가 10씩 증가합니다.

전사들이 모래가 있는 곳에서 신체적인 특성이 강해지는 효과
를 2배로 높입니다.

다른 조각품과 중복 적용되지 않음.

지금까지 완성한 대작의 숫자 : 19.

─조각술 스킬의 숙련도가 향상되었습니다.

─명성이 850 올랐습니다.

─예술 스텟이 64 상승하셨습니다.

─인내가 49 상승하셨습니다.

─지구력이 16 상승하셨습니다.

─대작 조각품을 만든 대가로 전 스텟이 3씩 추가로 상승합니다.

─사막 형제들 조각품이 남부의 불가사의로 지정되었습니다.

사막 전사들의 후예가 탄생할 확률을 높입니다. 그들은 뛰어난 투쟁심과
전투에 대한 자질을 갖게 될 것입니다.

전사들이 이 조각품을 보면 전투 스킬을 터득할 수 있습니다.

솔직히 고생을 했으니 위드도 걸작이나 명작 정도는 기대했다. 그런데 대작이라니, 생각했던 그 이상이었다.

"어디 보자. 스킬 확인 조각술!"

조각술 고급 9(99.8%) : 조각을 할 수 있다. 아름다운 조각품은 고가에 팔리기도 한다. 영예로운 조각품들을 만들며, 대륙에 이름을 떨칠 수 있다.

"0.3%가 올라갔구나."

남부 사막에 와서 3개월 정도 고생을 한 것에 비하면 보상이 작다고 할 수도 있었다. 그래도 고요의 사막을 정복했고 헤스티커의 유산도 얻었으니 나쁘진 않은 결과였다.

"약간의 조각술 숙련도만 더 올리면 이제 다신 이 노가다를 할 일도 없겠지."

조각술 노가다를 다시 할 일이 없다니 왠지 서운한 기분마저 들려고 할 때였다.

띠링!

–베르사 대륙이 창조되고 지금까지 기나긴 시간이 흘렀습니다.

"응? 이건 또 뭐지?"

갑자기 메시지 창이 뜬 것은 물론이고 하늘에서부터 영롱하고 신비로운 여성의 목소리가 들려왔다.

–대지에는 따사로운 햇살이 비쳤고, 촉촉한 비가 내리며 식

물들이 싹을 틔우고 자라났습니다. 바다와 땅에는 생명체들이 살아가면서 기쁨과 슬픔을 알게 되었습니다.

"또 퀘스트인가?"

—짧은 생을 살아가는 생명체들은 그 치열한 감정을 남기기에 망설이지 않았습니다. 인간들은 환희와 고통을 표현했고, 문명이 성장하면서 이는 정신적인 풍요로움을 이끌어 냈습니다. 인간들이 이룩한 예술에서 최고의 경지에 도달한 자를 여신 헤스티아가 초대하였습니다.

조각술의 새로운 기적 완료

조각술의 비기 조각 부활술이 당신의 손에 의해 창조되었습니다.
프레야 교단에 임무가 정식으로 보고되진 않았지만, 항상 당신을 지켜보고 있는 여신은 새로운 조각술의 비기가 탄생한 것을 확인하고 기쁘게 생각하고 있습니다.
조각술 최후의 비기를 습득하고 있습니다.
조각술 마스터 퀘스트에서 특별한 마지막 단계로 이어지게 됩니다.

위드는 그동안 프레야 교단에 여러 번 방문했음에도 불구하고 조각술 마스터까지는 스킬 숙련도가 부족했기에 퀘스트 보고를 남겨 놓았다. 그사이 조각술 최후의 비기도 찾고 하벤 제국과의 전쟁도 해야 해서 일부러 보고를 미루었던 것이다.

그런데 조각술 마스터 퀘스트의 완료 창이 떴다.

아울러 최후의 단계로 이어진다는 메시지까지!

"이거 설마… 진짜 마스터가 되는 과정?"

위드의 입가에 썩은 미소가 번져 가려고 할 때였다.

조각술 마스터가 되기 위한 마지막 단계일지도 모르는데 거부한다면 멍청한 일.

다시 여신의 초대가 올 때까지 엄청난 시행착오와 노력을 해야 할지도 모른다.

위드는 거만하게 턱을 45도 각도로 치켜들었다.

"뭐, 바쁜 일은 없으니 특별히 초대를 받아들여 주도록 하지."

하늘에서부터 장엄한 빛의 계단이 생성되어 오아시스로 내려왔다.

"걸어서 올라오란 뜻이구나."

눈치 하면 100단.

위드는 빛의 계단으로 걸어 오르기 시작했다.

계단 하나하나마다 여신·헤스티아의 상징이기도 한 불꽃이 화려하게 타오르고 있었다.

"꽤나 멋있는데."

빛과 불로 이루어진 계단을 통해 하늘로 올라가는 위드.

그가 지나간 곳의 계단은 빛이 사그라지며 멋지게 사라졌다. 앞으로 걸어가야 하는 계단만이 쭉 남아 있었다.

'이 장면이 나중에 방송국을 통해서 나간다면… 후우, 정말 끝내주겠구나.'

30분 후.

이제 상당히 높은 곳까지 올라서 주변이 훤히 내려다보였다. 산이나 호수가 없기 때문에 발밑의 오아시스를 제외하면 끝없는 사막이 펼쳐져 있었다.

'다리가 조금 아픈데. 그리고 왜 이렇게 무서운 거야. 바람이 불면 너무 아찔하네.'

까마득히 높은 하늘에서 와삼이를 타고 구름을 뚫고 비행을 즐겼었다. 그렇지만 그때에는 떨어지더라도 각종 스킬로 인해 살 자신이 있을 때였다.

"올라가다 보면 나오겠지. 고요의 사막으로 단련된 몸이니까 아직은 참을 만해."

그리고 2시간 후.

―무리한 육체 활동으로 인해 심하게 피로가 쌓였습니다.
　체력과 최대 생명력이 감소했습니다.

지상은 사막을 넘어서 바다까지 보일 정도였다.

"허어억, 왜 이렇게 높아. 다시 돌아갈 수도 없잖아!"

위드는 빛의 계단에 달라붙어 두 팔과 두 다리를 이용해 엉금엉금 기어 올라갔다.

"이건 아니네."

"내 검이 훨씬 더 낫지."

위드가 떠나고 난 이후, 헬리움을 맡게 된 파비오와 헤르만은 시시때때로 싸웠다.

"내 도안을 보게. 훨씬 명검으로서의 품격이 느껴지지 않나?"

"품격은 무슨. 흔해 빠진 구식이구만. 진정한 검의 기준은 날카로운 예기에 있지. 그리고 완전무결한 금속 가공 능력을 바탕으로 완성되는 것이야."

"난 방어구가 아니라 온전히 검 하나만을 보며 걸어왔어. 내 뜻과 방향이 옳을 거네."

"진정한 대장장이라면 필요에 따라 금속을 다룰 줄 알아야지. 반쪽짜리는 한계가 있어."

"뭐라고? 말 다 했는가?"

"이제부터 시작이네. 대장장이에 대해 가르쳐 주지."

파비오와 헤르만은 서로 비슷한 40대 중반의 나이에 고집불통이었다.

공동 작업을 통해 헬리움으로 대륙 최강의 검을 만들려고 했지만 의견 조율이 애초부터 불가능했다.

한쪽은 대륙 최고의 대장장이로 군림해 오던 드워프이고, 다른 한쪽은 수량은 적지만 최고의 검만 만들어 오던 장인이다.

대장장이란 직업도 고집과 자부심으로 먹고사는 특성이 있어서 매사에 충돌했다.

파비오는 근엄했고, 헤르만은 사람들에게 인자했다. 하지만 단둘이 있을 때에는 나이와 위신 같은 건 의미가 없었다.

"이렇게 된 거 실력을 겨루지."

"좋아. 나야말로 바라던 바. 누가 진짜 최고의 검을 만들고 이 헬리움을 쓸 자격이 있는지를 가려 보도록 하세."

"대결을 받아들이도록 하지."

파비오와 헤르만은 신의 금속이라는 헬리움을 놔두고, 강철을 제련하여 명검을 만드는 대결에 푹 빠졌다.

방송국까지 개입하며 한 달을 넘게 겨룬 승부의 결과는 결국 애매모호했다.

성능은 파비오의 검이 약간 더 좋았지만 완성도나 아름다움은 헤르만의 것이 더 뛰어났던 것이다.

서로가 상대를 호적수로 여기고 있었으니 이 정도의 결과에 만족할 리 없었다.

"다시 한 번."

"이번에야말로 진짜 검이 뭔지를 보여 주지."

재대결에서도 근소한 차이로 파비오가 이겼다. 그가 만든 검이 역사적인 명검이 되었던 것이다.

대장장이로서 흔하지 않은 경험.

파비오는 드디어 헬리움을 손에 넣게 되었다.

하지만 헤르만은 뒤에서 미소를 지었다.

"승부는 아직 끝나지 않았다. 진짜 전설의 명검을 만드는 건 나야."

헤르만에게도 검을 만들 분량의 헬리움이 있었다.

사실 위드는 그를 부르면서 조건을 달았던 것.

"여신의 기사 갑옷을 녹인 겁니다. 지금 재가공하면 더 좋은 제품이 나올 수 있겠죠?"

"정말 주는 건가?"

"네, 그리고 대장장이 마스터에 대해서는 제가 대제왕 퀘스트 중에 들은 게 있습니다."

"오, 그런 정보가 있었나? 닥치는 대로 다 죽이는 줄로만 알았는데."

"중앙 대륙을 정복하며 만난 대장장이 마스터를 죽이며 알아낸 것이죠."

"……"

"아무튼 마지막 단계에서 숙련도를 올리려면 지금까지 없었던 특별한 검이나 전설의 명검을 제작해야 합니다."

"명검이라면… 지금까지 딱 한 번밖에 못 만들어 봤는데."

"최고의 검을 만드는 것이 대장장이 마스터의 기본 조건입니다. 그리고 그 검의 주인이 대단한 모험을 성공시키거나 사냥을 해야 되죠. 대륙 전체에 명성을 떨쳐야만 대장장이 마스터로 인정을 받는 겁니다."

"간단하지 않은 문제군."

헤르만은 파비오가 그렇게 좋은 검들을 만들고도 왜 제자리걸음이었는지 알아차렸다. 좋은 검들은 많이 만들었지만 진짜 최고의 검은 못 만들었기 때문이다.

일찍부터 대장장이로서 두각을 드러냈고 헤르메스 길드와 협력하여 희귀한 재료들을 물 쓰듯이 했기 때문에 검 하나하나에 정성을 쏟지 못했다.

헤르메스 길드 유저들도 그 검을 가지고 위험한 퀘스트를 하기보다는 안정적인 사냥에 치중했다.

"헬리움을 가공할 수 있게 해 드리는 대신, 이곳에 파비오 어르신이 올 겁니다. 제가 먼저 마스터를 해야 하니 그분과 대결을 해서 시간을 끌어 주세요."

"정말 그걸로 되는가?"

"네, 승부의 결과는 상관없이, 길면 길수록 좋습니다."

파비오는 하벤 제국에서 헬리움을 얻기 위해 아르펜 왕국까지 왔고, 대결을 하면서 시간을 날리고 말았다.

광전사의 직업을 가졌음에도 불구하고 서윤은 검을 내려놓았다.

'그를 지키는 일이 아니면 싸우고 싶지 않아.'

평화와 마음의 안정을 찾은 그녀.

다른 랭커들이 빠르게 그녀의 레벨을 추월해 가고 있었다.

서윤은 대신 임시지만 위드가 없는 동안 아르펜 왕국의 국왕 대리 직위를 맡았다.

대지의 궁전.

국왕을 비롯한 고위 귀족들이나 영주들이 모여서 정책을 수립할 수 있는 그랜드 홀.

아르펜 왕국의 주요 인물들이 빠짐없이 한자리에 모였다.

그 숫자만 무려 300여 명!

모라타에서 시작됐던 아르펜 왕국이 지금은 거대해져서 넓은 땅에 수많은 유저들이 살아가고 있었다. 주민들 중에서 세력과 도시의 대표, 걸출한 능력을 가진 유저들이 참석한 것이다.

새로 병탄한 하벤 제국의 식민지 영주들도 자리에 있었다.

그들도 3개월 정도가 지나면서 아르펜 왕국의 영주로서 확실히 자리를 잡았다.

"아르펜 왕국이 가야 할 길은 멉니다. 하벤 제국과의 전쟁보다는 내실을 다져야 할 것입니다."

"하벤 제국을 내버려 둔다고요? 그들이 더러운 야욕을 포기할 것 같습니까?"

"군비를 증강해야 합니다. 우리 아르펜 왕국은 너무 토목 사업에 돈을 쏟아붓고 있어요."

"위드 님의 결정을 무시하시는 겁니까? 위대한 건축물이나 푸홀 워터파크, 강에 놓인 아름다운 다리와 방대한 땅을 연결해 주는 교통망을 생각해 보세요. 도시 건설이나 경제 발전에도 얼마나 도움이 됩니까. 일반 유저들은 위드 님의 정책을 환영하고 있어요."

"결과가 좋다고 해서 다 좋은 건 아닙니다. 과정을 살펴봐야지요. 한 사람의 독단적인 결정으로 인해……."

"위드 님이 국왕이니 그 정도 자격은 있습니다. 애초에 여긴 위드 님의 왕국이지 않습니까?"

"노예근성은 버립시다. 우리도 영주로서 의견을 제시할 수 있죠, 충분히."

"토목 사업의 예산을 줄이는 것은 건축가들을 무시하는 겁니다. 건축가들을 더 존중해야 돼요."

각양각색의 사람들과 세력을 대표하는 자들. 이런 자리에서는 정치가 빠질 수 없었다.

왕국의 행정이나 주요 직책도 국왕 위드가 독점하고 있다. 고위 귀족들이나 영주들은 이 점에 대해서도 단단히 따져 볼 생각을 하고 있었다.

시끄럽게 떠들고 있던 그들의 앞에 임시 국왕 대리를 맡은 서윤이 등장했다.

"……."

바늘 하나 떨어지는 소리까지 들릴 정도로 고요한 침묵이 흘렀다.

'아름답다.'

'여신이다. 풀죽신교만이 아니라 온 세상의 여신이다.'

'크으, 오늘 여신님을 보게 되다니! 제대로 꾸미고 올걸.'

서윤이 부드럽게 웃으면서 말했다.

"위드 님이 오랫동안 자리를 비우셨어요. 그래서, 여러분이 왕국에 요구할 것이 있다고 해서 제가 대신 참석했어요. 부득이한 사정이 있었지만 회의를 시작하기 전에 먼저 정중히 사과드릴게요."

벤트 성의 영주, 차가운장미 길드의 수장인 오베론이 고개를 저었다.

"인생을 살다 보면 이만한 일은 얼마든지 벌어질 수 있는 것이고, 또 그리 중요한 것도 아닌데 사과라니요. 도저히 받지 못합니다. 거두어 주십시오."

"오베론 님이 말씀 잘하셨습니다. 전혀 저희에게 사과하실 필요가 없어요."

"맞습니다!"

그랜드 홀에 모인 유저들에게는 서윤의 사과가 안타깝게 느껴졌다.

'약속 시간에 늦거나 어쩔 수 없이 안 올 수도 있지, 그게 뭐라고…….'

'위드 님이 안 왔다고 해도 전혀 불쾌하지 않아. 너무 고마워.'

'앞으로도 쭉 안 왔으면… 올 필요 없을 것 같아.'

한없이 관대해진 사람들.

서윤은 간단히 다시 한 번 고맙다는 인사를 한 후에 회의 안건으로 넘어갔다.

"아르펜 왕국에 공식적으로 요구하시는 사안 중에 토목 사업의 축소가 있네요."

"……."

침묵이 흘렀다.

누구도 먼저 나서서 말을 할 수가 없었다.

'토목 사업, 누가 그런 이야기를 했던가? 아아, 아무것도 기억나지 않아. 미모에 빨려 들어갈 것만 같다.'

'여신이여. 오, 여신…….'

서윤은 기록을 살폈다.

"모나크 님이 통치하는 도시 룬드에서 토목 사업에 대한 비판을 공개적으로 하셨는데요, 이 자리에 오셨으니 좀 더 정확한 의견을 말씀해 주실래요? 불만이 있으시면 뭐든 말씀해 주세요."

모나크는 로열 로드 상위 1,000위 안에 드는 강자였고, 아르펜 왕국에서는 룬드라는 항구도시의 영주이기도 했다.

모든 사람들의 시선이 잠깐이지만 모나크에게로 향했다. 그들의 표정은 한결같이 찌푸려져 있고 험악했다.

"에… 그게."

모나크는 엉거주춤 자리에서 일어났다.

"토목 사업이… 그러니까 인력 투입도 그렇고, 몇몇 지역에서는 대단히 비효율적인… 아, 아니. 제가 잘못 생각하고 있었던 것 같아요. 잘못 생각했습니다. 아르펜 왕국의 정책은 지금 이 상태가 딱 좋습니다."

서윤은 부드러운 미소를 지었다. 위드의 정책이 사람들로부터 칭찬을 받으니 기뻤던 것이다.

영주들은 그 미소만으로도 아주 만족했고 행복해했다.

"저기 국왕 대리님, 제안이 있습니다."

평소 과묵한 것으로 유명하던 칼데스가 손을 번쩍 들었다.

"말씀해 주세요."

"예. 저희 도시에 가까운 산맥에서 광맥이 발견되어 광산을 대규모로 개발하고 있습니다. 아르펜 왕국에는 광물 부족

현상이 상당히 심하지 않습니까? 재정 지원이 있으면 더 빨리 개발이 가능할 것 같은데요."

"좋은 의견이시네요. 정확한 자료를 보내 주시면 검토를 해 보고 내일까지 답변을 드릴게요."

"감사합니다."

서윤은 능숙하게 행정 업무들을 처리했다.

영주들도 무리한 요구는 입 밖으로 꺼내지도 않았다. 회의가 벌어지기 전까지 팽팽하게 이루어지던 언쟁도 사라졌다.

아르펜 왕국 발전을 위한 진지하고 즐거운 토론이 벌어지고 있는 현장이었다.

'아르펜 왕국의 영주로 계속 남아야겠다.'

'하벤 제국이 북부를 정복하면 난 무조건 저항군이 된다.'

'음… 아들을 낳으면 이 자리에 참석했다고 꼭 알려 줘야지. 동영상을 유산으로 물려줘야겠다.'

서윤을 중심으로 하는, 정치나 분열 따위는 감히 끼어들수가 없는 현장이었다.

위드는 죽을 고생을 하며 빛의 계단을 올랐다.

수많은 별들이 가까이 있는 곳.

발아래로는 아름다운 푸른 행성의 베르사 대륙이 까마득

하게 작게 보일 정도의 높이였다. 열 번도 넘는 헤스티아의 축복이 없었다면 체력 저하로 인해 죽었을지도 모른다.

위드는 빛의 계단을 타고 자신이 올라온 푸른 행성을 자세히 살폈다.

구름 사이로 바다와 육지 등의 지형이 어렴풋이 보였고, 아르펜 왕국이 있는 부분에서 새벽의 도시나 번성한 모라타의 흔적도 찾을 수 있었다.

우주에 가까운 곳에서 보니 대단히 아름답고 커다란 행성의 모습이었지만 위드의 메마른 감성은 그걸 구경할 여유 따위는 없었다.

길을 걸으면서도 반경 400미터를 훑어보며 떨어진 돈을 귀신같이 찾아내는 시각이 발동되었다.

'절망의 평원을 넘어서 신대륙이 있군. 저긴 아직 못 가 본 지역 같은데… 상당히 넓어. 고요의 사막의 전체 형태가 저렇군. 던전이 있을 법한 지역이 있어. 그리고 10대 금역은……'

행성의 전체적인 모습을 머릿속에 담아 두었다. 언제 써먹게 될지 모르기 때문이었다.

수학이나 영어는 금방 잊어버려도 로열 로드의 잡다한 지식 같은 건 철저히 외우는 위드의 두뇌!

마침내 도착한 빛의 계단 마지막에는 넓은 원형의 제단이 있었다.

여신 헤스티아는 제단의 화려한 불길 위에서 위드를 기다렸다.

'위험하진 않겠지?'

위드는 눈치를 보며 조금 꼼지락거리다가 제단 앞으로 걸어갔다.

—인간으로서 지극한 예술의 끝에 다다른 자여, 신들의 영역에 온 것을 환영합니다. 이곳에 온 인간으로는 최초로군요.

헤스티아의 다정한 목소리.

위드는 관록과 아부의 경험이 넘치는 모험가답게 정중하게 제단 앞에 한쪽 무릎을 꿇었다.

"저는 발걸음이 바쁜 여행자이며 부지런한 조각사입니다. 여신께서 창조한 세계와 생명들이 아름답기에 조각사로서 이만큼 해 올 수 있었다고 생각합니다. 그러니 모든 영광을 헤스티아 여신에게 바칩니다. 여신이시여, 이곳이 신들의 영역입니까?"

—신이 존재하는 장소, 정확히 말하자면 인간 세상과 연결되어 있는 신들의 영역의 입구입니다. 평소에는 수문장이 지키고 있어요. 제가 있는 제단으로 올라오면 신들의 영역으로 가게 될 것입니다.

위드는 주변을 둘러보았다.

흉악한 마수의 형태로 일렁이는 빛의 형체들이 있었다. 침입자가 있다면 언제라도 물질화되어 공격해 올 것이다.

'이놈들은 진짜 강할 것 같군.'

최소 헤스티거 정도는 되어야 이곳을 강제로 돌파할 수 있으리라는 직감.

　'수문장이 있다면 그만한 가치도 있겠지. 신계의 보물 같은 것도 나중에 언젠가는 풀리게 될 거야. 전부 훔칠 수 있다면 좋을 텐데.'

　위드는 또 하나의 정보를 머릿속에 입력해 놓았다.

　－세상에 아름다움을 조각하는 이여, 이제 그대에게 중대한 사명을 부여하려고 합니다.

　"무엇이든 말씀해 주십시오. 제 목숨을 바쳐서라도 여신 헤스티아 님의 말을 따르겠습니다."

　어차피 강제 퀘스트일 가능성이 높았으니 위드는 이것저것 재 보지 않고 긍정적인 말을 했다.

　－그대는 살아오면서 조각사로서 많은 아쉬움을 가졌을 것입니다.

　"그야 당연한 걸 말이라… 아, 아닙니다."

　위드는 무심코 맞다고 대답할 뻔했다.

　다행히 헤스티아는 신경 쓰지 않고 말을 이어 갔다.

　－그대는 세계에 무수히 많은 예술품들을 남겼지요. 다양한 크기와 형태, 주제를 표현하면서 세상에 기여하였습니다. 역사를 기록했고, 사람들의 마음을 움직였으며, 문명 발전을 이끌어 냈지요. 그러나 인간으로서, 물질로서의 한계를 넘어서지는 못했습니다.

달빛
조각사

위드는 헤스티아의 말에 귀를 기울였다.

조각술은 주제도 중요하지만 일단 그 재료의 특성을 적극적으로 감안해야 했다. 그 자체로 아름답고 훌륭한 조각 재료들은 대부분 쉽게 구할 수 없을 정도로 희귀하고 작았다.

위드의 능력에도 한계가 있어서, 머릿속에 구상하는 모든 조각품들을 그대로 표현한다는 것은 굉장히 힘든 일이었다.

-조각사로서 지극한 예술의 길의 새로운 장을 열어 갈 인간이여. 이에 나 헤스티아는 그대에게 기회를 주고자 합니다.

위드는 침을 꿀꺽 삼켰다.

'여신이 이곳까지 불러와서 기회를 준다고 한다. 뭔가 큰 일이 벌어지겠구나. 엄청난 보상이 있는 퀘스트일까? 돈이나 실컷 받았으면 좋겠는데.'

-그대는 인간으로서 표현할 수 있는 한계를 넘게 될 것입니다.

"한계를 넘는다고요?"

-그대의 조각품은 이 세계의 일부가 될 것이며, 모든 이들이 볼 수 있을 것입니다. 그로써 지극한 예술의 끝에 도전할 수 있을 것입니다.

띠링!

조각술의 마스터 도전
조각사 위드는 그동안 무수히 많은 조각품을 만들어 왔다.

여신 헤스티아는 그에게 새로운 기회를 주었다.

신의 권능을 이용하여 별의 조각품을 만들라!

이제 당신은 베르사 대륙의 밤하늘을 비추는 커다란 별을 만들어 조각해야 합니다. 녹이거나 자르거나, 그 어떤 방법을 써도 됩니다.

조각사의 손길이 닿은 별은 앞으로 영원히 세상을 비추게 될 것입니다.

그 작품의 특성에 따라 당신에게 조각품의 축복이 내려지게 됩니다. 이 축복은 다른 조각품의 혜택과 중복 적용이 됩니다.

단, 조각술 마스터를 위한 최후의 작품에 실패하면 퀘스트는 실패로 끝나고 여신 헤스티아를 실망시킨 징벌이 따를 것입니다.

헤스티아로부터 물질 창조와 자유 비행, 불을 다루는 권능을 부여받았습니다.

우주 공간에서는 어떠한 이유로도 목숨을 잃지 않겠지만, 지상에 발을 내딛거나 생명체들에게 영향을 주면 불사의 혜택은 사라집니다.

난이도 : 조각술 마스터 퀘스트
보상 : 조각술 마스터.
　　　　헤스티아의 영광의 선물.
퀘스트 제한 : 고급 9레벨 99.8% 이상의 조각술 숙련도.
　　　　　　　퀘스트 실패 시에는 10%의 조각술 숙련도가 감소하며 명성을 35,000만큼 잃어버릴 것입니다.

조각술 마스터 퀘스트의 최종 단계!

별 조각술!

위드는 혀를 내둘렀다.

'진짜 마지막이라서 그런지 스케일 한번 제대로 끝내주는구나.'

땅바닥에 떨어진 썩은 나무토막도 아까워서 주워 들고 조각을 하던 자신에게 행성 하나를 온전히 맡겼다.

그저 태양이나 달 옆에 떠서 사람들의 눈에는 작게 보이기만 할 뿐이지만, 수많은 별들 중의 하나가 자신의 조각품이라면 그 자부심과 영광이란 어마어마한 것이었다.

'내 이름의 별이 생기는 거지. 물론 땅 투기를 한다거나 작품 관람료를 받는 건 불가능하겠지만 말이야. 음, 그 점들은 너무 아쉽군.'

-헤스티아의 권능이 부여되었습니다.
1회에 한하여 별을 생성할 수 있습니다.
조각에 필요한 무제한의 불을 다룰 수 있습니다.
우주 공간을 비행할 수 있습니다.
지금부터 퀘스트가 완료될 때까지 어떠한 경우에도 죽지 않습니다.
단, 인간들이 있는 세상으로 내려가게 되면 퀘스트 포기로 간주되며 육체가 소멸하게 될 것입니다.

위드는 주먹을 불끈 쥐었다.

"이것만 해내면 진짜 마스터구나. 드디어 조각술을 끝내고 새로운 노가다를 할 수 있어."

TO BE CONTINUED

200평 초대형 24시 만화방

📖 수원시청점

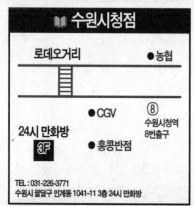

로데오거리　　　●농협

●CGV　　　⑧ 수원시청역 8번출구

24시 만화방
3F

●홍콩반점

TEL : 031-226-3771
수원시 팔달구 인계동 1041-11 3층 24시 만화방

수면실 (침대식)　　　사우나석

2인석　　　샤워실

세탁기　　　신간100%

📖 의정부점

의정부역 ④ ⑤　　　흥선지하도

◀서울방향

진성약국　　　던킨도넛츠

24시 만화방
3F

TEL : 031-856-3971
경기도 의정부시 의정부동 197-13 3층

📖 안양점

●안양역　　　육교

◀관악역　　　명학역▶

●농협

24시 만화방
2F
안양일번가

TEL : 031-466-3771
경기도 안양시 안양동 674-163 공룡고기건물 2층

📖 주안점

주안 남부역

◀제물포　　　간석동▶

민병철 어학원

24시 만화방 **6F**

TEL : 032-426-2871
인천광역시 주안남부역 지하상가 4번 출구 GS25시 건물 6층

📖 안산점

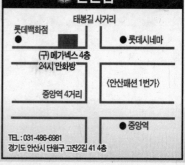

롯데백화점　　　태봉길 사거리　　　●롯데시네마

(구) 메가넥스 4층
24시 만화방

〈안산패션 1번가〉

중앙역 4거리

●중앙역

TEL : 031-486-6981
경기도 안산시 단원구 고전2길 41 4층